I0703529

Ihr HERZOG

LUCINDA BRANT BÜCHER

— Die Roxtons – die frühen Jahre —
DER EDLE SATYR
SEINE HERZOGIN
IHR HERZOG
IHRE GNADEN

— Roxton-Familiensaga —
HEIRAT UM MITTERNACHT
HERZOGIN DES HERBSTES
TEUFELSKERL DAIR
DIE STOLZE MARY
DER SOHN DES SATYRS
IN LIEBE
HERZLICHST

— Salt Hendon-Serie —
DIE BRAUT VON SALT HENDON
RÜCKKEHR NACH SALT HENDON

— Alec-Halsey-Krimis —
TÖDLICHE VERLOBUNG
TÖDLICHE AFFÄRE
TÖDLICHE GEFAHR
TÖDLICHE VERWANDTSCHAFT

ÜBER DIE AUTORIN

WENN ICH NICHT in meiner Sänfte durch das London des 18. Jahrhunderts schaukele oder mit parfümierten Hofleuten mit Schönheitspfläsrerchen in den vergoldeten Salons von Versailles den neuesten Klatsch austausche, schreibe ich preisgekrönte historische Liebesgeschichten und Krimis (die auch ihre Liebesgeschichten enthalten) aus der georgianischen Zeit. Meine Bücher spielen im georgianischen England des 18. Jahrhunderts, mit gelegentlichen Ausflügen auf den europäischen Kontinent. Ich lege die Zügel bei der französischen Revolution, wo ich ein früheres Leben wegen meines unverzeihlichen hedonistischen Lebensstil als faule Aristokratin beendet habe, nieder.

lucindabrant@gmail.com	lucindabrant.com
pinterest.com/lucindabrant	twitter.com/lucindabrant
facebook.com/lucindabrantbooks	youtube.com/lucindabrantauthor

ÜBER DIE ÜBERSETZERIN

SUSANNE DÖRING

Bücher waren immer mein größtes Vergnügen; indem ich sie übersetze, kann ich sie auch mit denen teilen, die lieber auf Deutsch lesen. Ihre Meinung ist mir wichtig, Sie erreichen mich unter:

werrakind@gmail.com

Ihr HERZOG

SEQUEL VON *SEINE HERZOGIN*

DRITTES BUCH DER REIHE DIE ROXTONS – DIE FRÜHEN JAHRE

Lucinda Brant

ÜBERSETZT VON SUSANNE DÖRING

Ein Sprigleaf-Buch
Veröffentlicht von Sprigleaf Pty Ltd

Ihr Herzog, Sequel von *Seine Herzogin*.
Drittes Buch der Reihe Die Roxtons – die frühen Jahre.
Copyright © 2023 Lucinda Brant.
www.lucindabrant.com
Deutsche Übersetzung: Susanne Döring.
Redaktion & Korrektur: Stef Mills.
Kunst, Design und Formatierung: Sprigleaf.
Originale Kunstwerk Referenz: *Portrait of Duval de l'Épinoy*
von Maurice Quentin de La Tour.

Dreispitzreiter Fleuron Entwurf von Sprigleaf.
Die Silhouette eines georgianischen Paares ist ein Markenzeichen von Lucinda Brant.
Sprigleaf Triple-Leaf Design ist ein Markenzeichen von Sprigleaf Pty Ltd.

Gesetzt in Adobe Garamond Pro.

Auch als E-book, Hörbuch und in anderen Sprachen.

ISBN 978-1-922985-15-6

10 9 8 7 6 5 4 3 2 1 (s) I   Bibliothekseinband (s.i) I

für

Cathie

DRAMATIS PERSONAE

Die Familie Roxton und ihr Haushalt

- **Roxton** ...... *der Herzog von Roxton aka M'sieur le Duc*
- **Antonia** ...... *die Herzogin von Roxton aka Mme la Duchesse aka Comtesse du Roucy*
- **Vallentine** ...... *Lucian, Lord Vallentine—Roxtons bester Freund, verheiratet mit seiner Schwester*
- **Estée** ...... *Lady Vallentine aka Madame—Vallentines Frau und Roxtons Schwester*
- **Martin** ...... *Martin Ellicott—Roxtons ehemaliger Kammerdiener und Julians Pate* (mon parrain)
- **Julian** ...... *Roxton und Antonias kleiner Sohn aka JuJu*
- **Gabrielle** ...... *Antonias Zofe, jüngste Schwester von Yvette, Rose und Giselle*
- **Céleste** und **Cécile** ...... *Julians Ammen aka die Morvan* nourrices
- **George Geraghty** ...... *Roxtons Kammerdiener*
- **Jean-Luc Levron** ...... *illegitimer Sohn des Marquis von Alston and seiner Mätresse, einer* marionnettiste
- **Augusta Fitzstuart** ...... *die Gräfin von Strathsay aka* grand-mère. *Antonias Großmutter*

Die Familie Salvan und ihr Haushalt

- **Die alten Tanten** ...... die Schwestern von Philip, Comte de Salvan. Roxtons Tanten durch seine Mutter, Madeleine-Julie; Salvans Tanten durch seinen Vater Philip
- **Tante Philippe** ...... Marquise du Touraine-Brissac aka Mme Touraine-Brissac. Mother of Alphonse, Duc du Touraine. Grandmother of Elisabeth-Louise and Michelle Haudry.
- **Tante Victoire** ...... die Comtesse du Chavigny
- **Tante Sophie-Adelaide** ...... Victoires Zwillingsschwester. Eine Nonne
- **Madeleine-Julie Salvan Hesham** ...... jüngste der Salvan-Schwestern. Marquise of Alston, Roxtons and Estées Mutter, gest. 1734
- **Salvan** ...... Jean-Honoré Gabriel Salvan, Comte de Salvan. Sohn von Philip, Comte de Salvan, Roxtons Cousin ersten Grades. Neffe der alten Tanten
- **Chevalier Montbelliard** ...... aka Cousin Hugh. Der Erbe des Comte de Salvan
- **Michelle Haudry** ...... aka Mme Haudry, Schwiegertochter eines Steuerpächters, Tochter von Alphonse, Duc du Touraine, Enkelin von Philippe, Marquise du Touraine-Brissac
- **Alphonse** ...... Duc du Touraine, einziger Sohn von Mme Touraine-Brissac, Roxtons Cousin ersten Grades und guter Freund. Vater von Michelle Haudry und Elisabeth-Louise Salvan Gondi Touraine
- **Elisabeth-Louise** ...... Schwester von Michelle Haudry, Enkelin von Mme Touraine-Brissac
- **Thérèse** ...... Roxtons frühere Mätresse, Ehefrau des Baron Thesiger, Schwester des Marquis de Chesnay, Mutter des Säuglings Robert
- **Gustave** ...... Marquis de Chesnay, Roxton's friend, brother of Thérèse Duras-Valfons.
- **'Ricky'** ...... Marquis de Chesnay, Roxtons Freund, Bruder von Thérèse Duras-Valfons
- **Giselle** ...... Elizabeth-Louises Zofe, Schwester von Gabrielle

Auftretende oder erwähnte historische Personen

- **Louis** ...... *King von Frankreich. Louis XV (1710–1774), genannt Louis der Vielgeliebte, König vom 1. September 1715 bis zu seinem Tod im Jahr 1774. https://en.wikipedia.org/wiki/ Louis_XV*
- **Mme de Pompadour** ...... *die* maîtresse-en-titre *(offiziell die erste Mätresse) des Königs aka Marquise de Pompadour, geb. als Jeanne Antoinette Poisson (1721–1764) https://en.wikipedia.org/ wiki/Madame_de_Pompadour*
- **Comte d'Hozier** ...... *der Genealog des Königs, Hüter des* Armorial général de France *und* juge d'armes *de France. Louis Pierre d'Hozier (1685–1767) https://en.wikipedia.org/wiki/ Louis–Pierre_d%27Hozier*
- **Marquis de Dreux-Brézé** ...... Zeremonienmeister von Frankreich. *Joachim, Marquis of Dreux-Brézé (1710–1781) https://fr.wikipedia.org/wiki/Joachim_de_Dreux– Br%C3%A9z%C3%A9*
- **Joachim** ...... *Marquis of Dreux-Brézé (1710-1781) https://fr. wikipedia.org/wiki/Joachim_de_Dreux-Br%C3%A9z%C3%A9*
- **Duc de Bouillon** ...... Großkämmerer von Frankreich. *Hier aufgeführt: https://en.wikipedia.org/wiki/ Grand_Chamberlain_of_France*
- **Duc de Richelieu** ...... *aka Armand, Duc de Richelieu, Erster Kammerherr. Louis François Armand de Vignerot du Plessis (1696–1788) https://en.wikipedia.org/wiki/ Armand_de_Vignerot_du_Plessis*
- **Marie Leszczyńska** ...... *Königin von Frankreich (1703–1768), Ehefrau Louis XV https://en.wikipedia.org/wiki/Marie_Leszczy% C5%84ska*
- **Marquis de Maurepas** ...... *Minister Haushalts des Königs. Jean-Frédéric Phélypeaux, Comte de Maurepas (1701–1781) Französischer Staatsmann. https://en.wikipedia.org/wiki/Jean– Fr%C3%A9d%C3%A9ric_Ph%C3%A9lypeaux,*
- *_Count_of_Maurepas*
- **M'sieur de Marville** ...... *Generalleutnant der Polizei von Paris https://catalogue.nla.gov.au/Record/2654940*

EINS

HÔTEL ROXTON, RUE SAINT-HONORÉ, PARIS, ANFANG NOVEMBER 1746

D ER RUNDLICHE, herrische Portier des Hôtel Roxton taumelte zurück und verneigte sich so tief, dass ihm die Nase auf die Knie gestoßen wäre, wenn nicht der Bauch im Weg gewesen wäre. Er erblickte polierte Lederstiefel und das Glitzern einer verzierten Scheide zwischen den weichen Falten eines schwarzen Roquelaures mit vielen Schulterkragen, als der Edelmann die schwarzweiß marmorierten Kacheln des höhlenartigen Eingangsfoyers durchquerte.

„M'sieur le duc! Was für eine – w-w-welche Freude, Euch wieder zu Hause zu sehen!", stammelte er, als er sich aufrichtete. „Wir – wir haben Euch nicht erwartet! Was für eine Überraschung!"

„Das war der Gedanke dahinter, Christoph", näselte der Herzog von Roxton. „Euch alle – äh – zu *überraschen.*"

Der Portier schnippte mit den Fingern, und zwei livrierte Lakaien schlossen die schweren Doppeltüren. Zwei weitere ihrer Kollegen traten vor und nahmen ihrem edlen Herrn Filzdreispitz, Wintermantel und Schwert ab. Und als Roxton seine schwarzen Lederhandschuhe auszog und sie hochhielt, wurden sie sofort von einem Diener in Empfang genommen.

Er wäre weitergegangen, die breite Marmortreppe hinauf, aber ein leises Grollen über ihm ließ ihn innehalten. Es war kein Donner. Es war seine Armee von leichtfüßigen Dienern, die sich in Bewegung gesetzt hatte. Das Geräusch verlieh ihm immer ein Gefühl von Wohlbefinden und ließ ein dünnes Lächeln der Befriedigung auf seinem Gesicht erscheinen. Er zweifelte nicht daran, dass seine leere Kutsche, die durch das Haupttor einfuhr, den Haushalt auf seine Ankunft aufmerksam gemacht hatte.

Zuvor hatte er sich von seinem Fahrer in den Tuilerien-Gärten absetzen lassen und ihm befohlen, zwanzig Minuten zu warten, bevor er ohne ihn weiterfuhr, zum Haupteingang seines Herrenhauses in der Rue Saint-Honoré. Inzwischen spazierte er die von Bäumen gesäumte Allee entlang und betrat seine Pariser Wohnung durch ein Seitentor. Dieses Tor befand sich in einer hohen Mauer und ermöglichte den Zugang zu den Tuilerien–Gärten vom Gelände seines weitläufigen Privatgartens aus.

In seinem Herrschaftsbereich angekommen, machte er einen gemächlichen Spaziergang durch den Kastanienhain, durchquerte den Ziergarten zu einer Kolonnade und ging unter einem hohen Torbogen hindurch, der sich in den weitläufigen Eingangshof zur Straße hin öffnete. Als er an der Doppeltür ankam, fand er sie verschlossen und gegen unbefugtes Eindringen verriegelt. Das freute ihn. Er benutzte den schweren silbernen Türklopfer, um seine Ankunft anzukündigen.

Auf seinem Spaziergang wurde er nicht weniger als vier Mal angehalten: Von den Wachen, die am Seitentor stationiert waren, und dann von zwei ihrer Kollegen, die Teil einer kleinen Streitmacht waren, die morgens, mittags und nachts auf dem gesamten Grundstück patrouillierten; sogar einer der Gartenarbeiter, die sich um die Kieswege kümmerten, die die Ziergärten kreuzten, hielt ihn kühn auf. Schließlich trat sein Obergärtner aus einer Gruppe von Männern unter der Kolonnade heraus, deren Köpfe über eine Reihe von Plänen gebeugt waren, die auf einem Tischbock ausgebreitet waren, und verlangte, dass er sagen möge, was ihn hierher führte. Wie bei den Wachen und dem Gartenarbeiter brauchte es nur das Anheben seines Kinns, damit sein Gesicht nicht mehr von seinem Dreispitz verdeckt war, um plötzliches Erkennen hervorzurufen. Es war erfreulich, dass jeder seiner Diener mit großen Augen erschrocken zusammenfuhr, bevor er sofort seinen Blick senkte und in eine stille, respektvolle Verbeugung versank.

Er verbrachte einige Augenblicke mit seinem Obergärtner und studierte die Pläne, die die Männer für die Rosengewächshäuser prüften, die er auf dem Gelände des Gemüsegartens bauen wollte. Erfreut über ihre Fortschritte, verließ er sie und nahm sich vor, seinen Verwalter dafür zu loben, dass er seinen Haushalt auf seine Anweisung aufmerksam gemacht hatte: Niemand, der der unmittelbaren Familie von *M'sieur le duc* nicht persönlich bekannt war oder aus einem bestimmten Grund in das *hôtel* kam, durfte die Tore durchschreiten, ohne zuerst vom Verwalter befragt zu werden. Die Sicherheit und das Wohlergehen der Herzogin und seiner kleinen Lordschaft waren von größter Bedeutung. Es spielte keine Rolle, dass der Herzog und seine Familie derzeit im Weiler Versailles wohnten – die Anordnung musste durchgesetzt werden. Auf diese Weise würde es mit der Zeit zur zweiten Natur, nicht nur für alle seine Angestellten, sondern auch für die Mitglieder seiner Großfamilie.

Er dachte hauptsächlich an seine Schwester Estée und ihre regelmäßigen, für jeden zugänglichen *levées* und *soirées* für die Pariser Gesellschaft. Im Laufe der Jahre war sie so etwas wie eine gefeierte Gastgeberin für jene Mitglieder des Adels geworden, die die literarischen Salons mieden, weil sie sich überfordert fühlten und damit die Themen unfassbar langweilig fanden. Er wusste, dass sich ihre Gesellschaften hauptsächlich mit Gesellschaftsklatsch befassen, größtenteils über die Geschehnisse am Hofe, echt oder erfunden. Dass er selbst ein persönlicher Freund Seiner Majestät war und Estée sich herablassend weigerte, mit ihren Bekannten über diese Freundschaft zu sprechen, war für diese Grund genug zu der Annahme, dass auch sie eine Vertraute des Königs wäre. Das war sie jedoch nicht. Roxton sagte ihr nichts, und sie wusste, dass sie nicht fragen durfte.

Und obwohl er ihrem Salon und seinen Besuchern früher kaum Beachtung geschenkt hatte, war er jetzt, da er verheiratet war, vorsichtiger mit den Besuchern seines Hauses und der Gesellschaft seiner Schwester. Vor allem ein Besucher, ein Cousin mütterlicherseits, war zu einem festen Bestandteil ihres Salons geworden. Allem Anschein nach war der *chevalier Montbelliard* ein junger Mann von harmlosem Ruf. Aber er war der Erbe des in Ungnade gefallenen *comte de Salvan*, Roxtons Erzfeind, und das hätte Estée genügen müssen, um den *chevalier* auf Distanz zu halten. Das hatte sie jedoch nicht. Tatsächlich hatte er kürzlich erfahren, dass sie sich dem Chor ihrer Salvan-Cousins angeschlossen hatte, die den König im Namen von Montbelliard ersuchten, den jungen Mann bei Hofe zu empfangen.

Aber die Salons seiner Schwester und der *chevalier* waren nicht der Grund, warum er es auf sich genommen hatte, seine Herzogin zu verlassen und für den Tag nach Paris zurückzukehren.

Estée hatte geschrieben, es handele sich um eine ernste Angelegenheit, die schlimme Folgen für die Familie haben würde, wenn er sich nicht sofort darum kümmerte. Sie wagte es nicht, die Natur dieser Angelegenheit zu Papier zu bringen, aus Angst, ihr Brief könnte in die falschen Hände geraten. Ihre Angst war eine Warnung, und zwar nicht direkt an ihn adressiert, sondern in einem Brief an ihren Mann. Dies sagte ihm, dass sie Grund zu der Annahme hatte, dass ihre Korrespondenz von *M'sieur* de Marville, dem Generalleutnant der Pariser Polizei, geöffnet und gelesen wurde.

Dies überraschte den Herzog nicht. Es war ein offenes Geheimnis, dass die Korrespondenz der in Paris residierenden französischen Aristokratie von der Pariser Polizei geöffnet und gelesen wurde. Nur so konnte Louis sich ein klares Bild davon machen, was seine Adligen dachten und planten. Aber Roxton gehörte nicht zur französischen Aristokratie, und wenn Louis wissen wollte, was er dachte, fragte er ihn direkt. Nein. Hier war noch etwas – oder jemand – im Spiel. Er nahm an, dass seine Schwester mehr wusste, als sie in ihrem Brief verriet, und so zögerte er nicht und kehrte gleich am nächsten Tag nach Paris zurück.

Doch zurück in der opulenten Umgebung seines *hôtels* nahm er sich Zeit, die Treppe zu der Wohnung hinaufzusteigen, die seine Schwester mit ihrem Mann bewohnte. Er brauchte einen Moment, um sich auf ein Gespräch vorzubereiten, von dem er aus langer Erfahrung wusste, dass es damit enden würde, dass sie theatralisch wurde und er am Ende seiner Geduld sein würde. Er machte sich nicht viel Hoffnung, dass die Morgenübelkeit ihre Emotionen gedämpft hatte. Nach einem Fuß über die Schwelle ihres Boudoirs wusste er, dass das zu viel verlangt gewesen wäre.

Er fand sie zusammengesunken zwischen den dicken Kissen ihrer Chaiselongue, *en déshabillé*. Sie hatte einen Arm über ihre glatte Stirn gelegt und hielt ein zerknülltes, spitzenbesetztes Taschentuch in der Hand. Ihr Gesicht war von der abgestuften Spitze der Rüschen an ihrem Ellbogen verdeckt, aber er bezweifelte, dass sie schlief. Aber als ihre Zofe nervös zischte, dass *M'sieur le duc* gekommen sei und ihre Herrin sich nicht aufsetzte, zog er es vor, seiner Schwester im Zweifelsfall zuzugestehen, dass sie krank wäre, als sie für ungezogen zu halten.

„Du sagtest, es sei eine Frage von Leben und – äh – Tod", sagte er mit seiner seidigen, leicht finsteren Stimme und blickte durch sein Augenglas auf sie hinab. „Und daher bin ich hier."

ZWEI

Hinter dem Schleier aus Spitzenrüschen öffneten sich die Augen von Estée Vallentine weit. Sie hatte nicht ihren Bruder erwartet, sondern ihren Mann. Sie hatte es in dem Moment gewusst, als die Kutsche des Herzogs durch das Tor hereingefahren war. Ihre Dienstmädchen waren herbeigeeilt, um ihr mit ebenso weit aufgerissenen Augen zu erzählen, leicht atemlos vor nervöser Erwartung, dass *M'sieur le duc* nach Hause gekommen war! Doch Estée hatte ihnen nicht geglaubt. Sie würde sich kein zweites Mal täuschen lassen.

Hatten sie vergessen, was erst vor einer Woche geschehen war, als die Kutsche des Herzogs vor der Tür ankam und jeder Diener in Panik geraten war? Sie hatten sie mit dieser Nachricht aus ihrem Bett geholt, und sie war sofort aufgesprungen, hatte sich einen seidenen Morgenrock übergeworfen, um ihr Gesicht vor ihrem Spiegel schminken zu lassen, und sich dann auf ihrer Chaiselongue drapiert, in Erwartung des Besuchs ihres Bruders mit einem Ausdruck geduldig ertragenen Leidens auf dem Gesicht.

Aber bei dieser Gelegenheit hatte nicht ihr Bruder in der Kutsche gesessen, sondern dieser Barbar von einem Kammerdiener!

Und aus diesem Grund hatte sie diesmal nur spöttisch geschnaubt, als man ihr sagte, *M'sieur le duc* wäre zu Hause angekommen. Und nach dem Brief, den sie ihrem Mann geschickt hatte, erwartete sie, dass er aus Versailles zurückkehren würde, voller Sorge um ihr Wohlergehen. Schließlich war es sein Kind, das sie trug, und wegen ihm hatte sie den schlimmsten Fall von morgendlicher Übelkeit erlitten, den eine schwangere Frau in der Geschichte schwangerer Frauen je ertragen musste.

So oder so, Bruder oder Ehemann, es spielte keine Rolle. Beide verdienten es zu wissen, wie krank und vernachlässigt sie war. Also hörte sie auf, ihr Frühstück zu essen und drapierte sich auf ihrer Chaiselongue, den Arm über die Stirn mit geschlossenen Augen, ein Ausdruck des langen Leidens, versteckt hinter dem Schleier der Spitzenrüschen an ihrem Ärmel.

Als sie jedoch die Begrüßung hörte, konnte sie das sanfte Näseln ihres Bruders nicht verkennen. Und während sie bitter enttäuscht war, dass es nicht ihr Mann war, der sich beeilt hatte, an ihre Seite zu kommen, war sie insgeheim froh, dass der Herzog seine Villa verlassen hatte, um ihr einen Besuch abzustatten. Zweifellos wegen der angedeuteten Warnung in dem Brief, den sie ihrem Mann geschickt hatte. Dies hinderte sie nicht daran, zu schmollen und ihren interessanten Zustand auszunutzen, obwohl sie wusste, dass der Herzog ihre Schauspielerei sofort durchschauen würde.

„Ich sterbe, Roxton, und niemanden kümmert es!", verkündete sie mürrisch und machte keinen Versuch, sich aufzusetzen, um ihn zu begrüßen. Sie holte tief und zittrig Luft. „Mein Mann, er hat mich verlassen. Meine Familie ist weggegangen und hat mich an diesem leeren Ort ganz allein gelassen, und mit Dienern, die es nicht im Geringsten interessiert, ob ich lebe oder sterbe. Warum, oh warum hast du mich mit einem Mann verheiratet, der so viel Gefühl hat wie ein A-A … überhaupt keine Gefühle! Ich bin so krank, dass ich kaum sprechen kann!"

Der Herzog widersprach ihr nicht. „Das sehe ich", scherzte er und schaute sich nach einem Platz zum Sitzen um. „Aber vielleicht würdest du dich weniger krank fühlen, wenn du dein herrliches Frühstück beenden würdest. Besonders das köstliche halb gegessene Croissant. Und deine Schokolade wird nicht mehr so gut schmecken, wenn du sie kalt trinken musst."

Sein scharfer Blick durch sein Augenglas war auf den niedrigen Tisch gerichtet. Er stöhnte unter dem Gewicht von Silbertabletts und Porzellantellern mit einer feinen Auswahl an frischem Gebäck, Aufschnitt und frischem Obst sowie einem silbernen Schokoladebecher mit Monogramm und einer Kanne mit heißer Schokolade.

Estée Vallentine schmollte und mühte sich darum, sich aufzusetzen. Sie zog ihren durchsichtigen Morgenrock um ihre Schultern und gab ihrer

Zofe ein Zeichen, heranzukommen, um das weibliche Durcheinander aus Stoffmustern, Spulen mit dickem Satinband und einiges an Kleidung, das sich auf einem Ende der Chaiselongue häufte, wegzuräumen.

„Du hast schon gefrühstückt?", fragte sie in versöhnlicherem Ton.

„Ja. Aber ein Kaffee wäre schön."

„Frischen Kaffee für *M'sieur le duc*", verlangte Estée von der Zofe, die nun alle Arme voll hatte. „Und sag Jeanne, dass wir nicht gestört werden sollen, außer mit dem Kaffee!"

Roxton hob vorsichtig eines der Seidenkissen an einer großen Quaste auf und ließ es auf den Teppich fallen. Er hob die Röcke seines schwarzen Samtrocks, setzte sich an das Ende der Chaiselongue und sah seine Schwester an. „Du tust deinem Mann Unrecht. Er bleibt bei uns, weil du ihm gesagt hast, er solle weggehen und – äh – wegbleiben."

„Ja. Aber ich dachte nicht, dass er das tun würde."

„Dann kennst du ihn nicht so gut, wie du denkst. Lucian tut, was ihm gesagt wird. Und das ist es, was du ihm gesagt hast."

Estée verzog ihren schönen Mund. „Manchmal – nein! Nicht manchmal – *die meiste Zeit* – denke ich, dass er *dich* mehr liebt als *mich*."

Der Herzog hob eine Schulter. „Gut möglich. Aber du kannst dich damit trösten, dass du die einzige Frau bist, die er liebt. Darf ich dir deinen Teller reichen? Du wirst dich wohler fühlen, wenn du isst. Jedenfalls rät das dein Arzt."

Estée setzte sich entsetzt auf. „Er spioniert mir in deinem Auftrag nach?"

„Nein. Er informiert mich über das Wohlbefinden meiner Schwester. Ich habe die ganz natürliche Sorge eines Bruders um das Wohlergehen meiner Schwester, besonders in deinem gegenwärtigen Zustand. Und dein Arzt sagt es mir nur, wenn ich frage."

„Wie rücksichtsvoll von ihm!"

„Das finde ich auch", antwortete er nonchalant und reichte ihr einen Sèvres-Teller, auf dem sich eine fein geschnittene Birne und ein halb gegessenes Croissant befanden. Als sie zögerte, fügte er sanft hinzu: „Bitte, *ma chère soeur*, du wirst dich besser fühlen, wenn du isst."

Sie nickte, die untypische Freundlichkeit in seiner Stimme verursachte einen Kloß in ihrer Kehle und ließ sie gestehen: „Ich habe festgestellt, dass das Essen kleiner Mahlzeiten während des Tages dazu beigetragen hat, meine Übelkeit einzudämmen."

Er beobachtete, wie sie die zarten Gebäckschichten auseinanderzog und den Rest des Croissants verzehrte, und überraschte sie mit einem Geständnis. „Unsere Mutter litt unter Übelkeit, als sie mit dir schwanger war."

„Ja? Das hat *maman* mir nie erzählt."

„Mir auch nicht. Erst vor kurzem blitzte es in meiner Erinnerung auf, wie sie zu unwohl war, um von ihrer Couch aufzustehen. Damals verstand ich es nicht. Vor allem, dass *mon père* überglücklich darüber war, dass sie krank war – dachte ich zumindest. Sie beschimpfte ihn, weil er so glücklich war. Aber wenn ich daran zurückdenke, war sie nicht böse auf ihn. Ihr Verhalten verwirrte mich sehr. Da nahm er mich beiseite und vertraute mir an, dass ich im neuen Jahr einen Bruder oder eine Schwester bekommen würde."

„Er wollte noch einen Sohn."

„Er sagte nichts darüber, was er lieber hätte. Er war einfach glücklich, wieder Vater zu werden. Ich hingegen war hauptsächlich irritiert von der Aussicht, ein Geschwisterchen zu haben und damit eine Störung meines Lebens."

„Ich zweifle nicht daran, dass du keinen Bruder oder keine Schwester wolltest!", antwortete Estée mit einem Schmunzeln. „Du warst so lange ein Einzelkind, dass es ein Schock gewesen sein muss, unsere Eltern mit einem anderen, noch dazu einem *bébé*, zu teilen."

„Allerdings", sagte Roxton ernst. „Ich teile nicht gern."

„Das stimmt nicht!", widersprach seine Schwester vehement in einer Kehrtwende. „Du bist sehr großzügig mit mir und mit Lucian, und du verwöhnst Antonia unglaublich." Sie verzehrte die Birnenscheiben und stellte den Teller mit einem schrägen Blick auf den Herzog beiseite. „Und wenn das, was mir gesagt wird, wahr ist, bist du großzügig über das hinaus, was bei anderen, die nicht einmal blutsverwandt sind, tolerierbar ist. Tante Philippe erzählte mir den überraschendsten Klatsch und wollte ihn bestätigt haben. Ich hatte da Lucians Brief noch nicht erhalten, daher fiel es mir leicht, es zu verneinen, weil ich nichts davon wusste. Aber dann kam Lucians Brief, und da stand es schwarz auf weiß! Das bedeutet, dass ich nun Bescheid weiß, und wenn ich von unseren Salvan-Verwandten gefragt werde, muss ich bestätigen, was meines Wissens wahr ist. Trotzdem kann ich nicht glauben, was du getan hast! Es muss eine andere Erklärung geben."

Der Herzog war schroff.

„Sei so höflich, nicht um den heißen Brei zu reden."

Sie hob ihre kleine Nase. „Nun schön. Lucian teilte mir mit, dass du diesen Barbaren – deinen Kammerdiener – einen *bloßen Diener* – zu … zu einem Gentleman mit eigenem Vermögen gemacht hast!"

„Genau das habe ich getan."

„Mit tausend Pfund im Jahr – *auf Lebenszeit.*"

„Auch das stimmt."

„Und du hast ihm ein Landhaus zu einer lächerlichen Pacht zur Verfügung gestellt."

„Ja." Der Herzog zog seine goldene Schnupftabakdose mit Emailledeckel aus einer Tasche seiner Weste. „Ich bin sicher, dass dein Mann das kleine Detail nicht ausgelassen hat, dass es neben dem Jahreseinkommen und dem Landhaus auch eine Kleiderzulage gibt." Er lächelte dünn. „Ein vermögender Gentleman muss auch so aussehen; meinst du nicht auch?"

„Eine Kleider – *Kleiderzulage?*" Estée starrte ihn an. „Das ist … das ist …"

„… meine Sache, nicht deine."

„… *unerträglich.*" Sie schnaubte vor Verachtung. „Damit bin ich absolut nicht einverstanden! Und es *ist* meine Sache – die Sache *deiner Familie.* Wenn es allgemein bekannt wird, werden wir zwangsläufig unter der *Verachtung* durch den *Skandal* wegen eines so – so impulsiven und *lächerlichen* Unterfangens zu leiden haben."

„Ich bin nie impulsiv. Und wenn andere das für lächerlich halten, lass sie doch."

„Und die *Schande?*"

„Beziehst du dich auf die Moral des Mannes oder seine Manieren? Beide sind solide, das versichere ich dir."

„Roxton! Das ist keine Kleinigkeit!"

Der Herzog klopfte auf den Deckel seiner Schnupftabakdose. „Nein. Das ist es nicht."

„Du kannst nicht bis zum Ende durchdacht haben, was das für uns bedeutet", beharrte Estée.

Sie war taub für den ausdruckslosen Tonfall des Herzogs und das Klopfen auf seiner Schnupftabakdose, was, wenn sie ihren Bruder halb so gut gekannt hätte, wie sie es sollte, ihr als sichere Anzeichen dafür erschienen wären, dass die Angelegenheit nicht zur Diskussion stand. Aber er ließ ihr bei dieser Gelegenheit wegen ihres heiklen Zustandes einen gewissen Spielraum, und nachdem er sich an seinem Schnupftabak bedient hatte, sagte er mit aller Geduld, die er aufbringen konnte:

„Wenn ein französischer König eine Bürgerliche zur Mätresse erheben und sie zu einer Adligen machen kann, dann gibt es keinen Grund, sich darüber aufzuregen, wenn ein englischer Herzog seinen Kammerdiener zu einem Gentleman mit eigenem Vermögen macht."

Estée wusste, dass er sich auf Jeanne-Antoinette Poisson d'Étiolles bezog, die Frau eines Pariser Finanziers und Louis' offizielle Geliebte. Ludwig hatte *Madame d'Étiolles* als *marquise de Pompadour* in den Adelsstand erhoben, und es war ein Skandal epischen Ausmaßes unter der Aristokratie. Die Tradition befahl dem König, eine offizielle Geliebte aus ihren Reihen zu wählen. Alle früheren Könige hatten dies getan, ebenso wie dieser Ludwig mit den vier de Mailly-Schwestern. Umso unverständlicher war es, warum er es nicht noch einmal getan hatte. Es war eine so umstrittene Ernennung, dass die frisch gebackene *marquise* sofort von den Leuten, zu deren Reihen sie sich gesellt hatte, verachtet, geschmäht und verleumdet wurde.

Wenn Estée vernünftig nachgedacht hätte, würde sie erkannt haben, dass es kleinlich von ihr war, sich darüber zu empören, dass ihr Bruder für diese besondere Gunst einen Mann ausgewählt hatte, der ihm zwanzig Jahre treue Dienste geleistet hatte und der den Herzog kannte, seit sie Jungen waren.

Was konnte es schaden? Roxton hatte immer so gelebt, wie es ihm gefiel, und wenn es ihm gefiel, für seinen Kammerdiener zu sorgen, dann sollte es so sein. Es würde kaum Auswirkungen auf ihr Leben haben. Zumindest hatte sie das zuerst gedacht, bis ihre Tanten Salvan – die Schwestern ihrer Mutter und aus einer alten französischen Adelsfamilie – ihre Empörung zum Ausdruck brachten und sie vom Gegenteil überzeugten.

Wer hatte jemals davon gehört, dass ein Lakai auf so eigentümliche Weise ausgezeichnet wurde? Sie nicht! Diener wurden oft nicht einmal pünktlich bezahlt, und, wenn sie widerspenstig waren, einige überhaupt nicht. Es war ein Privileg für die niederen Stände, ihren edlen Herren zu dienen. Jede Bezahlung war neben diesem Dienst allenfalls nebensächlich. Und da dieser Dienstbote ein so empörendes Angebot seines Herrn angenommen hatte, war er offensichtlich ein käuflicher Mensch, dem mehr am finanziellen Vorteil gelegen war als an der Ehre, der Kammerdiener eines Herzogs zu sein. Ehrenhaft wäre es gewesen, abzulehnen und sich auf ein kleines Vermächtnis anlässlich des Todes seines Herrn zu freuen. Das war die richtige Art und Weise, mit so etwas umzugehen. Alles andere hatte den Geruch von Bourgeoisie an sich. Dieser Diener war eine ebenso ungeschliffene Person wie dieses Fischerweib, die die Hure Seiner Majestät war!

Die alten Tanten sorgten sich um *M'sieur le duc de Roxtons* Verstand. Seinen Kammerdiener zu einem Gentleman mit eigenem Vermögen zu machen, war nicht nur skrupellos, sondern eine Tat des Wahnsinns. Welchen Floh hatte sich ihr Bruder ins Ohr setzen lassen?

Unter Tränen erzählte Estée all dies ihrem mit versteinerten Gesicht neben ihr sitzendem Bruder.

Wie eine Abordnung ihrer alten Tanten sie besucht und ihr von dem Geflüster über *M'sieur le ducs* schockierender und frivoler Laune betreffs seines Dieners erzählt hatte, das gerade in den Salons ihrer Freunde und Verwandten zirkulierte, den Nischen der Spielclubs, sogar den hochklassigen Bordellen, die von Adligen besucht wurden. Die alten Tanten sagten, die Familie habe genug Demütigung wegen ihres Oberhaupts erlitten, des *comte de Salvan*, der vom Hof verbannt worden war, und auch dafür wäre *M'sieur le duc de Roxton* der Grund gewesen. Und jetzt ließ dieses jüngste eigenartige Verhalten ihres Neffen alle die Geisteskräfte des Salvan-Blutes in Frage stellen. Dass vielleicht ihre Familie unter einem Fluch litte. Wer würde sich noch dazu bereiterklären, seinen Sohn oder seine Tochter in eine Familie einheiraten zu lassen, in der ein Neffe vom Hofe verbannt worden war und der andere sein Vermögen an einen Mann untersten Standes verschwendete? Hier wurde eine Demütigung auf die andere gehäuft.

Und nach dem Verhör, dem sie von Tante Philippe, der furchterregendsten der alten Tanten, unterzogen worden war, war Estée so erschöpft gewesen, dass sie tagelang ihr Bett nicht verlassen hatte! Sie fragte sich, ob ihr Kindchen unter ihrer Melancholie leiden würde. Und das, obwohl die alten Tanten ihr versicherten, dass es nicht ihre Schuld war, und sie nicht ihr zürnten. Sie wussten genau, wer die Schuld daran trug und wer ihrem Neffen diesen Floh ins Ohr gesetzt hatte, dass er eine so lächerliche Idee in Wirklichkeit verwandelt hatte. Es war derselbe Floh, der ihren anderen Neffen, den *comte de Salvan*, befallen hatte, dass er sich wie ein Verrückter aufgeführt hatte.

Und als sie ihr den Namen des Flohs nannten, war Estée überhaupt nicht überrascht. Es war die einzig plausible Erklärung. Sie wiederholte nun ihre Anschuldigung und schleuderte sie dem Herzog mit all der hochmütigen Verachtung entgegen, die ihres alten aristokratischen Salvan-Blutes würdig war.

„Du hättest vor deiner Heirat nie einen so absurden Einfall gehabt. Und dieser Barbar wäre immer noch dein Kammerdiener und an seinem richtigen Platz, und wir und unsere Salvan-Verwandten würden jetzt nicht zum allgemeinen Gelächter werden, wenn *sie* nicht wäre! Diese – diese – *Katastrophe* – ist allein Antonias Schuld!"

DREI

D IE ÜBLICHE CHARAKTERISTISCHE Reaktion des Herzogs auf die tränenreichen Ausbrüche seiner Schwester war, die Zähne zusammenzubeißen und sich nicht zu rühren, um dann auf eines von zwei Ergebnissen zu warten: Entweder würde sie emotional erschöpft und ohne weitere Tränen zur Besinnung kommen, aber trotzig bleiben; oder sie würde sich zwischen die Kissen werfen, und man würde nicht vernünftig mit ihr reden können. So oder so bekam er das gleiche Ergebnis: ihr Schweigen. Dies würde es ihm dann ermöglichen, seine Anweisungen zu äußern und dann so schnell wie möglich zu gehen, unter Begleitung ihres Schluchzens und den gedämpften Plattitüden des Trostes, die ihr von ihren Damen zugeflüstert wurden. So war es zwischen Bruder und Schwester gewesen, seit er vor fast zwanzig Jahren den Titel geerbt hatte.

Diesmal war seine Reaktion anders. Und dass sie anders war, lag an einer Bemerkung, die seine Herzogin am Abend zuvor gemacht hatte, als er ihr erzählte, dass er am nächsten Tag wider Willens nach Paris würde zurückkehren müssen, um sich persönlich um eine Angelegenheit zu kümmern, die seine Schwester und die alten Tanten betraf. Er hatte gesagt, er würde sein Bestes tun, um besondere Rücksicht auf Estées Bedürfnisse angesichts ihrer Schwangerschaft und morgendlicher Übelkeit zu nehmen, aber er hätte keine Hoffnung, dass es ohne eine dramatische Szene mit

Tränen und Beschuldigungen, wie schlecht er sie behandelte, vonstattengehen würde.

Antonia hatte gemeint, dass sie nicht überrascht sein würde, wenn dies Estées Reaktion sein würde, und das sollte er auch nicht sein, da seine Schwester in einem Haus der Tränen aufgewachsen war.

Das hatte den Herzog verwirrt. „Haus der Tränen, *ma vie?*"

„Das *hôtel*, zu der Zeit, in der deine Mutter und deine Schwester dort ohne dich lebten", hatte Antonia sachlich erklärt. Und als sein Gesicht immer noch nicht klüger ausgesehen hatte, fügte sie hinzu, als wäre es selbstverständlich: „Aber es muss ein Haus der Tränen gewesen sein, Monseigneur. Euer Vater war plötzlich gestorben und hatte eine junge Witwe mit einem kleinen Sohn und einem *bébé* hinterlassen. Und nur ein paar Monate später wurdest du – der einzige Sohn deiner Mutter und nun das Oberhaupt der Familie – von deinem Großvater ihrer Sorge gewaltsam entrissen, und sie sah dich viele Jahre nicht wieder. Also erlitt deine Mutter durch diesen erneuten Verlust noch weitere Trauer.

„Deine Schwester war zu dieser Zeit nur ein Säugling, sie hat also ihren Papa nie gekannt, und man hat ihr zwar erzählt, dass sie einen Bruder hätte, aber du bist doch erst in ihr Leben getreten, als sie schon ein großes Mädchen war, und warst bis dahin kaum mehr als ein Phantom. Also hat sie nie eine Zeit erlebt, in der ihre *maman* glücklich war. Eure *maman*, sie hat ihr ganzes Leben weiter in Trauer verbracht, war immer traurig und den Tränen nahe. Ihre Damen und ihre Bediensteten müssen von solcher Traurigkeit auch angesteckt worden sein. Wie konnte dann das *hôtel* ein Heim sein, wenn es ein Haus der Tränen war? Jedes kleine Mädchen – jedes Kind – verdient es, von Glück und Helligkeit umgeben zu sein. Aber das war Estée nicht. Und daher reagiert sie auf die einzige Art und Weise, die sie kennt, mit Tränen."

Antonia hatte dann in Anerkenntnis dessen, was ein Funke des Verständnisses gewesen sein musste, seine Wange geküsst und mit strahlendem Lächeln hinzugefügt: „Aber jetzt haben wie Julian und Lucian und Estée werden bald ihr eigenes *bébé* haben, und dann muss das Haus der Tränen zu einer fernen Erinnerung werden, ja? Das *hôtel* soll ein glückliches Zuhause für unsere Kinder und für uns alle sein. Wir müssen es dazu machen."

Dem stimmte der Herzog zu. Auf der Kutschfahrt nach Paris hatte er weiter über Antonias scharfsinnige Beobachtung nachgedacht und fand sie bis in jede Einzelheit zutreffend. Als seine Schwester also in Tränen ausbrach, nachdem sie ihm ihre Anschuldigung gegen die Herzogin trotzig an den Kopf geworfen hatte, schluckte er, anstatt seine Anweisungen zu erteilen und sich zu verabschieden, seine Antwort herunter und blieb auf der Chaiselongue sitzen.

Er holte innerlich tief Atem, reichte Estée sein sauberes weißes Leinentaschentuch und sagte sanft: „Trockne deine Augen, *ma chère soeur*, dann können wir reden. Ach! Da kommt ja auch der Kaffee."

Eine von Estée Vallentines Damen war auf Zehenspitzen mit einem Tablett mit Kaffeegeschirr in den zitternden Händen ins Zimmer geschlichen. Der Herzog wies sie an, das Tablett auf den niedrigen Tisch zu stellen und sich zu verabschieden. Er würde selbst den Kaffee einschenken. Ohne auch nur einen Blick auf ihre Herrin zu werfen, eilte sie davon und ließ die Geschwister in einem untypisch stillen Boudoir zurück.

DER HERZOG SCHENKTE ihnen beiden Kaffee ein, während Estée ihre Augen und ihr Gesicht vorsichtig trocken tupfte. Sie saß, sein Taschentuch zusammengeknüllt in ihrem seidenbekleideten Schoß, mit einem misstrauischen Blick auf ihrem Bruder neben ihm. Doch als er ihr eine Kaffeeschale mit Kaffee reichte, der so war, wie sie ihn am liebsten mochte, und schweigend neben ihr saß und aus seiner Schale nippte, entspannte sie sich. Er wartete, bis er sah, wie die Spannung in ihren Schultern nachließ, und stellte dann seine Porzellanschale auf die Untertasse, um zu erklären:

„Du hast in allen drei Punkten recht. Erstens: Die Herzogin hat mir die Augen geöffnet, wie die – äh – außergewöhnlichen Umstände meiner Erziehung Einfluss auf meine – wie soll ich es bezeichnen? – einzigartige? Oh ja! – *einzigartige* Lebenseinstellung gehabt haben. Zweitens: Hätte ich Antonia nicht geheiratet, hätte Martin zweifellos seine Rolle als Kammerdiener beibehalten, bis einer von uns verstorben wäre." Sein Lächeln war selbstironisch. „Es scheint, dass keiner von uns ohne den anderen auskommt… Und drittens: Dank Antonia ist Martin kein Diener mehr, sondern ein Gentleman mit eigenem Vermögen. Aber …"

„Ich *wusste*, dass das ihre Idee gewesen sein muss!"

„*Aber*", fuhr er betont fort, „es ist nicht die Katastrophe, für die du es hältst, was auch immer dir unsere alten Tanten anderes einzureden versucht haben."

Sie schmollte bei der Erwähnung ihrer Tanten.

„Ich weiß nicht, wie du es nicht für eine Katastrophe halten kannst", brummte sie, „wenn diese Laune Antonias dich an die vierzigtausend Pfund kosten wird. Und das nur, wenn du das Pech haben solltest, dass er so glücklich ist, nicht vor hohem Alter von irgendeiner Krankheit niedergestreckt zu werden!"

Der Herzog lachte in sich hinein.

„Was für Berechnungen du und unsere Tanten über eurer Schokolade anstellt! Oder über dem Hexenkessel? Wenn Martin weit über siebzig wird, dann wird der Betrag näher bei Fünfzigtausend liegen, wenn man das ihm zur Verfügung gestellte Haus und das Kleidergeld berücksichtigt."

„*Mon dieu*", murmelte Estée, während sie ihre Kaffeeschale auf die Untertasse stellte. „Wenn man bedenkt, was du mit einem solchen Vermögen Besseres hättest tun können, und du verschwendest es an einen Diener!"

„Ich bezweifle nicht, dass dies auch genau die Reaktion unserer habgierigen Tanten war", witzelte Roxton. Er runzelte die Stirn und stieß einen kleinen Seufzer aus. „Ich bin nicht überrascht von ihrer Reaktion, aber ich bin enttäuscht, dass *du* sie nachplapperst."

Sein Blick schweifte über den prunkvollen Raum mit seiner blumenverzierten Seidentapete, vergoldeten und samtbezogenen Polstermöbeln, dicken Teppichen und den hundertundein teuren weiblichen Schmuckstücken aus Porzellan, Kristall und luxuriösen Textilien, die seine Schwester für ihren Komfort als notwendig erachtete, von denen nichts seinem Geschmack entsprach und die den Raum übelkeitserregend eng erscheinen ließen.

Er fügte leicht ironisch hinzu: „Wenn du dich ernsthaft über den Stil und das Maß an Komfort beschweren möchtest, das ich an dich verschwende, dann hast du jetzt Gelegenheit, deiner Unzufriedenheit Ausdruck zu verleihen und höhere Bezüge zu verlangen."

„Verschwende?" Estée blinzelte ihn erstaunt an und richtete sich gerade auf. „Du vergleichst mich, *deine Schwester* – in deren Adern nicht nur das Blut des englischen Adels, sondern auch der französischen *noblesse d'epée* fließt – mit deinem *Kammerdiener*, einem – einem bloßen Lakaien, der …"

„Hast du je einmal berechnet, wie viel ich jährlich für deine Wünsche und Bedürfnisse aufwende?"

„Warum sollte ich so etwas Unnötiges tun?" fragte Estée verblüfft. „Ausgaben sind notwendig, wenn wir so leben wollen, wie es unsere edle Abstammung fordert. Ein geringerer Lebensstil würde unseren Namen und unsere Vorfahren entehren. Und es wäre eine Schande für dich, nicht nur als Oberhaupt unserer Familie, sondern auch als mächtigstem Herzog Englands, wenn ich mich der Welt als etwas Geringeres präsentieren würde als bin. Ich bin deine Schwester. *Immerhin.*"

Roxton neigte den Kopf, um dies zu bestätigen.

„Dennoch vermute ich, dass die Mehrheit unserer edlen Standesgenossen auf dieser Seite des Kanals nie die Ausgaben berechnet haben, die sie aufwenden, um ihrer edlen Abstammung gerecht zu werden. Sie leben weit über ihre Verhältnisse und rühmen sich einer Lebensweise, die sie sich nicht leisten können, die sie aber voneinander verlangen. Und sie werden diese Fassade bis zu ihrem letzten Atemzug aufrechterhalten, ohne daran zu denken, jemals ihre beträchtlichen Schulden zu begleichen, die dann ihren Kindern und deren Kindern aufgebürdet wurden."

„Was für ein durch und durch erbärmliches Bild von unseren französischen Freunden und Verwandten zeichnest du da!" Sie sah ihn mit echter Verwunderung an und war plötzlich erschrocken. „Willst du mir sagen, dass ich sparen soll?"

Er lachte unwillkürlich laut auf.

„Gott bewahre, dass ein Mitglied meiner Familie die Schnüre an seiner Geldbörse fester zuziehen muss!", bemerkte er augenzwinkernd. „Keine Sorge", fügte er mit einem hochmütigen Lächeln hinzu. „Ich bin heute wohlhabender als gestern. Meine Kinder werden keine Schulden haben und wesentlich mehr als das riesige Vermögen besitzen, das ich beim Ableben des vierten Herzogs geerbt habe."

Estée seufzte erleichtert. „Ich freue mich, das zu hören." Sie stieß ein undamenhaftes Schnauben aus. „Aber bitte mache es dir nicht zur Gewohnheit, deinen Reichtum an untere Stände zu verschenken, sonst könnte sich das Blatt für deinen Reichtum wenden!"

„Liebe Güte. Die alten Tanten haben deiner besseren Natur wirklich hart zugesetzt, wie?", näselte der Herzog mit einer missbilligend erhobenen Augenbraue. „Du kannst dir sicher sein, dass, solltest du vier Dutzend

Jahre leben, dein Kleidergeld allein meine Kasse mit mehr als einhunderttausend Pfund belastet haben wird.“

Estée konnte die Überraschung in ihren weit aufgerissenen blauen Augen nicht verstecken, doch sie hob ihre kleine Nase und tat so, als wäre ihr das nicht neu. „Mein Nadelgeld beträgt elende zweitausend Pfund pro Jahr ...“

„Rechne es aus, Estée.“

„Ich weigere mich! Das wäre vulgär.“

Er erwiderte ihren Blick, ohne zu lächeln. „So vulgär, wie mein Vermögen mit deinen Tanten zu diskutieren.“

Ihr Gesicht färbte sich vor Verlegenheit purpurrot, weil sie das nicht leugnen konnte, doch sie tat ihr Bestes, um es wiedergutzumachen, und legte ihm eine Hand auf die aufgeschlagene Samtmanschette.

„Du weißt, wie unendlich dankbar ich – wir beide – dir für alles sind, was du für mich und für Lucian tust. Ich bin nicht so unwissend, wie du glaubst. Ich weiß, dass wir ohne deine Großzügigkeit nicht so leben könnten, wie wir es tun. Aber – Roxton! Ich bin deine *Schwester* und Lucian dein Schwager; wir sind deine *Familie.* Eigentlich verdienen die Schwestern unserer Mutter eher deine Beachtung als dieser Barbar. Er hat keinen Tropfen unseres edlen Blutes, und er kann sich auch nicht auf eine Abstammung berufen, die ihn würdig machte ...“

„Sein Name ist Martin Ellicott, und du wirst ihm und mir die Höflichkeit entgegenbringen, ihn bei seinem Namen zu nennen – Martin oder Ellicott – jeder genügt, obwohl ...“ Roxton hob einen langen Finger und dachte einen Moment nach. „Ich denke, es ist am besten, wenn du ihn fragst, was er bevorzugt, wenn er dir das nächste Mal gegenübersitzt ...“

„*Sitzt?*“ Sie war entsetzt. „*In meiner Gegenwart?*“

„... wie er es bei Tisch tun wird, da er jetzt Teil *meiner* Familie ist. Das berechtigt ihn, unter meinem Dach zu wohnen, an meinem Tisch zu essen und an meiner Gesellschaft teilzunehmen, wann immer es *ihm* gefällt. Und er wird sitzen, wo es ihm gefällt. Du und die Schwestern unserer Mutter werdet ihm den Respekt entgegenbringen, der einem höchst vertrauenswürdigen Freund von *M'sieur le duc d'Roxton* gebührt, oder es wird – äh – Konsequenzen geben.“

Estée starrte ihn mit offenem Mund an und wagte es, vor Ungläubigkeit zu schnauben. „*Konsequenzen?* Ein Vermögen an einen Diener wegzuwerfen ist schon empörend genug, aber ihn zu einem Teil unserer Familie zu machen …“

„Genau das habe ich getan.“

„… wird als Angriff auf unsere Würde betrachtet werden, von – oh – von *jedem*!“

„Mich interessiert nicht im Geringsten, wie *jeder* die Sache sieht. Alles, was ich verlange, ist, dass es schweigend hingenommen wird.“

„Du tust das nur, weil Antonia es wünscht!“

„Wir beide wünschen es.“

Sie sah ihn von der Seite an und strich unnötigerweise mit der Hand über ihren satingesteppten Unterrock. „Und wenn ich nicht *geneigt* bin, ihm zu erlauben, in meiner Gegenwart zu sitzen, oder herausfinden möchte, welchen Namen er bevorzugt …?“

Er lächelte schief. „Ah, und ich dachte, dein Verstand würde schneller arbeiten. Aber lass es mich dir genau erklären, falls deine Schwangerschaft deine Sinne verwirrt. Ich spreche keine Bitte aus, sondern einen Befehl. Ich erwarte von dir, dass du dich auf bestimmte Weise benimmst. Falls nicht …?“ Er verzog das Gesicht. „Ich fände es abscheulich, wenn du dich in die Kleider der letzten Saison zwängen müsstest, um in die Oper und zu den kleinen Gesellschaften deiner Freundinnen zu gehen, vor allem in deinem – äh – wachsenden Zustand.“

Estée holte gedemütigt Luft. „Du – du würdest meine Zulage beschneiden, nur weil ich es für unangemessen halte, dass jemand von meiner Abstammung eine Mahlzeit mit jemandem teilt, der überhaupt keine Abstammung hat …“

„Er ist nicht ansteckend, Estée.“

„Er könnte es, was die Aufrechterhaltung unseres Adels angeht, sehr wohl sein! Und wenn in der Gesellschaft bekannt wird, dass ich mein Brot mit jemandem breche, der im Untergeschoss sein sollte, um das Brot zu backen? Ich würde zum Gespött von ganz Paris! Und unsere Familie würde zum Ziel bösartigen Spottes!“ Sie betupfte ihre feuchten Augen und schniefte. „Dazu kannst du mich nicht zwingen! *Du* kannst solchen Hohn ertragen – niemand würde es wagen, ein Wort zu dir zu sagen, und du kümmerst dich nicht um die Meinung der Leute – aber ich kann das nicht. Und für mich spielt es eine Rolle, was über mich und unsere Familie geredet wird – eine *große* Rolle. Und ich fürchte, in meinem gegenwärtigen heiklen Zustand habe ich nicht die Kraft, eine solche *Demütigung* zu überstehen. Was soll ich unseren Tanten sagen? Was werden unsere Cousins Salvan denken? Wie soll ich ihnen *je* wieder mit erhobenem Kopf gegenübertreten, wenn du mich dazu zwingst?"

Roxton widerstand dem Drang, die Augen zu verdrehen und zählte bis fünf. Er erinnerte sich an das Haus der Tränen und hielt seinen Ärger im Zaum.

„Als meine Schwester kannst und wirst du das durchstehen", stellte er fest. „Wenn du ausgehst, musst du dich nur daran erinnern, dass dein Bruder der reichste Adlige auf beiden Seiten des Kanals ist. Dass, während du dich mit echten Juwelen schmückst, deine Umgebung falsche Steine trägt, nicht weil sie Straßenräuber fürchten – was auch immer sie Gegenteiliges behaupten –, sondern weil der Schmuck, den sie von ihren Vorfahren geerbt haben, vor vielen Monden verpfändet wurde. Zweifellos an Steuerpächter verkauft, für die schwanenähnlichen Hälse ihrer bürgerlichen Geliebten. Mache es wie immer – hebe deine schöne Schulter und schiebe alles Unangenehme beiseite." Er lächelte schräg. „Du hattest in der Vergangenheit viel Übung, wenn du nach meinen – äh – *schändlichen* Aktivitäten gefragt wurdest. Was unsere alten Tanten angeht, werde ich mich um die Schwestern unserer Mutter kümmern." Sein Lächeln verblasste und er zog die Brauen hoch. „Muss ich mir Gedanken darüber machen, wem meine Schwester ihre Loyalität schuldet?"

Sie war gekränkt. „Natürlich nicht! Und du brauchst das nie zu fragen!" Aber sie konnte nicht umhin, ihm mürrisch vorzuwerfen: „Ellicott muss dir sehr viel bedeuten."

„Das tut er, uns beiden. Tausend Pfund im Jahr sind ein kleiner Ausgleich für ein Leben voller Liebe und Hingabe. *Das* kann man für Geld nicht kaufen. Und damit du dir keine Sorgen machst, dass Martins Zulage dich daran hindern könnte, weiterhin in dem Stil zu leben, der dir zusteht, lasse mich dich beruhigen. Seine Jahresrente kommt nicht aus meiner Kasse, sondern aus dem Erbe, das Antonia von ihrem Großvater hinterlassen wurde."

„Aber als sie dich geheiratet hat, wurde doch alles, was ihr gehörte, dein Eigentum, um damit zu tun, was dir beliebt."

Der Herzog neigte angesichts dieser allgemeinen Wahrheit den Kopf. „Doch würde ich es ihr nie vorenthalten. Sie bat mich, ihren Geburtstag zu ehren, indem ich ein Drittel des Erbes ihres Großvaters verwende, um Martin ein unabhängiges Leben zu ermöglichen. Der Rest wird treuhänderisch verwaltet, damit Julian nach seinem einundzwanzigsten Geburtstag darauf zugreifen kann."

Estée starrte ihn mit offenem Mund an. „Der Earl of Strathsay hat Antonia einhundertfünfzigtausend Pfund vermacht?"

„Du *kannst* ja doch Kopfrechnen! Bravo."

„Ist es dann ein Wunder, warum Salvan intrigierte, um sie zu heiraten? Ein solches Vermögen hätte all seine Geldsorgen gelöst …"

„… und die finanziellen Probleme unserer alten Tanten und ihrer Sprösslinge", näselte der Herzog höhnisch. „Obwohl ich jetzt nicht glaube, dass das Vermögen des General Earls der einzige Grund war, warum Salvan versucht hat, eine Verbindung mit Antonia zu erzwingen. Versteh mich nicht falsch. Salvan wollte Antonia, und er wollte ihr Vermögen, und unsere Tanten auch. Aber ihre Augen waren auf etwas Größeres gerichtet, und *das* wurde ihr von ihrem Vater vererbt."

„Das verstehe ich nicht. Antonias Vater war bei seinem Tod mittellos. Oder wir glaubten das zumindest."

„Das war er."

„Was war dann in seinem Besitz, das möglicherweise mehr wert war als ein Erbe von hundertfünfzigtausend Pfund?"

„Alles zu seiner Zeit, meine Liebe." Der Herzog tätschelte ihr die Hand, dann stand er auf, um seine Beine zu strecken. „Ich muss dir und Lucian noch einmal dafür danken, dass ihr Antonias Kiste mit ihrem Eigentum aus ihrer Kindheit aus Italien zurückgeschleppt habt. Wie du weißt, gehörte das Testament ihres Vaters zu diesen Besitztümern, und es erwies sich als äußerst erhellend. Tatsächlich hatte er sein Vermögen für die Einrichtung eines kleinen Krankenhauses für mittellose Frauen ausgegeben, insbesondere für unverheiratete Frauen mit Kindern. Nach seinem Tod hinterließ er sein Geld und sein Haus für den Unterhalt des Krankenhauses."

„*Mon dieu.* Sein einziges Kind nicht zu versorgen, das ist skrupellos!"

„Ich glaube, Geld um seiner selbst willen hatte für ihn nur einen sehr geringen Wert", sinnierte der Herzog. „Das ist, wenn man darüber nachdenkt, genau das, was man von einem exzentrischen und brillanten Arzt erwarten würde, der sein Leben der Pflege der Armen und Elenden widmete, aber auch zur *noblesse d'epée* gehörte."

„Wie stolz er auf seine Tochter wäre", erwiderte sie. „Es scheint, dass Antonia nicht nur die Intelligenz und Exzentrizität ihres Vaters geerbt hat, sondern auch seine mangelnde Sorge, den Reichtum in der Familie zu erhalten. *Seigneur*! Er ignorierte ihre Bedürfnisse und verschwendete das Wenige, das er hatte, an diejenigen, die es am wenigsten verdienten."

Roxton erschreckte sie mit einem Grinsen.

„Gesprochen wie eine echte Salvan." Aber sein Lächeln verschwand genauso schnell, wie es aufgetaucht war, und er seufzte enttäuscht über ihr Unverständnis. „Ich hätte nicht überrascht sein sollen", murmelte er. „Wenn man genug Zeit mit Geiern verbringt, fängt man an, nach Aas zu riechen…"

Es war ein versteckter Hinweis auf ihre Kindheit in der lähmenden Gesellschaft ihrer freudlosen Tanten Salvan und einer Mutter, die in ständiger Trauer versunken blieb. Und während er bereit war, vieles von ihrem Verhalten mit dieser düsteren Erziehung zu entschuldigen, war seine Geduld zu Ende, als sie diesen einen Schritt zu weit ging – Öl auf die siedende Flamme seiner Toleranz zu gießen, indem sie es wagte, seine Herzogin zu verunglimpfen.

„Du hältst mich für hartherzig, aber ich sage dir das in deinem besten Interesse", sagte sie steif, ermutigt durch seine untypische Gutmütigkeit, ihren Klagen zuzuhören, während sie das aussprach, was sie ihren Tanten immer nur zuzuflüstern gewagt hatte. „Wenn du Antonia nicht zügelst, wird sie keine Grenzen mehr kennen. Sie hat in den Dienstbotenquartieren bereits Bestürzung und Unruhe ausgelöst durch ihre Anstellung eines Haufens von Bediensteten aus der Provinz. Wie ich zu ihr sagte: Es ist eine Sache, Ammen aus dem Morvan zu beschäftigen, um ihr Kind zu nähren, eine ganz andere, es ihnen zu erlauben, ihre Familien in den Haushalt zu bringen. Das ist mehr als unerträglich. Du wurdest aus diesem Haus vertrieben in eine Villa, nur ihr zu Gefallen! Und jetzt kommt diese neueste Laune – ihr Erbe an einen Lakaien wegzuwerfen."

Sie schnaubte höhnisch, und fuhr fort, ohne kaum Atem zu holen.

„Man fragt sich, welche Exzesse es morgen sein werden. Du versprichst mir, dass wir keine finanziellen Sorgen haben, aber so sicher die Sonne abends untergeht, wenn du ihrer – ihrer *wohltätigen Verschwendung* – keinen Einhalt gebietest, wird es *dein Vermögen* sein, das sie als nächstes verschwendet. Bevor du es gewahr wirst ..." Sie schnippte mit den Fingern. „... werden wir gezwungen sein, so ärmlich zu leben wie unsere alten Tanten!"

„Genug."

„Du funkelst mich an, als hätte ich zwei Köpfe, aber wir – die Schwestern unserer Mutter und ich – sind uns einige, dass du deine Frau übermäßig verwöhnst ..." Als der Herzog auf die Chaiselongue zutrat, stand er so dicht vor ihr, dass sie sich in die Kissen zurückziehen musste, um zu ihm aufzuschauen. Was sie in seinen schwarzen Augen lesen konnte, ließ sie vor Erstaunen den Atem anhalten. „Du – du bist böse auf *mich*, weil ich ausspreche, was, wie wir alle wissen– die – die *Wahrheit* ist?"

„Diese bemerkenswert geistlose Hetzrede war selbst deiner unwürdig", sagte er mit einer Stimme, die so leise war, dass sie sich anstrengen musste, um ihn zu hören. Aber es gab keinen Zweifel an seiner eiskalten Wut. „Wer Antonia nicht kennt, will dem verleumderischen Flüstern glauben, das die Runde durch die Salons macht – dass ihre große Schönheit und ihre fröhliche Natur Hand in Hand mit einer schwachen und flüchtigen Intelligenz gehen. Dieselben Dummköpfe wagen es, erniedrigende Verleumdungen zu wiederholen, wie, dass ich meiner ungezügelten Gier nach exquisiter Schönheit erlauben würde, mich dazu zu bringen, töricht und entgegen meiner Natur zu handeln. Dass ich meinen gesunden Menschenverstand, meinen Reichtum, meine Ehre und alles, was ihnen einfällt, um unseren guten Namen zu verunglimpfen, in den Wind geschlagen hätte, und das alles nur, um meine Frau zu verwöhnen? Sie möchten sehen, dass ich in die Knie gezwungen werde. Aber du – *meine Schwester* – kennst uns beide besser als jeder lebende Mensch. Wenn du es also *wagst*, meine Intelligenz in Frage zu stellen – schlimmer noch! – *sie* zu verunglimpfen – sie, die nur Freude und Liebe in unser Leben gebracht hat – beleidigst du nicht nur mich, sondern erniedrigst *dich*. Sei gewarnt, Estée: Das Band, das uns als Bruder und Schwester verbindet, könnte nicht dünner gedehnt werden, wenn es hier und jetzt schnappen würde!

„Aber ich werde deine scheinheilige Empörung bei dieser Gelegenheit wegen deines heiklen Zustandes entschuldigen und vergessen", fuhr er in einem ruhigeren Ton fort. „Und weil es offensichtlich ist, dass du viel zu lange in diesem Haus allein gelassen wurdest, so dass dein Verstand darunter leidet, ist es nur gut, dass ich die große Kutsche mitgebracht habe, um dich zur Villa zu bringen. Ein paar Tage Landluft vor Antonias Vorstellung bei Hofe werden deinen gesunden Menschenverstand wiederbeleben. Jetzt lass uns eine Kanne frischen Kaffee trinken und über das sprechen, was du nicht in einem Brief schreiben konntest. Dein Mann sagte mir ..."

Unfähig, sich einen Moment länger zu beherrschen, brach Estée in Schluchzen aus und warf sich mit dem Gesicht nach unten in ihre Seidenkissen.

Der Herzog verdrehte die Augen zum Himmel und zog sich zum Fenster zurück, um den Anblick zu meiden. Seine Zusicherungen und guten Absichten, dass sein Besuch nicht mit Tränenausbrüchen seiner Schwester enden würde, lagen in Trümmern.

VIER

Estées Schluchzen brachte ihre Frauen dazu, den Wandteppich, der als *portière* diente, beiseite zu werfen, um mit großen Augen ängstlich in das Boudoir zu stürzen. Sie blieben abrupt stehen und stießen dabei aneinander, als sie den Herzog erblickten. Sie waren sicher gewesen, dass er sich empfohlen haben musste, wie er es immer tat, wenn ihre Herrin in Tränen ausbrach, um es ihnen zu überlassen, sie wieder zu beruhigen. Andernfalls hätten sie das Boudoir nicht betreten. Doch da *M'sieur le duc* noch da war, wussten sie nicht, was sie tun sollten. Erst, als er lässig mit der Hand winkte, um ihre Anwesenheit zur Kenntnis zu nehmen und ihnen bedeutete, hereinzukommen, lösten sie sich aus ihrer Erstarrung und beeilten sich, ihren Aufgaben nachzukommen.

Er blieb am unverhangenen Fenster stehen, vor dem sich sein adlernasiges Profil abzeichnete, und wartete geduldig, während sie seiner Schwester gut zuredeten und sie hätschelten. Und während er wartete, löste sich der Blick auf den Innenhof auf, ersetzt durch Fragmente von Erinnerungen vor seinem geistigen Auge.

Diese Erinnerungen hatte er, seit er mit noch nicht ganz zwölf Jahren durch Handlanger seines englischen Großvaters, des vierten Herzogs, aus den Armen seiner Mutter gerissen und entführt worden war, in seinem tiefsten Inneren begraben und verschlossen. Acht lange Jahre war er nicht nach Frankreich zurückgekehrt. Acht Jahre, die für ihn ein ganzes Leben gewesen waren. Er hatte keinen Kontakt zu seiner Mutter gehabt, nicht gewusst, ob sie noch lebte oder tot war, und dieses *hôtel,* wo er geboren war und eine glückliche Kindheit mit seinen Eltern erlebt hatte, war zu einer fernen Erinnerung geworden. Was seine Schwester anging, war sie noch ein Kleinkind gewesen, als er fortgebracht wurde, und als er zurückkam, war sie ein schüchternes kleines Mädchen, das sich hinter den Röcken ihres Kindermädchens versteckte und vor ihm, einem Fremden, Angst hatte.

Und er war ein Fremder, für sie, für seine Mutter und für sich selbst. Er hatte Frankreich als verängstigter Junge verlassen und war als oberflächlicher junger Mann von zwanzig Jahren zurückgekehrt, als der reichste Adlige Englands, Herzog und Oberhaupt seiner Familie. Doch er kam nicht als Sohn oder Bruder zurück. Jede familiäre Bindung war ihm von seinem Großvater herausgeprügelt oder ausgehungert worden. Um eine solche Tortur zu überleben, hatte er sein Herz absichtlich gegen Bedauern und Enttäuschung verhärtet, aus Angst, er würde seine Mutter nie wiedersehen. Dann, nach einer besonders brutalen Tracht Prügel, weil er weiterhin die Sprache seiner französischen Vorfahren sprach, entschied er, dass er überhaupt kein Herz brauchte.

Nach dem Tod seines Großvaters und dem Antritt der Nachfolge stand es ihm frei, nach Frankreich zurückzukehren. Was er auch tat. Er wusste jetzt, dass er, als er England verlassen und nach Frankreich zurückgereist war, sein Herz zurückgelassen hatte und längst vergessen hatte, wo er es finden könnte und es auch nicht für notwendig gehalten hatte. Herzlos zu sein half ihm bei einem Wiedersehen mit seiner Familie, das zumindest für seine Mutter ebenso emotional belastet war, wie seine Entführung es gewesen war.

Für ihn war sie nicht die Mutter seiner Kindheitserinnerungen, ein liebevolles glückliches Wesen, das ihn mit Küssen und Zärtlichkeiten erstickt und ihm immer versichert hatte, dass sie ihn liebte. Wieder vereint, konnte sie ihn kaum ansehen, ohne in Tränen auszubrechen, weil er zum Ebenbild seines Vaters herangewachsen war – des Ehemannes, den sie auf tragische Weise verloren hatte. Sie trug Schwarz von Kopf bis Fuß und befand sich in einem Zustand ständiger Trauer. Und nachdem sie zum Glauben ihrer Kindheit vor ihrer Heirat zurückgekehrt war, verbrachte sie ihre Tage im Gebet, umgeben von Nonnen und ihren älteren verwitweten Verwandten. Sie war für ihn verloren. Und da seine Schwester in der *Abbaye-aux-bois* untergebracht worden war – dem Kloster für die Töchter

französischer Aristokraten, und dort für die nächsten Jahre bleiben sollte –
war auch sie für ihn verloren. So fiel ihm die Entscheidung leicht, seine
Reise nach Italien mit Lucian Vallentine fortzusetzen.

Er konnte das *hôtel* nicht schnell genug verlassen und war mit einem
Gefühl der Erleichterung, gemischt mit Wut, gegangen – Erleichterung,
eine Atmosphäre der erstickenden Frömmigkeit zu verlassen, gemischt mit
Wut, weil sein Großvater am Ende gesiegt hatte. Er hatte seinen Enkel
seiner französischen Mutter entfremdet; ihn zum Inbegriff des hochmütigen englischen Adligen gemacht, und sein schlagendes Herz völlig
herausgerissen, denn er war keines natürlichen Gefühls mehr fähig. Vielleicht war er äußerlich das Abbild seines Vaters, aber in jeder anderen
Hinsicht war er sein Großvater.

Lange glaubte er, dass dies wahr wäre. Er glaubte auch, dass es nichts
gab, was er tun konnte, um diese Kreatur seines Großvaters zu verändern –
zumindest hatte er das gedacht ...

Und dann war Antonia in sein Leben gewirbelt. Dieser Strudel aus
Liebe und Licht stellte seine wohlgeordnete Welt auf den Kopf. Sie sagte,
es läge nicht so sehr daran, dass er *kein Herz hätte*, sondern dass er es
verlegt hätte und sie wüsste, wo sie es finden könnte. Nicht nur das,
sondern sie würde es ihm und auch seiner Familie zurückgeben.

Ihr nachdrücklicher und unerschütterlicher Glaube an ihn ließ ihn
benommen zurück, und er war voller Ehrfurcht vor ihrer *joie de vivre*. Und
zu seinem eigenen Erstaunen glaubte er ihr. Was auch gut war, neckte sie
ihn, denn ihr Vater hatte ihr gesagt, dass das Wichtigste in diesem Leben
war, geliebt zu werden, mit der Familie zusammen zu sein und sich selbst
treu zu sein. Das glaubte er nun ebenfalls.

Aber während er bereit war, mit Antonia nach diesen Maximen zu
leben, gab es einen Bereich, in dem er eindeutig der Erbe seines Großvaters
blieb. Als Herzog von Roxton erteilte er die Befehle und erwartete er abso-
lute Loyalität, von allen Seiten – von Familienmitgliedern bis hin zu den
Spülmädchen in seinen Küchen. Loyalität wurde mit seiner Großzügigkeit
und seinem Schutz belohnt. Diejenigen, die von ihm als nicht vertrauenswürdig und unwürdig erachtet wurden – und dazu gehörten auch
Mitglieder seiner eigenen Familie – wurden rücksichtslos verbannt. Er war
kompromisslos und reuelos, und, wie er mit einem schiefen Lächeln
dachte, sich selbst treu.

ALS ESTÉE ihre Emotionen wieder so weit im Griff hatte, um sich aufzusetzen und ihre Augen zu trocknen, kündigte sie die Notwendigkeit an, ihr porzellanes *bourdaloue* zu benutzen, und verschwand mit einer ihrer Zofen hinter dem Gobelinwandschirm in der hintersten Ecke des Raumes. Als sie hervorkam, setzte sie sich an ihren Schminktisch, um sich Gesichtspuder neu auftragen zu lassen, während zwei ihrer Frauen die Seidenbänder in ihren schwarzen Locken neu banden. Das Morgengewand über ihrem Schlupfmieder und dem gesteppten Unterrock geglättet, nippte sie an einem Becher mit Kräutersud, den ihr Arzt ihr gegen ihr Unwohlsein verschrieben hatte. Und während sie, die Ellbogen auf den Tisch gestützt und die Augen geschlossen, trank, fächelte eine ihrer Damen ihr Luft auf den Busen, eine andere kümmerte sich um die Kissen auf der Chaiselongue und eine dritte wies zwei Hausmädchen an, das Frühstück abzuräumen.

Ihre Frauen sagten kein Wort, alle verständigten sich mit Blicken aus dem Augenwinkel und mit Gesten. Alle wussten genau, was nach einem der Gefühlsausbrüche ihrer Herrin gebraucht wurde. Und bis sie ihr Wohlbefinden wiedererlangt hatte, ihre Augen öffnete und zuerst sprach, fuhren sie stumm mit ihrer Arbeit fort.

Woran sie nicht gewohnt waren, und was sie verstörte, war die fortgesetzte Anwesenheit des Herzogs. Das machte sie alle nervös. So sehr, dass eine von ihnen ungeschickt den Stopfen einer Kristallkaraffe fallen ließ und er mit einem Knall zwischen das Durcheinander auf dem Schminktisch fiel.

Das plötzliche Geräusch ließ Estée Augen und Mund öffnen, und sie wollte gerade die Frau wegen ihrer Ungeschicklichkeit tadeln, als ihr der ungewohnte Anblick im Spiegel ins Auge fiel. Als sie an ihrem eigenen Spiegelbild vorbei und in den Raum starrte, sah sie das Profil ihres Bruders, der aus dem Fenster blickte. Es gab ihr einen solchen Ruck, dass sie über ihre Schulter schauen musste, um sicherzustellen, dass das Spiegelbild sie nicht getäuscht hatte.

Nein. Er war noch immer hier.

Sie drehte sich zurück zum Spiegel und starrte auf ihr Bild darin, ohne es wahrzunehmen. Und während es sie störte, dass er sich in dem Moment, als sie in Tränen ausbrach, nicht verabschiedet hatte, war sie froh, dass er selbst gesehen hatte, was sein Streit mit ihr ihren zarten Gefühlen antat. Nicht zum ersten oder hundertsten Mal fragte sie sich, warum sie, wann immer sie sich stritten, völlig die Fassung verlor und er es nie tat. Sie pflegte herzzerreißend zu schluchzen, und wenn sie emotional völlig erschöpft war, stundenlang auf ihrer Chaiselongue zu liegen, während sie sich dafür ausschalt, dass sie es ihrem Herzen erlaubt hatte, über ihren Verstand zu regieren, aber sicher, dass ihr Bruder gar kein Herz besaß.

Ihr Mann pflegte zu sagen, es wäre sinnlos, zu grübeln und sich noch mehr aufzuregen, vor allem über das Unabänderliche. Ihre Tränen und ihre Sorgen wären völlig überflüssig. Und ganz gleich, wie viele Tränenbecherchen sie füllte oder wie viele Seidenkissen sie mit ihren Tränen ruinierte, die unbestreitbare Tatsache war – abgesehen von verletzten Gefühlen – dass sie Roxton Loyalität und Gehorsam schuldete. Schließlich war er ihr Bruder und das Familienoberhaupt, und er war auch ein Herzog, und nicht nur irgendein Herzog, sondern der vornehmste aller Herzöge. Was bedeutete, dass nicht nur sein Wort Gesetz war, es gab schlicht kein anderes Wort als seines, und er würde auch immer das letzte Wort haben. Das war einfach eine Tatsache des Lebens.

Wenn sie also nicht nach Amerika segeln und unter Wilden leben wollte, dann sollte sie am besten tun, was ihr gesagt wurde. Er, Lucien, tat das. Auf diese Weise war das Leben unkompliziert und angenehm. Er stritt sich nicht gern mit jemandem, und schon gar nicht mit Roxton. Er tat, was und wann es ihm gesagt wurde, und das war es. Er überließ das Denken und das Grübeln und die Sorgen ihrem Bruder, und sie sollte es auch tun. Oh, und bevor sie Pläne machte, die Segel zu setzen, sollte sie wissen, dass Roxton sie überall finden und nach Hause schleppen würde. Er war sich sicher, dass der Herzog nicht wollen würde, dass seine Schwester unter Wilden lebte.

Außerdem wollte er nicht in der Neuen Welt leben, er mochte die alte. Und wenn sie ihn verließe, wäre er tagelang verzweifelt. *Tage?* Sie war sofort erbost gewesen, und er korrigierte sich schnell und sagte Wochen, gefolgt von Jahren; und schließlich, und erst nachdem er ihr Gesicht mit Küssen bedeckt und zugegeben hatte, dass er sich nie wieder erholen würde, war sie glücklich und zufrieden.

Sie wünschte, Lucian wäre jetzt bei ihr, um sie zu trösten und zu küssen und ihr zu sagen, dass sie das schönste Geschöpf der Welt wäre.

Und obwohl sie nichts lieber wollte, als auf ihrer Chaiselongue zu liegen und mit ihren Gedanken allein zu sein, erkannte sie, dass dies eine einzigartige Situation war. Dass ihr Bruder nach einem ihrer tränenreichen Anfälle geblieben war, konnte nur bedeuten, dass er ihr mehr zu sagen hatte. Als sie darüber nachdachte, wurde ihr jedoch klar, dass sie ihm den verstörendsten Klatsch, den sie von ihren alten Tanten gehört hatte, noch enthüllen musste. Und vielleicht war das der Grund, aus dem er noch da war.

Trotzdem wusste sie, dass es für sie angebracht war, ihre *verletzten Gefühle* beiseitezuschieben und sich daran zu erinnern, dass, obwohl er ihr Bruder war, die Schwester eines Herzogs zu sein eine Quelle großen Stolzes war und ihr ein beneidenswertes und konkurrenzloses *cachet* in der Pariser Gesellschaft verlieh. Und er war nicht irgendein Herzog. Für alle, auch für sich selbst, war er der Erste, der Letzte und immer *M'sieur le duc de Roxton*.

FÜNF

Als Estée zur Chaiselongue zurückkehrte, verließ Roxton das Fenster und ging wieder zu ihr. Sie waren wieder allein, ihre Damen auf die andere Seite der *portière* zurückgeschickt.

Sie wagte einen Blick zu ihm, blieb aber zurückhaltend, die Hände im Schoß. Das einzige Anzeichen für anhaltende Erregung war ihr Hantieren mit den geschlossenen Stäbchen ihres Fächers.

„Fühlst du dich besser nach dem Kräutersud?" fragte er leichthin. Als sie nur nickte, fügte er versöhnlich hinzu: „Verzeih mir, wenn du meine Worte hart fandest. Aber ich bin ziemlich empfindlich, wenn ich meine Herzogin beleidigen höre."

„Du hast ein Recht, so empfindlich zu sein." Sie stieß einen Seufzer widerwilligen Nachgebens aus. „Ich bin diejenige, die dich um Vergebung bitten muss. Antonia ist das süßeste, liebenswerteste Geschöpf unter der Sonne und die beste Schwester, die ich mir wünschen kann. Und du bist der beste aller Brüder", fügte sie mit leiser Stimme hinzu und holte ein paar zitternde Atemzüge. Sie sah wieder zu ihm auf, Farbe lag auf ihren Wangen. „Ich weiß nicht, was über mich gekommen ist, dich infrage zu stellen, und ich entschuldige mich. Natürlich steht es dir frei zu tun, was du wünschst, ebenso wie Antonia. Und als deine Schwester werde ich tun, was immer du von mir verlangst, was Ellicott betrifft. Es kann eine Weile dauern, bis ich mich daran *gewöhnen* und daran *denken* kann, dass er jetzt ein Teil der Familie ist, aber ich werde mein Bestes geben."

„Danke. Das ist alles, was ich verlange."

Sie nickte und seufzte schwer. „Diese erbärmliche Schwangerschaft hat sicherlich *meinen* gesunden Menschenverstand durcheinandergebracht!"

„Erbärmliche, boshafte uralte Tanten wohl eher", murmelte der Herzog, immer noch verärgert darüber, dass er zugelassen hatte, dass die Worte seiner Verwandten Salvan ihm unter die Haut gingen. „Ich habe es vielleicht nicht mit so vielen Worten ausgedrückt", fügte er ruhig hinzu, „aber lass mich das jetzt für dich tun, damit es nicht mehr nötig ist. Antonia hat in der Tat großen Einfluss auf meine Meinungen und mein Handeln. Das liegt daran, dass ihr mein Wohl am Herzen liegt und sie ausschließlich aus einer Position bedingungsloser Liebe und leidenschaftlicher Hingabe handelt. Sie ist auch über ihre Jahre hinaus weise." Er lächelte verlegen. „Deshalb werde ich meiner Frau immer mehr als jedem anderen vertrauen."

„Ich habe nie anders gedacht", antwortete Estée, ohne zu zögern. „Sie ist deine leidenschaftlichste Verteidigerin und sie liebt dich vorbehaltlos. So, wie du sie. Ich freue mich sehr für euch beide, aber – aber eure Ehe ist nicht das, was unter unseren Standesgenossen üblich ist. Weshalb ich mir Sorgen um dich mache, und um sie, weil ihr einander ein wenig zu sehr liebt ..."

„... dass die Skandale, die uns umgeben, noch größere Verletzungen anrichten könnten?", unterbrach der Herzog und beendete ihren Satz. „Aber vor allem könnte sie verletzt werden."

„Antonia ist unverdorben und ich hoffe aufrichtig, dass sie davon unberührt bleibt", sagte sie leise und bemühte sich, ihre beunruhigten Gedanken ruhig zu artikulieren. „Ich weiß, dass du dein Möglichstes tun wirst, damit sie immer beschützt wird, aber – Roxton! Wir leben in einer Welt, die grausam und rachsüchtig und unversöhnlich gegenüber denen sein kann, die nicht dazu geboren sind oder die es wagen, die natürliche Ordnung unserer Lebensweise zu stören. Und ich schließe unsere Salvan-Verwandten davon nicht aus. Du hast recht. Unsere alten Tanten sind erbärmlich und gehässig. Antonia hat ihren Zorn auf sich gezogen, weil sie ihr die Verbannung von Cousin Salvan und den Verlust seiner Gunst bei Hofe vorwerfen und unsere Tanten dadurch in finanzielle Not geraten sind. Sie verließen sich auf seine Großzügigkeit, um ihre Würde zu wahren. Schlimmer noch, als Ergebnis seiner lächerlichen Intrigen, Antonia zu heiraten, ist der Name Salvan zum Synonym für törichten Stolz geworden. Dies hat unsere alten Tanten nicht nur zum Gegenstand des Mitleids, sondern auch des Klatsches gemacht, und sie können es nicht ertragen. Sie sind sehr stolze eitle Kreaturen, die es gewohnt waren, der Mittelpunkt des höfischen Lebens und seiner Intrigen zu sein. Vorbei sind die Zeiten, in denen ein Salvan bei Hofe respektiert wurde, sogar so verehrt, wie ihr Bruder verehrt wurde, als er *comte* war. Es ist wirklich ein trauriger Zustand für sie.“

„Das alles weiß ich“, stellte der Herzog gleichgültig fest. „Nichts davon interessiert mich. Salvan hat seine Bestrafung verdient, und wegen ihrer Unterstützung seiner Pläne gilt das auch für sie.“

„Aber für diejenigen unserer Salvan-Cousins, die nicht beteiligt waren, aber in den Sturm von Salvans Intrigen hineingezogen wurden – wie zum Beispiel der *chevalier* Montbelliard? Verdient er es, bestraft zu werden? Er hatte nichts mit alledem zu tun.“

Roxton dachte an den Besuch des *chevaliers* in der Villa, als dieser eine Audienz bei seiner Herzogin gewünscht hatte, und bei einer anderen Gelegenheit, als er mit einem Geschenk, angeblich von einer der alten Tanten, zu ihrem Geburtstag in seine Bibliothek gestürmt war, aber er hatte seine Zweifel daran und an dem jungen Mann im Allgemeinen. Er hatte etwas an sich, das nicht zusammenpasste ... Er riss sich aus seinen Gedanken, um rundheraus zu sagen:

„Ich muss noch entscheiden, wie ich den *chevalier* einordnen soll – unwissender Intrigant, misstrauischer Gegner oder ahnungsloser Welpe.“

„Wenn du meine Meinung hören willst, scheint Montbelliard das zu sein, was er vorgibt, ein sehr aufrichtiger junger Mann ohne eine Spur von Hinterhältigkeit.“

„Danke für deine Meinung. Ich will dir nicht widersprechen. Und wenn das stimmt, was du sagst, werde ich ihm auf seinem Weg zum Hofe und den Ämtern, die ihm zufallen sollen, wenn er den Titel erbt, nicht behindern.“

„Aber – es könnte Jahre – *Jahrzehnte* – bis zum Tod unseres Cousins Salvan dauern!“

„Ja.“

„Ohne deine Unterstützung hat der *chevalier* wenig Hoffnung, bei Hof akzeptiert zu werden. Ohne deine Fürsprache wird *Sa Majesté* seine Gegenwart nicht wünschen."

„Das ist allerdings ein Problem für den *chevalier*."

Der ausdruckslose Tonfall machte ihr klar, dass sie dieses Gesprächsthema besser nicht weiterverfolgen sollte. Stattdessen holte sie noch einmal tief Luft und sah von den zusammengeklappten Stäbchen ihres Fächers auf, um erneut dem Blick ihres Bruders zu erwidern.

„Du wirst meinen, dass ich zu sehr auf diesem Punkt herumreite, aber wenn bekannt wird, dass du einen Mann der unteren Stände aus deinen Diensten zum Gentleman gemacht hast, auf Antonias Geheiß hin, werden nicht nur unsere alten Tanten, sondern auch alle anderen Anstoß nehmen. Es wird einen großen Aufschrei geben …"

„Ich weiß deine Besorgnis zu schätzen und du kannst sicher sein, dass ich alles in meiner Macht Stehende tue, um Antonia vor den schmutzigeren und gehässigeren Angriffen zu schützen, die auf sie gerichtet werden. Sollte es jemand wagen, sie öffentlich zu verunglimpfen, wird er schnell zur Rechenschaft gezogen werden."

„Vielleicht bin ich unnötig besorgt um sie, aber ich erzähle dir das alles nicht nur aus Pflichtgefühl, sondern weil ich dich liebe – ich liebe euch beide. Was mich um euch beide fürchten lässt, aber vor allem um sie. Dass sie dich im ersten Jahr eurer Ehe mit einem Sohn beschenkt hat, ließ sie beschäftigt sein und hielt sie von der Gesellschaft fern, was nicht so schlecht war. Aber jetzt, wo du sie bei Hofe vorstellen willst, muss sie ihren vergoldeten Käfig verlassen …"

„Vergoldeten – äh – Käfig?"

Estée zupfte an der Steppung ihres seidenen Unterrocks. „Wie Tante Philippe deine kleine Villa in Versailles nennt."

„Keine Frage, dass Antonia der entzückende Singvogel in diesem Käfig ist!" Der Herzog lachte spöttisch. „Wie gehässig passend!"

„Aber – es ist nicht so weit von der Wahrheit entfernt, oder? Du versuchst, sie wie einen Singvogel vor den Klauen der Katzen zu schützen", argumentierte seine Schwester. „Aber außerhalb deiner Villa und bei Hof wird Antonia diesen Schutz nicht länger haben. Du hast mich vom Hofe ferngehalten, weil, wie du sagtest, ein Schlangennest kein Ort für eine junge, tugendhafte Dame wäre. Ich verstehe also nicht, warum du deine Herzogin in genau dieses Nest schicken willst. Die alten Tanten glauben, dass du dies als Teil eines größeren Plans tust, um dich an Salvan zu rächen …“

„Natürlich glauben sie das“, unterbrach er sie knapp. „Aber das ist kein Spiel, und Antonia ist keine leichtgläubige Schachfigur in irgendeinem meiner Pläne. Sie versteht, dass sie, um mich zu Louis' kleinen *soupers* zu begleiten, zuerst die sehr öffentliche Tortur einer Vorstellung bei Hofe über sich ergehen lassen muss. Und das ist alles, was die Gesellschaft wissen muss.“

„Daran ist noch mehr, was du mir nicht erzählst.“

„Ja. Es muss dir reichen, dass Antonia sich dessen bewusst ist, dass für das weitere Glück unserer Familie eine sehr öffentliche Ankündigung erforderlich ist.“

„Es ist der öffentliche Charakter ihrer Vorstellung, der mich beunruhigt. Natürlich würde es niemand wagen, Hand an deine Herzogin zu legen. Aber es gibt andere Möglichkeiten, ihr Schaden zuzufügen – Schaden, der durch öffentlichen Spott entsteht. Und jeder weiß, wie sehr *Sa Majesté* es hasst, in Verlegenheit gebracht zu werden. Wenn also jemand einen Skandal verursachen würde, um Antonia in Verlegenheit zu bringen, wäre das ein Grund für Louis, sie verbannen zu lassen, ja?“

Der Herzog zog fasziniert eine Augenbraue hoch. „Zweifellos. Du siehst mich ausgesprochen verblüfft, also rede bitte nicht weiter darum herum.“

Estée wagte es zu spotten, die Worte kamen aus ihrem Mund, bevor sie Zeit zum Nachdenken hatte. „Es muss jede Menge von Personen geben, die dir wegen deiner schändlichen Vergehen vor der Ehe Schaden zufügen wollen!“

„Und was kann meine tugendhafte Schwester davon wissen?“

„Ich weiß nichts! Und ich will auch nichts davon wissen!“ Aber als sich seine Mundwinkel in amüsiertem Unglauben über ihre vehemente Abwehr hoben, erwiderte sie steif: „Du kannst mich doch nicht für so naiv halten? Nach all den Jahren, in denen du so gelebt hast, wie es dir gefiel, ohne Rücksicht auf die Folgen? Du musst also damit rechnen, dass du einen Überfluss an Klatsch geliefert hast, der bis heute in den Salons zirkuliert. Wie konnte ich also nichts davon erfahren? Ich kann mir nicht die ganze Zeit die Ohren zuhalten, wenn ich Freunde oder Verwandte besuche!“

„Die Salons müssen in der Tat langweilig sein, wenn die Wiederbelebung meiner wechselvollen Geschichte die Unterhaltung des Abends bietet!"

„Wenn überhaupt, hat die Zeit nur deinen Ruf gefestigt. Und während die meisten Beteiligten nur allzu gerne von diesen Abenteuern erzählen, weil sie dadurch die Möglichkeit haben, sich mit der Rolle zu rühmen, die sie gespielt haben, egal, wie unbedeutend diese war, gibt es unter deinen früheren – äh – Objekten deiner Zuneigung eine, die –"

„Geliebten. Sage es, wie es ist."

Estée warf in verlegenem Ärger eine mollige Hand hoch, wobei mehrere Armbänder aus milchweißen Perlen an ihrem Handgelenk hinabglitten. „Nun schön. Eine deiner früheren *Geliebten* ist äußerst aufgebracht, weil sie diese Erzählungen als schmerzhafte Erinnerung daran empfindet, wie sie wegen deiner Heirat grausam verlassen wurde."

„Verlassen? Die Bedingungen solcher Affären sind wohlbekannt und man richtet sich darauf ein. Man kann nicht etwas wegwerfen, das man nicht besitzt."

„Das mag ja sein. Ich kenne mich mit diesen Bedingungen in keiner Weise aus", antwortete sie steif. „Was ich weiß ist, dass unsere alten Tanten gewarnt haben, dass eine deiner verärgerten Geliebten darauf aus ist, sich an dir zu rächen, indem sie deine Herzogin bei ihrer Vorstellung bei Hofe öffentlich demütigt. Ich hoffe, dieses Mal habe ich nicht darum herumgeredet."

„Das war die genaue Warnung?"

„Ja. Tante Philippe hat sie mir *zweimal* wiederholt."

Die schwarzen Augen des Herzogs funkelten. Es war eine Sache für ihn, sich mit denen zu befassen, die Vergeltung für vergangene Schädigungen suchten, aber etwas völlig anderes, wenn sie seine Frau in ihre Rachepläne einbezogen. Alle Vorspiegelung der Gleichgültigkeit war verschwunden.

„Ich nehme an, diese – äh – *Warnung* ist der Grund, warum ich hier in Paris bin und nicht meinen Sohn in Versailles in der Wiege schaukele?", fragte er kurz angebunden. Als sie nickte, schlug er die Röcke seines samtenen Gehrocks hoch und setzte sich wieder auf die Chaiselongue. „Erzähl mir alles."

SECHS

„**L**UCIAN SAGTE, du könntest das, was du mit mir besprechen möchtest, keinem Brief anvertrauen", fuhr der Herzog fort. „Dass du vermutest, dass deine Korrespondenz von *M'sieur* Marville geöffnet wird?"

„Ich vermute es nicht", antwortete Estée. „Ich weiß, dass es so ist! Tante Philippe hatte die Informationen von einer vertrauenswürdigen Quelle in Marvilles Amt zur Postüberwachung."

„Und diese Verschwörung, sich durch Antonia an mir zu rächen... Hat unsere Tante den Namen dieser verärgerten Geliebten genannt?"

Estée war überrascht. „Du weißt wirklich nicht, wer es ist?"

„Ich gebe zu, allwissend zu sein, aber ich kann keine Gedanken lesen."

Als seine Schwester schwieg, sah er in ihre blauen Augen und sagte leise das Offensichtliche. „Ich habe nicht vor, dir eine Liste meiner früheren Liebschaften zu nennen, woraus du dann eine auswählen könntest. Drücke dich genauer aus."

„Oh! Ich dachte, es wäre dir klar, da es kaum zwölf Monate her ist, dass die *comtesse* bei jeder gesellschaftlichen Veranstaltung an deinem Arm hing. Sie hatte sogar die schlechten Manieren, sich offen zu brüsten, und das vor mir! Wenn du sie wirklich vergessen hast, freut mich das unbeschreiblich. Sie ist eine wunderschöne Katze, hat aber ein übles Temperament – nur Fauchen und Krallen und sehr wenig Schnurren."

Der Herzog wagte es zu grinsen. „Das engt das Feld erheblich ein. Tatsächlich kenne ich nur eine, die dieser Beschreibung entspricht." Sein Lächeln erstarb. „Aber da mein Leben neu begann, als Antonia hineinwirbelte, könnten statt zwölf Monaten genauso gut zehn Leben vergangen sein, so groß ist die gähnende Kluft zwischen jenem Leben und dem Leben, das ich jetzt führe."

Estée seufzte glücklich. „Ich bin froh, das zu hören! Und das ist wirklich wahr. Ich frage mich von Zeit zu Zeit, wie unsere Tage wohl gewesen wären, wenn diese schicksalhafte Nacht nicht gewesen wäre, als du mit Antonia auf dem Arm, sie mit einer Kugel in der Schulter und du, weiß wie ein Gespenst und mit ihrem Blut bedeckt, ins Foyer gefegt kamst …"

„Bitte, Estée, ich bitte dich. Diese besonders schmerzliche Erinnerung möchte ich nicht wieder hervorrufen. Du hast eine Gräfin erwähnt, und bei einer so treffenden Beschreibung darf ich annehmen, dass wir von Thérèse, *comtesse Duras-Valfons*, sprechen?"

Bei dem Namen rümpfte Estée ihre kleine Nase, als würde sie von einem unangenehmen Geruch beleidigt. „Allerdings. Tante Phillipe hat mir anvertraut, dass Thérèses englischer Ehemann zu ihr gekommen wäre und sie gebeten hätte, in seinem Namen zu intervenieren, um seine Frau von dir fernzuhalten."

Das war Roxton neu.

„Hätte ich gewusst, dass Lord Thesiger sich zum Flehen herabließ, hätte ich sofort die Beziehung abgebrochen."

„Deshalb hat Thérèse große Anstrengungen unternommen, um sicherzustellen, dass du nichts davon erfuhrst", erklärte Estée. „Und sie hat Thesiger angelogen und ihm erzählt, dass sie *dich* aufgegeben hätte, obwohl das Gegenteil der Fall war. Als die Nachricht von deiner Heirat Paris erreichte, wagte es der *marquis de Chesnay*, die Bekanntmachung vor Thérèses Ohren vorzulesen, damit jeder ihre Reaktion sehen konnte. Sie enttäuschte ihn nicht. Sie fiel in Ohnmacht! Da wussten ihr Mann und ganz Paris, dass sie gelogen hatte und voll und ganz erwartet hatte, eure Affäre nach deiner Rückkehr aus England weiterzuführen. Aber ich habe ein wenig Mitleid mit ihr …"

„Deine Vergebung ist grenzenlos."

„Ich sagte, *etwas* Mitgefühl." Mit einem Seitenblick fügte sie hinzu, weil sie es nicht wagte, ihn direkt anzusehen: „Ich hoffe nur aus tiefstem Herzen, dass das, was sie Tante Philippe anvertraut hat, auch eine Lüge ist.

Obwohl es erklären würde, warum sie ohnmächtig wurde und danach verzweifelt war. Wenn sie ihrem Mann gesagt hatte, eure Affäre wäre zu Ende, sie das aber tatsächlich nicht war, wäre dies der Beweis! Und natürlich wird er vor Wut brennen, wenn er öffentlich gedemütigt wird, sollte sie ihre Drohung wahrmachen und diese Beweise der Welt darbieten, und noch dazu bei Antonias Vorstellung bei Hofe."

„Estée, ich ziehe zurück, was ich über meine Allwissenheit gesagt habe. Ich habe keine Ahnung, wovon du da schwatzt."

„Tante Philippe zufolge ist es Thérèse egal, ob sie sich oder ihren Mann in Verlegenheit bringt, oder ob beide vom Hof verbannt werden. Sie ist entschlossen, ihren großen Auftritt zu haben, um Antonias Glück zu ruinieren, weil sie sagt, du hättest ihres ruiniert!"

„Soll mir das die Situation klarer machen? Du hast damit nur noch mehr Schlamm auf den Spiegel geschmiert."

„Dann bin ich froh, dass ich es nicht in einem Brief geschrieben habe und du hergekommen bist, um es persönlich herauszufinden. Obwohl es mir das noch schwerer macht, es dir ins Gesicht zu sagen."

Der Herzog runzelte die Stirn. „Daran zweifle ich nicht." Mit deutlicher Zurückhaltung fügte er hinzu, weil er über ein Thema sprach, von dem er nie geglaubt hätte, dass er es jemals mit seiner Schwester besprechen würde: „Ich entschuldige mich im Voraus, dass ich bestimmte Einzelheiten meiner früheren Affären vor dir ausgebreitet habe, aber ich muss… ich kann mich an keinen einzigen Umstand erinnern, bei dem ich der *comtesse Duras-Valfons* Grund zur Unzufriedenheit gegeben hätte. Oder, was das betrifft, dass unser Verhältnis mehr zu bedeuten gehabt hätte als eines meiner früheren. Ich war davon ausgegangen, dass wir es beide mit dem üblichen gegenseitigen Verständnis eingegangen waren. Ich war nicht ihr erster Geliebter, aber", fügte er hinzu und begegnete ihren blauen Augen mit einem kleinen Lächeln, „sie war mit Sicherheit meine letzte."

„Das hättest du nicht sagen müssen, *mon cher frère*", murmelte Estée, und legte mit plötzlichen Tränen in den Augen eine Hand leicht auf die Samtmanschette seines Gehrocks. „Ich weiß das. Wie jeder andere auch."

Der Herzog nickte und fuhr fort, ohne dass seine Verwirrung sich geklärt hätte.

„In Fontainebleau, kurz nachdem Antonia nach England abgereist war, haben die *comtesse* und ich uns in gutem Einvernehmen getrennt. Das hatte ich zumindest angenommen. Nichts in ihrer Haltung oder ihren Worten deutete auf ihren Unmut hin. Warum – was wirft sie mir vor?"

„Du weißt es wirklich nicht?"

Roxton riss frustriert ein spitzenbedecktes Handgelenk hoch und verzog das Gesicht. Sein Gesichtsausdruck sagte alles. Er war ahnungslos. Seine Unwissenheit hätte sie überraschen sollen. Schließlich war er immer auf dem neuesten Stand des gesellschaftlichen Klatsches, ob es hier in Paris war oder in London. Sie hatte keine Möglichkeit zu wissen, wie er an seine Informationen kam, vermutete aber, dass er dafür bezahlt hatte, wie er es für alles andere in seinem Leben tat und diejenigen, die ihm treu waren, gut belohnte.

Aber in dieser Angelegenheit der *comtesse Duras-Valfons* verstand sie seine Unwissenheit. Seiner Meinung nach hatte die Affäre unter vernünftigen Bedingungen geendet. Warum sollte er dann noch einmal darüber nachdenken? Er hatte auch nicht an mögliche Folgen gedacht, die die meisten, wenn nicht alle Männer, die an diesen Spielchen der Verführung teilnahmen, selten in Betracht zogen. Und das lag daran, dass Estée und die Gesellschaft daran glaubten, dass es die Verantwortung der Frau sei, sich um alle Konsequenzen zu kümmern, die sich aus illegalen Affären ergaben.

Wenn es zu einer Schwangerschaft kam, zog sich die Frau bis nach der Geburt stillschweigend aus der Gesellschaft zurück. Wenn das Kind lebte, wurde es weit ins Land zu einem armen Paar geschickt, um nie wieder gesehen oder in irgendeiner Weise anerkannt zu werden. Nach kurzer Abwesenheit und mit blühenden Wangen zeigte sich die Frau wieder in der Gesellschaft. Der Grund für ihre Abwesenheit mochte bekannt sein, aber wenn ihr Mann das Kind nicht als seines anerkannte, dann tat es auch die Gesellschaft nicht. Es war, als ob die Geburt nie stattgefunden hätte. Die Liebenden vereinigten sich wieder oder trennten sich und suchten neue Geliebte, die Regeln wurden befolgt und der Kreislauf des Strebens nach Vergnügen ging weiter. Niemand war schockiert. Niemand beklagte sich. Es interessierte niemanden, solange die Angelegenheit auf die übliche Art und Weise behandelt wurde – diskret und ohne viel Aufhebens.

Dass die *comtesse* diese ungeschriebenen Regeln missachten wollte, hatte die alten Tanten so schockiert, dass sie ihre unterdrückte Feindseligkeit gegenüber dem Herzog vorübergehend beiseitelegten. Roxtons Mutter, ihre Schwester, war eine Salvan gewesen. Name und Stolz der Familie standen auf dem Spiel. Außerdem war er ein guter Freund des Königs. Sie wussten, wem sie Treue schuldeten.

Estée war seit ihrer ersten Heirat im Alter von fünfzehn Jahren mit den Gewohnheiten der Gesellschaft wohlvertraut und hatte erkannt, dass hier mehr im Spiel war, als die alten Tanten sich anmerken ließen. Sie vermutete, dass sie mit der *comtesse* intrigierten, um ihren Bruder in Verlegenheit zu bringen, aber dass sie sich trotzdem absichern und sich daher ihren Neffen nicht zum Feind machen wollten. So hatten sie sich ihr anvertraut und ihr die unangenehme Aufgabe übertragen, ihrem Bruder mitzuteilen, dass eine seiner früheren Geliebten vor kurzem ein Kind geboren hatte und öffentlich bekannt geben wollte, dass er der Vater ihres Säuglings war.

„Männer sind so ignorante Wesen in weiblichen Angelegenheiten", sagte sie mit einem zitternden Atemzug, unfähig, zu verhindern, dass Tränen über ihre Wangen flossen oder die Traurigkeit in ihrer Stimme zu verbergen, als sie an Antonia dachte und was diese Nachricht für sie bedeuten würde. „Für Frauen sind solche Dinge alles, woran wir denken, wir müssen es, und oft, bis wir zu alt sind, um überhaupt an irgendetwas zu denken. Vielleicht bin ich sensibler, als Thérèse es verdient, weil ich *enceinte* bin. Mir liegt wirklich nichts an dieser Frau. Sie wusste, dass, sollte eure Affäre – äh – *Folgen* haben, es ihre Sache war, sich diskret darum zu kümmern.

„Aber die alten Tanten haben mir erzählt, dass Thérèse beschlossen hat, viel Aufhebens zu machen. Sie beabsichtigt, dieses Kind, das sie geboren hat, zu benutzen, um sich an dir zu rächen. Warum, fragt man da. Dummes Geschöpf! Wenn sie diesen Plan ausführt, wird jeder sie als das erkennen, was sie ist – eine schlecht erzogene, *rachsüchtige* Kreatur, die ihrer Abstammung nicht würdig ist. Natürlich wird sich niemand auf ihre Seite stellen. Aber es wird, wenn auch nur kurz, Aufsehen erregen, weil es *dich* betrifft. Ach, Roxton! Wenn ich an die unnötige *Grausamkeit* denke, die dies Antonia zufügen wird, die selbst gerade erst Mutter geworden ist, bricht es mir das Herz …"

„Ich kann dir kein weiteres Taschentuch anbieten", unterbrach der Herzog heiser, stand von der Chaiselongue auf und ging zur anderen Seite des Zimmers und ihrem Frisiertisch. „Welche Schublade?"

Aber er war nicht schnell genug. Estée erhaschte einen flüchtigen Blick auf sein schlankes, gutaussehendes Gesicht, das vor Verlegenheit brannte, und im nächsten Atemzug weißer wurde als gebleichtes Leinen. Ihr Schock über sein kaltes Entsetzen war so groß, dass sie ihm nicht antwortete, bis er die Frage wiederholte, und zwar schärfer als zuvor.

„Estée! Taschentücher! Welche Schublade?"

„In der unteren ganz rechts."

Er riss die kleine Schublade auf. Sie war voller spitzenbesetzter Taschentücher, aber er ließ sich Zeit, eines herauszunehmen. Er brauchte einen Moment zum Luftholen, um sein Gleichgewicht wiederherzustellen, während eine Mischung aus Emotionen und eiskaltem Blut ihn durchströmte.

Er konnte es nicht glauben, er war erschüttert, weil er nichts gewusst hatte. Zorn stieg in ihm auf, dass die *comtesse* es wagen würde, ihn so in Verlegenheit zu bringen; schlimmer noch – mit der Absicht, seiner Herzogin Kummer zu bereiten. Vor allem drängte ihn alles zum Handeln – um die Wahrheit für sich selbst herauszufinden. Was er damit anfangen würde, war ihm in diesem Moment nicht klar. Oberstes Ziel war es, den Schaden der Intrigen der Frau zu begrenzen, bevor er Antonia erreichte.

Er kehrte zu der Chaiselongue zurück und gab Estée das Taschentuch, aber er setzte sich nicht.

„Danke, dass du es mir gesagt hast. Es tut mir leid, dass unsere alten Tanten dir eine so abscheuliche Aufgabe überlassen haben. Sei versichert, ich werde mich um die Angelegenheit kümmern, und zwar schnell. Jetzt musst du mich entschuldigen. Ich werde anderweitig erwartet."

„Wirst du es Antonia erzählen?"

Er sah sie mit einem Ausdruck an, der ihr nichts von seinen Gedanken verriet.

„Ich werde alles tun, was notwendig ist, um das Glück meiner Frau zu gewährleisten. Da du das auch willst, weiß ich, dass ich mich auf deine Diskretion verlassen kann."

„Natürlich. Ich werde kein Wort sagen."

Er neigte den Kopf, und als er sich im Zimmer umsah, überraschte sie sie, indem er im Plauderton sagte: „Du solltest die Gelegenheit nutzen, während du bei uns in Versailles weilst, deine Räume neu einrichten zu lassen. Neue Tapeten, Teppiche, Möbel, was immer du willst."

Estée war sofort abgelenkt. Sie strahlte vor Freude.

„Wirklich? Ich habe Lucian erst vor vierzehn Tagen gesagt, dass wir dich genau darum bitten sollten, und bevor das Baby im Frühjahr zur Welt kommt." Sie betrachtete ihn mit einer Mischung aus Schüchternheit und Eifer. „Wenn du deine Räume sagst, meinst du wirklich alle Zimmer – Lucians, meins und auch das des Babys?"

„Sie alle. Auch die der Dienerschaft, wenn es nötig ist. Ich werde Lapin mitteilen, dass er dir *carte blanche* geben soll. Ich überlasse es euch beiden, die Einzelheiten zu besprechen."

Die Erwähnung des Verwalters des *hôtel* ließen sie von der Chaiselongue aufspringen. Sie ergriff seine Hand, die er ihr zum Abschied hingestreckt hatte, erschreckte ihn, indem sie sie küsste und dann an ihre Wange drückte.

„Du bist doch der beste und großzügigste aller Brüder! Ich könnte vor Freude weinen!"

„Das bezweifle ich nicht, aber bitte, beherrsche dich", scherzte er und löste sanft seine Finger aus ihren Händen. Er machte ihr eine kleine Verbeugung. „Ich will zum Abendessen in die Villa zurückkehren, daher muss ich mich jetzt verabschieden. Antonia freut sich darauf, dass du dich uns am Ende der Woche anschließen wirst. Ich habe die große Kutsche mitgebracht, obwohl du mit dreien deiner Damen wirst auskommen müssen, so klein, wie die Villa ist ..."

„Oh, das ist nur eine kleine Unannehmlichkeit", antwortete sie glücklich. „Die anderen werden hier viel zu tun haben, wenn das ganze Apartment auf den Kopf gestellt wird."

„Ja. Ich dachte mir, dass das der Fall sein würde", erwiderte er und, sicher, dass die Gedanken seiner Schwester jetzt völlig auf die vergnügliche weibliche Beschäftigung der Wahl der neuen Einrichtung gerichtet waren, verabschiedete er sich.

Er hatte kaum den Rücken gekehrt und die Lakaien die zweiflüglige Tür für ihn geöffnet, als seine Schwester bereits laut nach ihren Damen rief. Der Tonfall atemloser Aufregung beruhigte ihn und versicherte ihm, dass sie jede unterdrückte Sorge, die sie wegen der *comtesse* und ihrer Intrigen gehabt haben mochte, seinen Schultern aufgebürdet hatte und sich um keine Unannehmlichkeiten mehr kümmerte. Genau das war seine Absicht gewesen.

Er verließ nicht nur die Räume seiner Schwester, sondern auch das *hôtel*, und ging direkt zu Rossards. Obwohl er vor seiner Rückkehr in die

Villa einen ganzen Tag voller von seinem Verwalter arrangierten Termine vor sich hatte, brauchte er ein paar Stunden unkomplizierter männlicher Gesellschaft, die sich an den Spieltischen seiner liebsten Festung Pariser Adelsprivilegs finden ließ.

Es würde ihm Zeit geben, seine Gedanken neu zu ordnen und sich für eine Strategie zu entscheiden, um sich mit Thérèse Duras-Valfons zu befassen. Und wenn man den neuesten Klatsch hören wollte, der in den Pariser Salons die Runde machte, war er frisch und bunt bei Rossard zu finden. Er würde schon beim Betreten des Hauses wissen, ob das, was die *comtesse* über ihr Baby behauptet hatte, über das schockierte Flüstern seiner alten Tanten hinausgegangen war.

Unabhängig vom Ausgang dieses Empfangs hatte er keine Ahnung, wie er Antonia diese Nachricht beibringen sollte.

SIEBEN

VILLA ROXTON, RUE DES RÉSERVOIRS, PETIT PARC, VERSAILLES

Antonia trat vom Kamin weg und wirbelte mit einem triumphierenden Lächeln herum. Sie wandte sich an die drei Herren, die zu zwei Porträts aufblickten, die neu nebeneinander über dem bemalten Kaminsims aufgehängt worden waren. Eines zeigte einen gutaussehenden Adligen, das andere seine schöne jungen Frau. Sie trugen Frisuren und Kleidung, die während der Regentschaft des Herzogs von Orléans in Mode gewesen waren, gemalt von Hyacinthe Rigaud, dem berühmtesten Künstler seiner Zeit.

„Ist dies nicht der perfekte Platz, um sie wieder zu vereinen?"

„Das ist es, *Madame la duchesse*", stimmte Martin Ellicott zu, trat einen Schritt näher und betrachtete die Gemälde. „Ich glaube, ich habe diese besonderen Bilder von *M'sieur le Marquis* und *Madame la Marquise* noch nie zuvor gesehen. Das ist ein großartiges Paar."

„Das sind sie?", bemerkte Lord Vallentine und hob sein gespaltenes Kinn. „Dachte doch, dass sie mir irgendwie bekannt vorkamen. Diese Nase bei ihm und ihre blauen Augen wunderten mich."

„Lucian! Du stellst dich absichtlich dumm, um mich zu reizen", sagte Antonia ohne Zorn und drehte sich wieder zu den Porträts um. „Du weißt sehr gut, wer sie sind! *M'sieur le duc* hat die feine Nase seines Vaters. Und *Madame* hat die schönen blauen Augen ihrer Mutter. Und du hast Monseigneurs Eltern schon einmal auf dem großen Familienbild gesehen, das in der Langen Galerie in Treat hängt. Aber diese Porträts wurden gleich nach ihrer Heirat gemalt. Das hat Jean-Luc mir erzählt."

Sie ging zum Herzog hinüber, der sich noch äußern musste. Er hatte seinen Blick nicht von den Porträts abgewendet, seit er den Raum betreten hatte. Er war zu Pferd aus Paris kommend als letzter zum Souper eingetroffen, hatte noch ein Bad genommen und war *en déshabillé* gekleidet, in einen Morgenmantel aus chinesischer Seide über einem frischen, weißen Hemd und samtenen Kniehosen.

Antonia erriet bei seinem in der Ferne weilenden Blick, dass er sich an die Zeit erinnerte, als seine Eltern noch am Leben waren. Sie griff nach seiner Hand und das brach den Bann.

„Freust du dich, sie wieder an ihrem rechtmäßigen Platz zu sehen?"

Roxton lächelte auf sie herab.

„Ja. Obwohl ich nicht sagen kann, dass ich mich an diese speziellen Porträts erinnere, oder daran, welche Wand sie geziert haben. Ich vermute aber, dass es nicht in diesem Raum war."

„Weil dies das Schlafzimmer deiner Eltern war, bevor du das Haus hast umbauen lassen, ja?" Als er nickte, sagte sie: „Jean-Luc kann sich auch nicht genau erinnern, an welcher Wand, aber ich sagte ihm, das sei unwichtig. Ich hätte nicht gewusst, dass es diese Porträts gibt, wenn er und ich nicht heute im Garten miteinander gesprochen hätten. Und er stimmte mir zu, dass es, da dies ihr Schlafzimmer war und wir es jetzt zum Frühstück und Abendessen benutzen, passend wäre, deine Eltern hier bei uns zu haben. Aber hauptsächlich für Julian, damit er seine Großeltern kennenlernt, wenn er älter ist."

Ihr Blick flackerte über den weiß getünchten Raum mit seiner hohen Stuckdecke und blieb auf den Fenstertüren hängen, die zu einem kleinen privaten Garten führten, deren blaue Samtvorhänge zurückgebunden waren, um den Blick in das schnell verblassende Licht eines Wintertages freizugeben.

„Deine Eltern müssen hier eine sehr schöne Wohnung gehabt haben", sagte sie wehmütig.

„Aber wir auch, nicht wahr, mit einer schönen Aussicht über die Parklandschaft von *Sa Majesté* aus unseren Fenstern im ersten Stock."

„Durchaus. Und zu dieser Jahreszeit ist es mit dem Morgennebel in den Bäumen sehr schön. Aber im Frühling würde sich dieser Raum durch weit geöffnete Türen mit dem Duft der Blumenbeete füllen. Ich bin mir sehr sicher, dass deine Mutter das bezaubernd gefunden hätte."

Der Herzog hob ihre Hand zum Kuss. „Wenn wir noch hier sind, wenn es Blüten gibt, lasse ich sie in Vasen stellen und in dein Ankleidezimmer bringen."

Antonia stellte sich auf Zehenspitzen und küsste ihn auf die Wange. „Danke, Monseigneur, aber lassen wir die Blüten im Garten, dann können wir nach unserem Frühstück in ihrem Duft spazieren gehen." Plötzlich kam ihr ein Gedanke, eine Falte entstand zwischen ihren Brauen. „Es ist hier in Frankreich üblich, dass die Herren großer Häuser ihre Schlafzimmer im Erdgeschoss haben, und doch haben wir das hier in der Villa und auch im *hôtel* nicht. Ist das nicht seltsam?"

„Seltsam, *ma belle*? Nicht, wenn ich eher zu der englischen Vorliebe neige, Schlafzimmer höher als im Erdgeschosses zu haben und …"

„Sehr weise", unterbrach Lord Vallentine düster. „Nur eine fadenscheinige Fenstertür zwischen Bett und Garten zu haben, lädt den Ärger förmlich ein. Es ist viel sicherer, eine Treppe hoch zu sein. Das schreckt von Überfällen ab und mit Männern in jedem Stockwerk können wir alle tief und fest schlafen."

„Niemand, der nicht hier sein sollte, würde es wagen, das Anwesen von *M'sieur le duc* zu betreten", sagte Antonia wegwerfend und nahm ihren Platz an dem runden Tisch ein, der mit dem nötigen Silber und Porzellan für das Abendessen gedeckt war. Ein livrierter Lakai zog ihren Stuhl hervor. „Und selbst, wenn wir hier unten schlafen würden, es gibt genug Männer in unserem Garten, um jeden wagemutigen Eindringling zu verscheuchen." Sie kicherte. „Ich bin mir sicher, dass sich diejenigen im Haus neben unserem fragen werden, ob Monseigneur tatsächlich eine eigene Armee unterhält bei der Anzahl von Dienern, die wir beschäftigen!"

Lord Vallentine, der bereits an der Anrichte stand und eine Schüssel mit Suppe gefüllt hatte und nun einen Teller mit einer Auswahl an Fleisch, Obst und Pasteten füllte, sah über seine Schulter und sagte schnaubend: „Es *ist* eine Armee! Und warum auch nicht? Sie haben ihre Befehle, und wehe, wenn selbst die Mieter jenseits der Mauer dumm genug wären, ohne Erlaubnis den Torriegel wegzuschieben. Der Haufen würde sie umgehend erwischen."

Antonia runzelte die Stirn. „Das verstehe ich nicht. Du sprichst, als wären wir in unserem eigenen Zuhause nicht sicher. Und warum sollten unsere Nachbarn uns durch das Gartentor besuchen kommen? Mir wurde gesagt, dass das Haus vor kurzem an eine Familie mit drei Töchtern vermietet wurde, die …" Sie sah den Herzog erschrocken an. „Renard? Ist ein Einbrecher in unserem Garten gewesen?"

„Im Garten? Nicht, dass ich wüsste, *ma vie*", antwortete Roxton glatt und nickte seinem Butler zu, den Kaffee einzuschenken. „Ich glaube nicht, dass Lucian gemeint hat, dass es im wahrsten Sinne des Wortes eine unmittelbare Gefahr gibt. Noch – ich bin sicher, er wird es dir nur zu gerne versichern – wollte er dich unnötig beunruhigen oder dazu bringen, dir Sorgen um das Wohl unseres Sohnes zu machen –"

„Hä? Natürlich nicht!", polterte Vallentine, als der Herzog ihn mit hochgezogenen Brauen anstarrte. „Es ist nur so, dass ich wie Roxton hier die Abneigung eines Engländers dagegen habe, Schlafräume im Erdgeschoss zu haben." Er stellte seinen schwer beladenen Teller und eine Schüssel Austernsuppe auf den Tisch und setzte sich auf einen Stuhl. „Diese Franzosen können ihre Schlafzimmer hinstopfen, wo sie wollen, und viel Glück dabei, sage ich, aber für diesen Engländer ist mein Bett eine Treppe hoch und einen Gang hinunter, mit vielen Männern dazwischen. Das war alles, was ich meinte."

„Diese Abneigung gegen die Erde muss dich in der Tat beunruhigen, Lucian", sagte Antonia glatt, blickte misstrauisch von ihrem Schwager zu ihrem Mann und dachte, dass hinter dem Thema eines Eindringlings mehr steckte, als beide preisgeben wollten. „Denn wie kommt es, dass der größte Schwertkämpfer in ganz Frankreich und England im Obergeschoss schlafen und die Treppe von Männern bewacht werden muss, um sich sicher zu fühlen?"

Anstatt ihren Verdacht zu zerstreuen, bestätigte Seine Lordschaft ihn, indem er eine unverbindliche Antwort murmelte, bevor er den Kopf senkte, um sich darauf zu konzentrieren, seine Suppe zu schlürfen. Antonia wäre wohl hartnäckig geblieben, wenn Martin Ellicott während des darauffolgenden lastenden Schweigens nicht die Gelegenheit genutzt hätte, sie abzulenken, indem er das Thema wechselte.

Martin wartete, bis ein Diener ihre Schale mit Kaffee gefüllt hatte, und fragte dann lässig, den silbernen Suppenlöffel über einer Schüssel mit Hühner- und Gemüsebrühe haltend: „*Madame la duchesse*, Ihr erwähntet, dass die Porträts von *M'sieur* und *Madame le Marquis* entdeckt wurden

…?“, und musste ein Lächeln unterdrücken, als der Herzog ihm einen dankbaren Blick zuwarf.

„Oh, ja! Ich wollte gerade alles über die Entdeckung und meine Besprechung mit Jean-Luc im Garten erzählen, aber dann machten Lucians Worte mir Sorgen wegen eines Eindringlings …“

„Ich machte dir Sor…? Oh, schon gut“, murmelte Seine Lordschaft, als der Herzog die Augen zur Decke verdrehte. „Bitte um Verzeihung.“ Er hob seinen silbernen Suppenlöffel in Richtung der Herzogin. „Ich bin ganz Ohr. Zumal wir sicher alle gerne wissen würden, wie dieser Kerl, dieser Luc überhaupt in den Garten gekommen ist.“

„Du denkst, Jean-Luc ist ein Eindringling?“, neckte sie ihn und schüttelte den Kopf, einen Blick auf den Herzog. „Du kannst dich beruhigen, *mon beau-frère*. Jean-Luc hat unseren Garten nicht betreten, indem er das Tor geöffnet hat. Er steht im Dienst von Monseigneurs Familie, seit …“

„Ha! Ich hätte mir denken sollen, dass er ein Diener ist“, platzte es erleichtert aus Vallentine heraus. „Aber das Wort *Besprechung* hat mich auf die falsche Spur gebracht.“ Mit einem Seitenblick sagte er zum Herzog: „Du musst die einzige Herzogin in ganz Europa haben, die versucht, ein echtes Gespräch mit einem Lakaien zu führen …“

„*Versucht?*“ erwiderte Antonia, endlich provoziert. „Glaubst du, unsere Angestellten haben keinen Verstand?“

„Na? Haben sie einen?“, stichelte Vallentine weiter und fuhr dann mit einem verschlagenen Grinsen fort, seine Suppe zu schlürfen.

Antonia setzte sich auf, aber diesmal schluckte sie den Köder nicht. Stattdessen sagte sie mit trügerischer Süße: „Lucian, ich hoffe, du willst nicht sagen, dass Monseigneur zulassen würde, dass seine Familie von Schwachköpfen oder Geistesgestörten versorgt wird?“

„Hä? Geistes-ge-ge-*störten*? Ich würde nie – Moment, warte mal! Fang nicht an, mir Worte in den Mund zu legen oder Roxton auf Gedanken zu bringen“, forderte Vallentine. „Das meinte ich gar nicht, und das weißt du!“ Dann ruinierte er seinen Bluff, indem er sich zum Herzog beugte und kleinlaut sagte: „Das habe ich nicht gemeint.“

„Was ich weiß, mein Lieber“, erwiderte der Herzog ruhig, während er sich darauf konzentrierte, eine Birne in feine Stücke zu schneiden, „ist, dass du, wenn du die Herzogin so befragst, genau das meinst.“

Vallentine murmelte etwas davon, ein Fisch zu sein und den Haken zu schlucken, der vor seinen Augen baumelte. Er schob seine leere Suppentasse beiseite, um den schwer beladenen Teller mit verschiedenen Käsesorten, Fleisch und Gebäck an ihren Platz zu stellen.

„Ich habe das Wort Lakai bewusst nicht verwendet, Vallentine", konterte Antonia. „Weil Jean-Luc keiner ist. Nicht wahr, Monseigneur?"

Der Herzog spießte mit seiner Gabel eine dünne Birnenscheibe auf und hob seinen Blick langsam zu Antonias grünen Augen. Sein Gesichtsausdruck verriet nichts von seinen Gedanken. „Bitte lass Martin nicht warten, *mignonne*, und beantworte seine Frage, wo die Porträts gefunden wurden."

Sie wusste sofort, dass er ihrer Frage auswich, aber bevor sie antworten konnte, unterbrach Vallentine sie. Er schien den gezielten Versuch des Herzogs, das Thema zu wechseln, nicht zu bemerken.

„Aber wenn dieser Luc kein Lakai ist und ihr sagt, er sei kein Eindringling, wer zum Teufel ist er dann und was hat er im Garten gemacht?"

Einen Augenblick herrschte Stille. Der Herzog und die Herzogin sahen einander in die Augen. Worte waren unnötig, um sich zu verständigen, Antonia wurde deutlich klar, dass ihr Mann das Thema Jean-Luc nicht an Ort und Stelle besprechen wollte. Dies überraschte sie, aber sie gab seiner stillen Bitte nach.

„Jean-Luc war mit den anderen Dienern im Garten wegen der Überprüfung der Hausangestellten ..."

„Ah! Also *ist* er ein Diener!", triumphierte Vallentine.

Wieder sah Antonia den Herzog an, um eine Bemerkung zu machen, aber dieser hatte den Blick gesenkt und sich wieder den Birnenscheiben zugewandt. Es blieb Martin Ellicott überlassen, die Stimmung einzuschätzen und das Gespräch voranzutreiben und in eine andere Richtung zu lenken.

„Wird diese Überprüfung von Mercier durchgeführt, *M'sieur le duc*?", fragte Martin Ellicot.

„Ja", antwortete Roxton, aber er sah immer noch nicht auf, als ob die Birnenscheiben seine ganze Aufmerksamkeit erforderten.

Die Herzogin und Martin Ellicott, die beide den Herzog ansahen, sahen sich zufällig an, und sie erkannten an ihren jeweiligen Mienen, was der andere dachte: Mit dem Herzog stimmte etwas nicht. Seine Lordschaft jedoch schien sich dessen nicht bewusst. Sein Unwissen half, die Stimmung aufzuhellen.

„Mercier?" Vallentine stürzte sich auf den Namen des Haushofmeisters der Villa. Als Antonia nickte, beugte er sich wieder zu dem Herzog vor und sagte mit leiser Stimme: „Ein guter Mann, Mercier – er wird alle Schwätzer und heimlichen Verräter aufspüren …"

„Allerdings, Lucien", stimmte der Herzog, ihm das Wort abschneidend, zu. Er sah von seinem Teller auf, um seine Frau anzulächeln. „*Mignonne*, Martin ist nicht der Einzige, der wissen möchte, wo die Porträts gefunden wurden. Und Lucian wird nicht wieder unterbrechen …"

„Verdammt! Jetzt bin ich schon wieder schuld!"

„Und schon wieder", witzelte der Herzog.

„Es tut mir leid, Monseigneur, aber wie soll ich euch von der Entdeckung der Porträts erzählen, ohne zu erwähnen, wie ich dazu gekommen bin, ausführlich mit Jean-Luc im Garten zu sprechen?" antwortete Antonia und lächelte sanft. „Das eine lässt sich nicht vom anderen trennen, ja?"

„Ich bin sicher, du wirst einen Weg finden", sagte der Herzog trocken, legte Birnenmesser und Teller beiseite und nahm seine Kaffeeschale auf, den Blick nur auf seine Frau gerichtet.

Antonia war still und nachdenklich. Sie war nun überzeugt, dass etwas den Herzog sehr beunruhigte. Und was immer es war, es war geschehen, während er in Paris war, denn er war in einer anderen Stimmung in die Villa zurückgekehrt, als er sie bei Tagesanbruch verlassen hatte. Sie überlegte, was es sein könnte, und fragte sich, ob es Neuigkeiten über seine Schwester gab, die er nicht mitteilen wollte. Das verwarf sie aber sofort. Wenn es Estée oder ihrem Kindchen nicht gut ginge, wäre der Herzog nicht hier, sondern noch immer in Paris und hätte Vallentine an die Seite seiner Frau gerufen. Also nein; seine Zerstreutheit hatte nichts mit dem Wohlergehen seiner Schwester zu tun. Aber was mochte es dann sein…?

ACHT

MARTIN ELLICOTT WANDTE sich an die Herzogin, riss Antonia aus ihren Gedanken und brachte sie an den Tisch zurück.

„Heute war ein besonders schöner Tag, um draußen zu sein, *Madame la duchesse*", bemerkte er im Plauderton und lächelte zu ihr hinüber, ohne den Herzog anzusehen. „Ich bezweifle also nicht, dass die Diener ihre Zeit in der Sonne genauso genossen haben wie Ihr und seine kleine Lordschaft...?"

„Deshalb habe ich Julian in den Garten mitgenommen", antwortete Antonia. Und sie nahm sein Stichwort auf und fuhr in leichtem Ton fort, in der Hoffnung, den Herzog aus seiner Geistesabwesenheit zu reißen. „Meine Damen waren sehr dagegen, Julian in die Winterluft hinauszubringen, sie sagten, das wäre schlecht für ein so kleines Kind. Aber die Ammen versicherten mir, dass sie mit ihren eigenen Säuglingen in der Wintersonne sitzen, warum also sollte Julian das nicht auch tun? Also bestand ich darauf. Aber was ließen meine Damen die Kindermädchen mit meinem Sohn machen?", fügte sie hinzu, mit einem Blick aus weit aufgerissenen Augen auf die Speisenden. „Sie ließen sie ihn in so viele Lagen von Stoff einwickeln, dass er aussah wie eine große, saftige Zuckerpflaume!" Als das allgemeines Gekicher auslöste, lächelte sie. „Das stimmt, ich sage es euch! Ich ließ sie die Hälfte der Hüllen entfernen, aber um ihre Aufregung zu besänftigen, steckte ich Julian in meinen Muff ..."

„*Wa-was?* Du hast ihn ... du hast deinen Sohn *in* deinen *Muff* gesteckt?", wiederholte Vallentine völlig verblüfft. Als Antonia nickte, gab er ein schnaubendes Lachen von sich und schlug mit der Hand auf den Tisch, so fest, dass die Kristallgläser klirrten. „Natürlich, das sieht dir ähnlich. Ich wette, er war dort so warm wie ein Toast." Er runzelte plötzlich die Stirn und musste fragen: „Aber wie hat er geatmet?"

„Dummchen! Ich habe ihn nicht mit dem Kopf zuerst hineingesteckt. Sein Kopf ragte an einem Ende heraus, und seine kleinen Füße ein wenig am anderen, also war es sein kleiner Bauch, der am wärmsten war."

Vallentine rümpfte nachdenklich die Nase. „Ich hoffe, er trug Windeln und Einlagen. Du wolltest sicher keine hässlichen Überraschungen in deinem Muff. Auf der anderen Seite, wenn er frei und leicht im Wind liegen würde, gäbe es weniger zu säubern."

„Warum ist dein Kopf ständig voller Trivialitäten?", fragte Antonia, ohne böse zu sein.

„Trivial? Das kannst du denken, da dein Sohn eine Armee von Kindermädchen hat, die Tag und Nacht hinter ihm herputzen. Aber wir anderen – vor allem die, bei denen ihr eigenes freudiges Ereignis erwartet wird – wir machen uns über alle möglichen banalen Kleinigkeiten Gedanken, die du vielleicht für unsinnig hältst."

Antonia sah ihn mit hochgezogenen Brauen über den Goldrand ihrer Porzellankaffeeschale an und köderte ihn.

„Siehst du, wie sich *M'sieur le duc* mit diesen unsinnigen Details beschäftigt? Nein! Weil sie unwichtig sind. Und wie er dir bereits gesagt hat, überlässt er solche Details den Experten. Nicht wahr, Monseigneur?"

„Ganz genau, *ma vie*", sagte der Herzog und machte Anstalten, sich zu erheben. Aber als Antonia fortfuhr, lehnte er sich wieder zurück und wartete höflich darauf, dass sie ihre Erklärung beendete.

„Aber weil ich weiß, dass du mich sowieso danach fragen wirst, Vallentine", sagte sie seufzend, „lass mich dich beruhigen. Julian war nicht nur in Windeln und Umschlagtüchern eingepackt, er trug auch ein Mützchen und wollene Strümpfe. Mein Muff war nur für zusätzliche Wärme, ohne so aufzutragen." Sie lächelte stolz und ihre Grübchen zeigten sich. „Das war doch sehr klug von mir und eine geniale Alternative dazu, Julian wie ein Zuckerpflaumen-*bébé* aussehen zu lassen, nicht wahr?"

„Inspiriert, *ma belle*", stimmte der Herzog zu und wollte sich wieder erheben. Doch als Martin Ellicott der Herzogin eine Frage stellte, wartete er erneut auf ihre Antwort.

„*Madame la duchesse*, als Ihr mit Seiner kleinen Lordschaft im Muff durch den Garten schlenderten, seid Ihr Jean-Luc zufällig begegnet?"

„Ja!"

Ihr Lächeln und ihr Blick auf Martin verrieten ihm, dass sie für seine Frage dankbar war. Er hatte auch den deutlichen Eindruck, dass ihrem Gespräch etwas zugrunde lag, von dem sie wünschte, dass der Herzog es verstand.

„Julian hatte einen seiner Strümpfe verloren und Jean-Luc hat ihn wiedergefunden. Er hatte in der Schlange mit den Dienern gewartet, um von *M'sieur* Mercier befragt zu werden. Aber als Julian seinen Strumpf abstreifte, hob er ihn auf und kam, um ihn zurückzugeben. Aber meine Damen hielten ihn auf und sagten, es sei nicht seine Aufgabe, sich mir zu nähern und mir Dinge zu geben. Man stelle sich vor, wie lächerlich ich diese Idee fand, wo doch jeder weiß, dass Jean-Luc derjenige ist, der immer wieder zum *hôtel* fährt, um meine Bücher zu holen.

„Und während meine Damen viel Aufhebens machten, kamen zwei der Lakaien herbei, weil sie dachten, dass der arme Jean-Luc Schwierigkeiten machte. Was er nicht tat. Und dann kam *M'sieur* Mercier zu uns herüber. Und da wurde ich zornig." Sie gestand dem Herzog, verärgert über sich selbst: „Ich habe meine Stimme erhoben, Renard – was ich gar nicht gern tue – und ihnen allen gesagt, sie sollten weggehen und uns in Ruhe lassen. Ich habe Julian erschreckt. Er hat noch nie gehört, dass seine Maman zornig war." Sie streckte ihre Hand aus, und der Herzog bedeckte sie mit seiner eigenen. „Du erhebst nie deine Stimme gegenüber irgendjemandem, selbst wenn ich weiß, dass du wütend bist und jeder tut, was du sagst."

„Es ist eine geübte – äh – Kunst. Und ich habe viel mehr Erfahrung als du." Der Herzog drückte sanft ihre Finger. „Ich zweifle nicht daran, dass du trotz deines Ärgers, weil du gehört werden wolltest, die Situation souverän gemeistert hast."

„Ich hoffe, dass dem so ist", sagte Antonia mit einem Lächeln, nicht ganz überzeugt. „Ich ließ Gabrielle Julian und meine Damen ans andere Ende des Gartens bringen, weil niemand etwas verstehen konnte, solange er weinte. Und er wollte nicht aufhören, selbst als ich sein Gesicht mit meinen Küssen bedeckte. Also muss ich ihn wirklich erschreckt haben. Ich habe alle erschreckt! *M'sieur* Mercier floh mit den

Lakaien an seinen Schreibtisch zurück, und Jean-Luc schlich fort. Aber ich habe ihn zurückgerufen." Sie sah sich am Tisch um und schloss die anderen in ihr Gespräch ein. „Ich wollte ihm nicht nur dafür danken, dass er Julians Strumpf zurückgeholt hat, sondern auch für all die endlosen Besorgungen, zu denen ich ihm schicke und er hat sich noch nie beschwert."

„Hat er Grund sich zu beschweren?", fragte Roxton überrascht. „Ich zweifle nicht daran, dass deine Besorgungen ihn beschäftigen …"

„Genau das sagte er!", rief Antonia glücklich aus. „Dass meine Bücherlisten ihm einen Grund geben, das *hôtel* zu besuchen und dort ein paar Stunden in der Bibliothek zu verbringen und die Regale zu durchstöbern."

„Dazu braucht er keinen Grund. Er kann die Bibliothek und das *hôtel* aufsuchen, wann immer er möchte."

Antonia fing den Blick des Herzogs auf. „Das hat Jean-Luc auch gesagt. Nicht um einen Grund zu haben, sondern dass er, obwohl er hier in der Villa wohnt, die Erlaubnis hat, nach Belieben zum *hôtel* zu kommen und zu gehen. Das hat mich nachdenklich gemacht. Und weil er alt ist, habe ich mich gefragt, ob er vielleicht ein Diener war und jetzt von seinen Pflichten befreit ist und hier dank deiner Großzügigkeit lebt. Also habe ich ihn natürlich gefragt. Warum auch nicht? Als deine Herzogin muss ich diese Dinge doch wissen, ja? Und Jean-Luc hat es mir freundlicherweise erklärt."

Trotz seiner mürrischen Zerstreutheit konnte der Herzog ein Lächeln nicht unterdrücken.

„Ich bezweifle nicht, dass du es geschafft hast, seine *gesamte* Lebensgeschichte aus ihm herauszufragen", antwortete er, als er endlich von seinem Stuhl aufstand. „Dem bleibt mir nichts hinzuzufügen … und da die Uhren die Stunde schlagen und ich noch Briefe zu schreiben habe, wirst du mich entschuldigen müssen. Ich freue mich, dass du den Garten in der Wintersonne genießen konntest, *ma vie*", fügte er sanft hinzu. „Ich wünschte nur, ich wäre hier gewesen, um ihn mit dir zu genießen."

„Das wünschte ich mir auch …", erwiderte Antonia mit einem Lächeln und zwang sich dann, leichthin zu sagen: „Monseigneur, ich muss Martins Frage noch beantworten. Willst du nicht hören, was Jean-Luc mir über die schönen Porträts deiner Eltern erzählt hat?"

„Nicht heute Abend. Ich werde dieses Vergnügen erwarten, wenn du es wiederholen möchtest – vielleicht beim Frühstück."

Der Herzog hatte kaum eine Schulter gedreht, als Antonia sehr leise sagte, was ihn veranlasste, sich umzudrehen und ihrem Blick zu begegnen:

„Entschuldige, *M'sieur le duc*, ich möchte dich nicht von deinen Briefen abhalten, aber versichere mir bitte zuerst, dass du nicht wie andere darüber denkst, dass deine Herzogin mit Jean-Luc Levron im Sonnenschein sitzt …"

„*Levron?*", platzte Lord Vallentine heraus und zuckte zusammen. „Ist das der Jean-Luc, mit dem du in der Wintersonne geplaudert hast?" Als Antonia nickte, blickte er zum Herzog und dann wieder zu ihr und verdrehte verärgert die Augen. „Kein Wunder, dass die Diener nervös waren. Herzoginnen fragen die Jean-Lucs dieser Welt nicht nach ihrer Lebensgeschichte. Und sie sitzen sicher nicht mit ihnen in der Sonne. Das tut man einfach nicht."

Antonia richtete sich auf. „Nun, diese Herzogin hat es getan und sie beabsichtigt, es wieder zu tun!"

NEUN

„V erschwindet", befahl der Herzog und ließ seinem Befehl eine Kopfbewegung zur Tür folgen. Sein Butler und die Lakaien gingen hinaus und ließen die Gäste allein. Er kehrte nicht zu seinem Platz zurück, sondern stand an seinem Stuhl und warf einen Blick auf seine Familie, die ihn alle erwartungsvoll ansah.

„Martin! Was weißt du über die Geschichte von Jean-Luc Levron?"

Martin Ellicott war überrascht, als Erster angesprochen zu werden, aber er antwortete dem Herzog ruhig.

„*M'sieur* Levron ist der Assistent von *M'sieur* Darville, dem *bibliothé-caire* in Eurem Haushalt, *M'sieur le duc*. Eine Stellung, die er seit einigen Jahren innehat. Das ist alles, was ich weiß …"

„Nein. Das ist *nicht* alles, was du weißt", brachte der Herzog zähne-knirschend heraus. „Das ist der Unsinn, der Gästen und allen Neugierigen serviert wird, die die Unverschämtheit haben, danach zu fragen."

Diese ungewöhnlich schroffe Reaktion auf eine ziemlich harmlose Antwort war rätselhaft und versetzte alle in Alarmbereitschaft. Verstohlene Blicke gingen um den Tisch herum, und niemand sprach. Der Herzog bemerkte es kaum oder holte kaum Luft.

„Aber ich würde wetten, dass es in keinem meiner Haushalte einen Mann oder eine Frau gibt, die nicht wissen, auf welcher Seite des Bettes *M'sieur* Levron gezeugt wurde. Auch wenn sie sonst nichts über ihn oder seine lange persönliche Geschichte wissen, nachdem er auf die Welt gekommen ist, so viel wissen sie. Sie wissen, dass er ein – *Bastard* ist."

Dann sah er zu Antonia hinüber, und für sie war es, als würde er durch sie hindurchsehen, denn da war nichts von der üblichen Sanftheit seiner Züge oder seiner Stimme, wenn er sie ansprach.

„Und heute hat *Madame la duchesse* selbst entdeckt, dass Jean-Luc Levron, der alte Mann, der mit ihren Büchern kommt und geht, *zu* meiner Familie gehört, aber er *kein Teil* davon ist. Und er wird nie ein Teil davon sein. Das kann er nicht. Aber er steht unter meinem Schutz, nicht weil ich es wünsche, sondern weil mein Vater mir Jean-Luc Levron testamentarisch anvertraut hat. Ich habe ihn *geerbt* wie einen alten Stuhl, der von einem Elternteil geliebt wurde, und deshalb niemand es wagt, ihn wegzuwerfen!

„Ich werde die Wünsche meines Vaters respektieren und mich bis zu seinem letzten Atemzug um Levron kümmern. Er ist ein guter und anständiger Mann. Das ist unbestritten. Aber ich bin nicht mein Vater, und mein Vater war nie Herzog. Ich bin es allerdings, und genau wie vom vierten Herzog vor mir, und zum Wohle meines Sohnes und meiner Erben wird die Existenz niederer Blutsverwandtschaft niemals anerkannt werden. *Niemals.* Und *das* könnt ihr als mein letztes Wort zu dieser Angelegenheit und zur Existenz von Jean-Luc Levron nehmen. Ich wünsche euch allen eine gute Nacht."

Er neigte höflich den Kopf, drehte sich auf dem Absatz um und eilte aus dem Raum, wo eine Stille herrschte, in der man eine Stecknadel hätte fallen hören können.

„Verdammt! Ich habe ihn selten, wenn überhaupt, so wütend gesehen!" verkündete Vallentine erstaunt, kurz nachdem sich die Tür hinter dem Rücken des Herzogs geschlossen hatte. Er sprang auf und holte die silberne Kaffeekanne von der Anrichte. Er hielt sie hoch. Antonia und Martin nickten beide und hielten ihre Kaffeeschalen zum Nachfüllen hin. Er goss Kaffee in Antonias Schale und sagte sanft: „Gib ihm am besten bis morgen Zeit, um sich abzukühlen, hm?" Als sie zu ihm auf blinzelte, zwinkerte er und fügte verschämt hinzu: „Das mache ich mit seiner Schwester, wenn sie einen Wutanfall hat. Bis zum Morgen ist es immer wieder gut. Das wird es bei ihm auch. Du wirst schon sehen."

„Danke für den Rat, Lucian", antwortete Antonia leise, immer noch zerstreut. „Aber Monseigneur hat gewöhnlich keinerlei Anfälle." Sie nippte nachdenklich an ihrem Kaffee. „Da ist etwas – etwas belastet ihn – etwas, das ich nicht verstehe … Siehst du es auch, Martin?"

„Ja, *Madame la duchesse*", sagte Martin Ellicott ohne zu zögern. „Es ist selten, dass *M'sieur le duc* so unterdrückte Emotionen zeigt. Ich habe dies nur bei einer anderen Gelegenheit erlebt …"

„Wann?", wollte Seine Lordschaft wissen.

„In der Nacht, in der er *Madame la duchesse* zu ihrer Großmutter nach England schicken musste."

„Das war eine sehr schlimme Zeit für uns beide", murmelte Antonia und schauderte ein wenig, als wollte sie die Erinnerung abschütteln.

„Vielleicht braucht er einen guten Blutegel, um loszuwerden, was immer ihn umtreibt?", schlug Vallentine neckend mit einem Augenzwinkern vor.

Antonia kicherte bei der Vorstellung, wie der Herzog angesichts von Vallentines Vorschlag ein angewidertes Gesicht ziehen würde. Sie schüttelte lächelnd den Kopf.

„Merci, mon cher beau-frère, dafür, dass du mich zum Lachen gebracht hast. Aber nein." Ihr Lächeln schwand. „Du weißt ebenso gut wie Martin und ich, dass *M'sieur le duc* nicht krank ist. Er ist besorgt. Ich sehe es in seinen Augen. So sehr besorgt – aber worüber?"

„Besorgt?" Seine Lordschaft schnaubte. „Nennst du so seine Reaktion, als er herausfand, dass du mit Levron geplaudert hast? Ich persönlich weiß nicht, was ihn daran stören sollte. Für eine Torfnase ist der alte Mann harmlos genug …"

„Was ist eine Torf-Torfnase?"

„Torfnase? Oh! Ah! Ähm. Hm. Eine – eine Dumpfbacke? Jedenfalls laut der allgemeinen Gerüchte. Aber ich weiß es nicht genau, weil ich eigentlich nie mehr als zwei Worte mit ihm gewechselt habe. Und wenn ich darüber nachdenke, kann ich mich nicht erinnern, was diese beiden Wörter waren. Immer wenn ich in die Bibliothek komme und er da ist, senkt er den Kopf und schlurft davon."

„Mir zu sagen, Jean-Luc sei eine Torfnase oder eine Dumpfbacke, hilft mir überhaupt nicht, Lucian. Martin, weißt du was …"

„Nicht ganz *compos mentis*", verkündete Lord Vallentine, und um seinen Standpunkt zu unterstreichen, machte er mit dem Zeigefinger eine kreisende Bewegung in der Luft neben seinem Ohr und verzog das Gesicht.

„Oh! Das sind abfällige Begriffe für jemanden, der ein Schwachkopf ist, ja?" erklärte Antonia. Als Seine Lordschaft nickte, fügte sie ernst hinzu: „Aber Jean-Luc, er ist nicht so simpel wie ein Narr, der mit schlichtem Verstand geboren wurde. Er braucht nur die Zeit und unsere Geduld, damit er seine Worte finden kann. Ich habe diesen Zustand schon einmal gesehen, als ich noch bei *mon père* lebte. Gegenüber unserer Villa wohnte ein Junge – Ricardo. Sein Stottern war sehr schlimm, und wenn die Leute ihm keine Zeit gaben, seine Worte zu bilden, konnte er überhaupt nicht sprechen! Aber *mon père* war immer freundlich und sehr geduldig mit ihm, und dann war Ricardos Stottern nicht so schlimm.

„Dasselbe gilt für Jean-Luc. Aber er hatte dieses Stottern nicht von Geburt an wie Ricardo. Jean-Luc erzählte mir, dass er als Jugendlicher an der Sorbonne beim Überqueren der *Pont Royal* von einer Kutsche ange-fahren wurde. Sein Kopf schlug auf dem Kopfsteinpflaster auf und er brach sich den Arm. Als er aufwachte, war er nicht mehr derselbe. Er brauchte viele Monate, um sich zu erholen. Und während seine Knochen heilten, blieb sein Arm krumm. Und er hatte begonnen zu stottern. *Et voilà!*"

„Also hatte ich recht damit, dass er ein bisschen weich im Kopf ist", sagte Lord Vallentine.

„Nein, weil Jean-Luc nicht dumm ist", schalt Antonia milde. „Sein Gehirn funktioniert nicht mehr so gut wie früher." Sie atmete aus. „Leider beendete der Schlag auf den Kopf sein Studium und seinen Wunsch, *avocat* zu werden." Sie lächelte Martin an. „Da Monseigneur nicht über Jean-Luc Levron sprechen wird, kannst du mir vielleicht sagen, was du über seine Familie weißt."

Martin war überrascht. „Natürlich, *Madame la duchesse*. Aber er – Jean-Luc, hat er Euch nicht, wie *M'sieur le duc* vermutete, seine Lebensge-schichte erzählt, während Ihr draußen im Garten wart?"

Antonia schüttelte den Kopf. „Wie konnte er das tun, wenn *M'sieur* Mercier und die Lakaien und meine dummen Damen ihn alle so sehr erschreckten, dass er mehrere Minuten lang überhaupt nicht sprechen konnte! Deshalb hieß ich ihn sich neben mich auf die Bank setzen. Damit er sich wieder wohlfühlen sollte, erzählte ich ihm von der Geschichte, die ich gerade lese. Und als er wieder er selbst war und sich wohlfühlte, fragte er, ob ich nicht Lust hätte, die Porträts von Monseigneurs Eltern zu sehen.

Er hatte es auf sich genommen, alle Bilder in diesem Haus zu pflegen, aber diese besonderen Bilder bewahrte er in seinen Räumen über den Ställen auf. Ich muss besorgt ausgesehen haben, denn er hat mir versichert, dass seine Wohnung gut ausgestattet ist und über eine eigene Heizung verfügt, sodass alle Bilder und Bücher, die er dort aufbewahrt, gut erhalten sind. Natürlich galt meine Sorge ihm, aber das ist nebensächlich. Er war derjenige, der vorgeschlagen hat, Monseigneurs Eltern hier im Frühstücksraum aufzuhängen.“

Vallentine warf einen Blick auf die Porträts über dem Kaminsims, dann schaute er verblüfft von der Herzogin zu Martin Ellicott und wieder zurück.

„Also hat Levron seine Eltern nicht erwähnt?“

„Eben hörte ich zum ersten Mal, dass Jean-Luc von der falschen Seite des Kissens …“

„… des Bettes, *Madame la duchesse*“, korrigierte Martin sanft und fügte mit einem schüchternen Lächeln hinzu, „obwohl ich denke, es spielt kaum eine Rolle, welcher Ausdruck für den Euphemismus verwendet wird, so wie es ist.“

„Des Bettes? Oh! *Merci. Oui,* die falsche Seite des Bettes“, wiederholte Antonia, als wollte sie es auswendig lernen. „Lucian, ich war mir der unglücklichen Abstammung von Jean-Luc nicht bewusst, bis Monseigneur das Bett erwähnte und dieses schreckliche Wort benutzte …“

„Bastard? Nun ja, das ist kein nettes Wort“, stimmte Vallentine zu. „Aber das ist er. Ein Kind, das auf der falschen Seite des Bettes gezeugt wurde, oder, wenn du es ganz genau sagen willst – *außerehelich* – wird gemeinhin als Bastard bezeichnet.“

„Ich kenne die Bedeutung des Wortes, Lucian. Und es mag richtig sein, aber sage es bitte nicht noch einmal in meiner Gegenwart, denn wenn es so unverblümt gesagt wird oder so, wie Monseigneur es gesagt hat, ist es ein hasserfülltes Wort, das mir nicht im Geringsten gefällt!“

Als Lord Vallentine zustimmend den Kopf neigte, fügte sie ernsthaft hinzu: „Diese Kinder haben nicht darum gebeten, geboren zu werden, *n'est–ce pas?* Und sie haben sich ganz sicher keine unverheirateten Eltern gewünscht. *Mon père* verbrachte viele Jahre damit, solche Kinder zur Welt zu bringen, und es machte ihn traurig, dass die Sünden der Eltern von Unschuldigen gesühnt wurden, die ihr ganzes Leben lang unter dem Stigma ihrer Geburt leiden würden.“

„*Madame la duchesse*, Euer Vater war ein aufgeklärter und mitfühlender Arzt", sagte Martin sanft. „Ich wünschte, ich hätte ihn gekannt."

„Das war er, und ich wünschte, Ihr hättet einander gekannt. Ich vermisse ihn jeden Tag… *Mon père* sagte mir, dass die Mütter dieser Kinder den Preis für ihre Sünden bezahlten, indem sie ihre Babys in Waisenhäusern abgeben mussten, um nie wieder gesehen zu werden. Kann man sich das vorstellen? Das Kind aufzugeben, das du neun Monate in dir getragen hast? Damals war ich zu jung, um es wirklich zu verstehen. Aber jetzt…" Ihre grünen Augen füllten sich mit Tränen, die sie schnell wegwischte. „Jetzt habe ich Julian, ich könnte mir kein schlimmeres Schicksal vorstellen, als ihn wegzugeben und nie wiederzusehen …"

„Das müsst Ihr Euch nicht einmal vorstellen, *Madame la duchesse*", versicherte ihr Martin. „Ihr werdet seine kleine Lordschaft immer bei Euch haben."

„Ja. Verzeiht mir, dass ich *larmoyante* bin." Sie schüttelte sich innerlich und sagte: „*Mon père* stand den abwesenden Papas, die diesen Frauen diese traurige Entscheidung aufzwangen, und der lebenslangen Stigmatisierung dieser ungewollten Kinder äußerst kritisch gegenüber. Wo waren diese Männer, nachdem sie ihr Vergnügen gehabt hatten? In der Nacht verschwunden …" Sie klatschte in die Hände. „Puff! Um niemals wieder gesehen zu werden. Sie …"

„Moment mal, *ma belle-sœur*", unterbrach Lord Vallentine sie mit knallroten Ohren. „*Aufzwingen* ist ein ziemlich starkes Wort und es macht deinen Eintopf ein bisschen dickflüssig! Dein Papa konnte nicht mit Sicherheit wissen, dass *alle* diese Männer Schufte waren, die sich um nichts und niemanden scherten! Und bevor du mit mir darüber streitest, möchte ich dir sagen, dass wir dieses Thema nicht mit *dir* diskutieren sollten, selbst wenn dein Papa ein großartiger Arzt war, der Hunderte dieser Säuglinge zur Welt gebracht hat. Estée würde mir eine Ohrfeige verpassen, wenn sie es wüsste, und Roxton wäre mehr als wütend, er wäre …"

„*Mon père* und ich, wir haben über alles gesprochen", sagte Antonia hochmütig. „Kein Thema war tabu. Genauso ist es mit Monseigneur. Ich darf ihn alles fragen."

„*Ihn*, ja. Er ist dein Mann. So wie der Arzt dein Vater war. Beide haben ein Mitspracherecht darüber, was du erfahren darfst und was nicht. Aber mit *uns* ist es nicht dasselbe."

Antonia zuckte unbeirrt mit der Schulter. „Das mag sein, aber mein

Vater lebt nicht mehr, und mein Mann ist nicht hier. Und da ich diese Dinge wissen muss", fügte sie mit einem süßen Lächeln hinzu, „wen sollte ich besser fragen, wenn nicht die beiden Männer, die mir nach meinem Ehemann am nächsten stehen? *M'sieur le duc* hat uns verboten, mit ihm über Jean-Luc zu sprechen, also müssen wir unter uns darüber sprechen. Es ist zu schade. Ich würde lieber mit Monseigneur sprechen, aber er hat nein gesagt."

„Vielleicht ändert er seine Meinung morgen", schlug Vallentine lahm vor.

„Nein. Ich kenne ihn. Das wird er nicht."

Vallentine sah, dass Antonia stur bleiben würde. Ein Seitenblick auf Martin Ellicott, der so gelassen war wie immer, und er zuckte die Achseln, spitzte die Lippen und sagte seufzend: „Na gut. Wenn du Antworten willst, kommen sie besser von mir oder Ellicott als von irgendjemand anderem … Und bevor du weiterredest, ich stimme dir zu. Säuglinge werden unschuldig geboren. Aber das Problem für die meisten unehelich geborenen und verlassenen Kinder besteht darin, dass sie Mündel der Gemeinde werden. Zumindest passiert das in England. Ich wage zu behaupten, dass sie hier in Waisenhäusern untergebracht sind, die von einem der päpstlichen Orden geführt werden. Trotzdem. Es ist das gleiche Ergebnis. Jemand muss für ihren Unterhalt bezahlen. Und das fällt auf die guten Leute einer Gemeinde zurück. Es ist verständlich, dass diejenigen, die das Richtige tun und heiraten und sich um ihre Nachkommen kümmern, es ablehnen, sich um die Pflege und Ernährung von Bankerten zu kümmern …"

„Bankerten? Was ist ein …?"

„Ein weiterer Begriff für das Wort, das Ihr nicht mögt, *Madame la duchesse*", unterbrach Martin.

„Die Sache ist die", fuhr Lord Vallentine fort, „obwohl ich nichts gegen diese Frauen habe, die schwanger und unverheiratet sind, oder ihre Babys, habe ich etwas dagegen, dass man alle möglichen Papas über denselben Kamm schert. Denke einen Moment darüber nach. Wie viele dieser potenziellen Papas denken darüber nach, was in neun Monaten aus einer ihrer – ähm – intimen Begegnungen resultieren könnte? Es gibt keinen Mann auf dieser Erde, der *darüber* nachdenkt, wenn er – wenn er – ach verdammt! Du weißt, worauf ich hinauswill!"

Antonia riss ihre grünen Augen auf. „Wenn er …?"

Doch als Seine Lordschaft über seine Worte stolperte und seine Blässe sich in ein tiefes Rot verwandelte, verlor sie ihren Ausdruck unschuldiger Fragen und unterdrückte ein Kichern, um dann äußerst zerknirscht auszusehen. Sie berührte seinen samtenen Ärmelaufschlag.

„Es tut mir leid. Ich wollte nicht, dass du dich unbehaglich fühlst. Ich bin nicht naiv. Wenn zwei Menschen in einer großen Leidenschaft stecken, denkt man überhaupt nicht an die Folgen. Aber was mir unverständlich ist, ist, dass es in diesen aufgeklärteren Zeiten noch den Säuglingen die Schuld dafür gegeben wird, dass sie überhaupt geboren werden! Wie kommt das? Das ist nicht logisch." Sie legte nachdenklich den Kopf schief. „Monseigneur und ich haben schon früher darüber gesprochen, also warum sollte er bei dieser Gelegenheit nicht über Jean-Luc sprechen wollen?"

Martin Ellicott hüstelte höflich in seine Faust. „*Madame la duchesse*, das liegt vielleicht daran, dass es eine Sache ist, Dinge im Allgemeinen zu diskutieren, aber eine ganz andere, wenn diese Angelegenheit persönlicher Natur wird."

„Aber es ist mir völlig egal, dass Jean-Luc Levron unehelich ist."

„Euch vielleicht, *Madame la duchesse*, aber *M'sieur le duc* scheint anders zu empfinden, und wie es aussieht, zutiefst", stellte Martin fest.

Antonia war überrascht. „Wie kommt es, dass ein so großer Lebemann wie Monseigneur plötzlich prüde wird!?"

Martin grinste und schüttelte den Kopf. „Soll ich Euch einen Spiegel holen, *Madame la duchesse*?"

„Einen Spie..." Antonias Augen weiteten sich. „*Ça alors!* Wie dumm von mir! *Bien sûr! C'est parfaitement logique.* Oh, ich muss müde sein, nicht daran gedacht zu haben! Danke, Martin." Sie warf Lord Vallentine einen Blick zu. „Und weil ich müde bin, möchte ich keine Vermutungen mehr anstellen. So! Einer von euch erzählt mir bitte etwas über Jean-Lucs Eltern."

„Sein Papa gehörte jedenfalls nicht zu den Männern, die du beschrieben hast, das ist sicher", meldete sich Vallentine freiwillig. „Soweit ich weiß, hat Roxtons Papa Levron von Anfang an anerkannt ..."

Antonia schnappte nach Luft. „Der Papa von Jean-Luc ist auch der Papa von Monseigneur? *Unglaublich!* Wie konnte ich mir das nicht denken? Wenn dem so ist, dann sind sie Halbbrüder ..."

„Nicht Roxtons Auffassung nach, mit Sicherheit nicht", unterbrach

Vallentine düster. „Und wenn du meinen Rat befolgen willst, wirst du die Verbindung zu deinem Herzog nicht in dieser Weise erwähnen. Bevor sie die Geliebte des Marquess von Alston wurde, war Levrons Mutter eine *marionettiste* bei einem reisenden Zirkus aus der französischen Provinz. Roxtons Mutter war die Tochter des *comte de Salvan*, und das Blut der Salvans ist so durchtränkt mit französischer *noblesse*, wie es nur geht, und sie war die Frau Seiner Lordschaft. Zwei Frauen von so unterschiedlicher Abstammung, dass die eine genauso gut vom Mond hätte kommen können und die andere von der Sonne!"

Antonia runzelte die Stirn. Als hätte er ihre Gedanken gelesen, nutzte Martin Ellicott das Schweigen, um Lord Vallentines Offenbarung weiter zu erklären.

„Lord Alstons Beziehung mit beiden Frauen – Frau und Geliebte – unabhängig von ihrer Herkunft – hoch und niedrig – fand nicht gleichzeitig statt, *Madame la duchesse*. Ich kenne das Geburtsjahr von Jean-Luc Levron nicht, aber es ist durchaus möglich, dass er etwa zwanzig Jahre älter ist als *M'sieur le duc*. Wie Ihr wisst, heiratete Lord Alston erst in seinem achtunddreißigsten Lebensjahr." Er lächelte die Herzogin sanft an. „Und als er geheiratet hat, war es aus Liebe. Er war seiner jungen Frau ein ergebener Ehemann."

Antonia atmete unbewusst auf und lächelte schließlich strahlend.

„*Merci,* Martin. Monseigneur, er hat mir von seinen Eltern und ihrer Flucht erzählt, aber Vallentines Erwähnung der *marionnettiste* verwirrte mich – aber nur für einen Moment – und jetzt nicht mehr! All dies ist sehr interessant, und ich freue mich, mehr über Jean-Luc und seine Verbindung zu unserem Haushalt zu erfahren, auch wenn seine Existenz Monseigneur unangenehm ist. *Ce qui doit être, sera.*" Sie schüttelte den Kopf. „Obwohl ich nicht darüber sprechen möchte, dass Jean-Luc auf der falschen Seite des Bettes gezeugt wurde, glaube ich nicht, dass er der Grund für die gegenwärtige Sorge von *M'sieur le duc* ist."

Sie sah Martin Ellicott an, um Bestätigung zu erhalten.

„Ich glaube, Ihr habt wieder recht, *Madame la duchesse*."

Lord Vallentine war verblüfft. „Wie könnt Ihr der Herzogin zustimmen, wenn wir alle Roxtons Rede über Levron gehört haben *und* seine Warnung, nie wieder über ihn zu sprechen. Es ist so klar wie Kristallglas für mich, dass Roxton keine Sorgen hat, sondern dass er fuchsteufelswütend ist!"

Antonia tätschelte liebevoll Vallentines Samtärmel.

„Lucian, ich bezweifle nicht, dass du ein großartiger Damespieler bist, aber nicht so gut beim Schach, ja?"

„Was hat das Damespiel damit zu tun?" Und als Antonia ein Lächeln unterdrückte, verengten sich seine Augen zu Schlitzen. „Was hat Roxton dir erzählt, he? Er gewinnt immer bei beiden. Aber wenn du es wissen musst, ich bevorzuge Dame. Ich kann nicht lange genug stillsitzen, um eine anständige Partie Schach zu spielen."

„Danke, dass du mir ein wenig die Sorgen nimmst. Aber du wirst mir glauben müssen, wenn ich sage, dass ich weiß, wovon ich spreche, wenn es um *M'sieur le duc* geht."

Genau in diesem Moment schlug die Uhr auf dem Kaminsims die volle Stunde. Mechanisch und ein Gähnen unterdrückend, stand Antonia auf. Vallentine und Martin taten das Gleiche und folgten ihr aus dem Zimmer und die Enfilade hinunter zur Haupttreppe.

„Ich sehe euch beide morgen nach dem Frühstück in der Galerie", sagte sie ihnen und blieb in einem Lichtkegel stehen, der von einer Wandleuchte am Fuß der geschwungenen Treppe geworfen wurde. „*M'sieur* Beauchamp wird wiederkommen …"

„Was? Nicht noch eine verdammte Probe?", jammerte Vallentine.

„Sie ist sehr notwendig. Möchtest du erleben, wie ich vor Ihren Majestäten über meine Füße stolpere und nicht nur mich, sondern *M'sieur le duc* in Verlegenheit bringe? Nein. Also übe ich und übe noch mehr, und du musst mir helfen."

„Aber ich werde morgen Louis sein und er wird Königin!" verlangte Vallentine und deutete mit einem Finger in Martin Ellicotts Richtung. „Ich habe genug davon, mit einem Fächer zu flattern!"

Martin und Antonia tauschten einen Blick und mussten die Augen senken aus Angst, in Gelächter auszubrechen.

„Das ist sehr schade, Lucian, denn du flatterst wirklich sehr gut mit einem Fächer", sagte Antonia mit fester Stimme. „Du bewegst dein Handgelenk besser als die echte Königin, und zweifellos auch besser als die meisten Frauen des Hofes. Dessen bin ich mir sicher."

„Ein erfahrener Flatterer, ganz gewiss!", mischte Martin Ellicott sich ein.

Seine Lordschaft war für einen Moment stolz und hob das Kinn, aber er war nicht völlig überzeugt. „Du kannst mir so viel schmeicheln, wie du willst, aber es wird nichts ändern. Morgen werde ich derjenige sein, der sich als Louis mit dem königlichen Ellbogen auf den Kaminsims lehnt, während du Knickse vor meiner erhabenen Persönlichkeit übst. Und Ellicott hier wird als meine Königin sehr hübsch mit einem Fächer flattern. Keine Widerrede!"

Martin hielt die Schöße seines Gehrocks hoch und vollführte einen ordentlichen Knicks. „Von mir werdet Ihr keine hören, *votre majesté*. Es wird mir eine große Ehre und Freude sein, Eure Königin zu sein."

Und damit verneigte er sich, sagte gute Nacht und ging mit federndem Schritt die Treppe hinauf, während Seine Lordschaft ihm nachstarrte, den Mund halb offen, und Antonia eine Hand auf den Mund legte, während ihre Schultern vor unterdrücktem Gelächter bebten.

ZEHN

NTONIA WACHTE IN den frühen Morgenstunden auf und fand sich allein in dem großen Bett wieder. Es war nicht ungewöhnlich, dass der Herzog nachts aufwachte und durch sein Ankleidezimmer zu seinem Schreibtisch tappte, ungeöffnete Korrespondenz las und Briefe schrieb. Manchmal ging er hinunter in die Bibliothek. Und wenn er zurückkkam, kuschelte er sich an sie und schlief noch ein paar Stunden. Was diesmal anders war, beunruhigte sie. Seine Seite der Matratze und seine Kissen waren unberührt. Er war überhaupt nicht im Bett gewesen.

Sie warf einen durchscheinenden Seidenmorgenrock über ihr Nachthemd aus reiner Baumwolle, schlüpfte mit den bestrumpften Füßen in ein Paar Stoffpantoletten, die neben dem Bett warteten, und ging in ihr Ankleidezimmer. Hier spritzte sie sich Wasser ins Gesicht, flocht ihr hüftlanges Haar neu und band es mit einem Satinband zusammen, das sie zwischen dem Durcheinander auf ihrem Schminktisch gefunden hatte.

Eine ihrer Damen, die an der Reihe war, in der kleinen Kammer neben dem Ankleidezimmer ihrer Herrin zu schlafen, steckte ihren Kopf durch die Gobelin-Portiere. Antonia sagte ihr, sie solle wieder ins Bett gehen, dann verließ sie die Räume auf der Suche nach ihrem Herzog, wobei ihr ein Kerzenhalter den Weg erleuchtete.

Sie nahm die geheime Treppe zur Bibliothek, aber dort war er nicht, also ging sie die Treppe wieder hinauf und die Enfilade hinunter zu seinem

Ankleidezimmer, wobei sie die schlafenden Diener auf Stühlen in Nischen kaum bemerkte, die sofort wach wurden und sich aufrappelten, als sie vorbeikam.

Man konnte sehen, dass er an seinem Schreibtisch gewesen war. Auf einem Tablett lag ein kleines Bündel versiegelter Briefe, bereit für den morgendlichen Kurier. Und neben dem goldenen Kandelaber mit seinen erloschenen Kerzen stand ein Tablett mit den Überresten einer späten Mahlzeit. Das überraschte sie nicht, denn er hatte beim Abendessen nur eine geschnittene Birne gegessen. Die Kaffeekanne war kalt, es war also schon einige Zeit her, seit er dort gewesen war. Die goldene und emaillierte Uhr auf seinem Schreibtisch sagte ihr, dass es noch eine Stunde bis zum Morgengrauen war.

Wo mochte er also sein? Sie wusste, wo sie hingehen würde, also schlug sie diesen Weg ein, und dort fand sie ihn.

DIE KINDERZIMMERGALERIE WAR KUSCHELIG WARM, ihre schlafenden Bewohner in den sanften orangefarbenen Schein des minimalen Kerzenlichts getaucht, das notwendig war, um es gemütlich zu machen und es den Dienern dennoch zu ermöglichen, alles zu sehen, um sich ohne jede Störung zu bewegen. Es war unheimlich still. Die für die Nacht eingeteilten Kindermädchen dösten unter Bettdecken in Korbstühlen in der Nähe ihrer jungen Schützlinge, während die anderen Kindermädchen und die älteren Kinder auf Feldbetten hinter Trennwänden schliefen. Lakaien an beiden Enden des langen Raums hatten sich von ihren Stühlen erhoben und an den Doppeltüren aufgestellt, zweifellos wegen der ungewohnten Anwesenheit ihres herzoglichen Herrn.

Der Herzog stand neben der reich verzierten Wiege seines Sohnes, der seidenbestickte Vorhang des Baldachins war aufgezogen, damit er den winzigen schlafenden Bewohner, der zwischen dem weichen weißen Bettzeug zugedeckt lag, gut sehen konnte. Und so vertieft war er in den Anblick seines Sohnes, dass er nicht bemerkt hatte, dass er nicht mehr allein war.

Antonia ging direkt zu ihm und legte ihre Hand in seine. Bei ihrer Berührung drehte er sich langsam um und sah nach unten. Sie wusste, dass er mit seinen Gedanken weit weg gewesen war, weil er sie nicht sofort zu erkennen schien. Er blinzelte. Dann lächelte er und hob ihre Hand hoch, um sie zu küssen, bevor er sich wieder abwandte, um ihr Kind anzusehen. Er sprach mehrere Augenblicke lang nicht. Und als er es tat, sollte sie herausfinden, wie weit und wohin seine Gedanken gereist waren.

„Ich habe es heute vermisst, ihn zu sehen."

„Gestern, *mon chéri.* Der Morgen des neuen Tages graut bereits beinahe."

„Schon?" Roxton war überrascht und verstummte.

Sie lächelte in die Wiege und seufzte vor Zufriedenheit. Ihr schlafender Sohn hatte schöne rosige Wangen, was ihr verriet, dass er in einem tiefen Schlaf war und das schon seit einiger Zeit. Sie schaute den Herzog von der Seite an.

„Hast du überhaupt in deinem Ankleidezimmer geruht?"

„Nein. Es war keine Zeit. Ich breche bei Tagesanbruch nach Fontainebleau auf."

Das war Antonia neu. Sie tat ihr Bestes, um desinteressiert zu klingen.

„Wirst du lange weg sein?"

Er sah ihr ins Gesicht. „Ich möchte überhaupt nicht von dir oder ihm getrennt sein. Aber ich muss mich um einige unerledigte Dinge kümmern. Zwei, höchstens drei Nächte."

Sie lächelte ihn an. „Du musst tun, was nötig ist. Wir werden dich vermissen – aber es ist nicht zu ändern."

Ihr unerschütterliches Vertrauen sollte dazu beitragen, ihn zu beruhigen, nicht die Last dessen, was ihn beunruhigte, noch zu vergrößern. Zu ihrer großen Überraschung löste es stattdessen einen Strom unterdrückter Gefühle in ihm aus, was es umso erschütternder machte, dass er in einem scharfen Flüstern sprach, um zu versuchen, seine Stimme leise zu halten, um ihren Sohn nicht zu wecken.

„Ich werde nicht zulassen, dass sein Leben von meinen Torheiten verfolgt wird! Julian ist mein Sohn und Erbe. Du bist meine Frau – *mein Leben* – und das ist der Anfang und das Ende der Sache!"

„So wie du unseres bist, *mon amour.* Das bestreitet sicherlich niemand?"

„Wenn ich heute oder morgen oder in zehn Jahren sterben würde – während er noch minderjährig ist – verspreche ich bei meiner Ehre, dass er niemals solche – *Entbehrungen* und – und – *Zweifel* erleben muss, wie sie mir vom vierten Herzog zugefügt wurden."

„Warum sollte er?", antwortete Antonia ruhig und schluckte ihre Panik wieder herunter. Sie wäre gern von der Wiege weggetreten, weil sie befürchtete, dass ihr Gespräch ihren Sohn wecken könnte, aber sie blieb vollkommen still stehen. „Du bist völlig anders als dein *grand-père*. Und ich habe dir schon einmal gesagt, ich werde dich niemals von uns gehen lassen …"

„Er wird keine schrecklichen Überraschungen erleben", sagte er, ohne sich bewusst zu sein, dass er sie unterbrochen hatte, so entschlossen war er, seinen Standpunkt zu betonen. „Oder Grund haben, die Kindheit, die er mit seinen Eltern verbracht hat, in Frage zu stellen, sich zu fragen, ob diese glücklichen Jahre alle nur die schöne Fantasie eines Jungen waren."

„Renard, was ist passiert, als du in Paris warst?"

„Lass mich dir erzählen, wie ich von Levrons Existenz erfahren habe", sagte er und ignorierte ihre Frage. „Man muss ja nicht raten, wer mir die Augen geöffnet hat! Der vierte Herzog hatte große Freude daran, mir zu sagen, dass ich nicht der Augapfel meines Vaters war und es auch nie gewesen war. Er sagte, dass dieser Apfel ein anderer wäre – ein *verdammter französischer Bastard*, waren seine Worte. Um seine Worte zu beweisen, zeigte er mir den letzten Willen meines Vaters. Und dort war ein Name geschrieben, den ich gut kannte. Aber neben diesem Namen waren Wörter, die für mich keinen Sinn ergaben. Natürlich glaubte ich nicht, was ich las. Die Worte … Darin hieß es: *den ich| hiermit liebevoll anerkenne, ist mein leiblicher Sohn.* Ich wurde gezwungen, den Namen und diesen Satz zu wiederholen und ihn dann hundertmal aufzuschreiben, damit ich nie vergaß, dass mein Vater einen anderen Sohn hatte und einen, von dem ich glauben gemacht wurde, dass er ihn mehr geliebt hätte als mich …"

„*Oh mon cœur*, das einem Kind anzutun – einem Kind, das den Verlust seines Vaters betrauert – damit es die Liebe seines Vaters zu ihm in Frage stellt – das ist unsäglich schrecklich."

Der Blick des Herzogs wanderte zurück zu dem Kind der Wiege.

„Ja. Der elfjährige Junge verehrte seinen Vater; mit seinem Tod verlor er den Mittelpunkt seiner Welt. Die Enthüllung von Levrons Abstammung war – war – *unerträglich*. Und für kurze Zeit erreichte der vierte Herzog sein Ziel, einen Riss in ein unauflösliches Band zwischen Vater und Sohn zu schaffen, ein Band, das er nie mit seinem Sohn hatte. Aber ich konnte und ich kann es meinem Vater nicht verübeln, dass er mir nicht gesagt hat, dass der schüchterne junge Mann, der in unserer Bibliothek arbeitete, sein leiblicher Sohn war. Ich denke gerne, wenn mein Vater gelebt hätte, hätte er es mir irgendwann gesagt – wenn ich alt genug gewesen wäre, um die Welt und ihre – äh – Komplexität zu verstehen. Aber für den vierten Herzog war Levrons Existenz eine weitere Waffe, um sein Arsenal des Hasses zu erweitern, das er benutzte, um mich seinem Willen zu beugen."

Sein Blick glitt von seinem Sohn zu seiner Frau.

„Antonia, nichts und niemand darf zwischen Julian und mich kommen. Und ich werde alle notwendigen Schritte unternehmen, um sicherzustellen, dass unser Band *niemals* zerstört werden kann."

Sie berührte seine Wange. „Ich glaube dir, *mon chéri*. Und ich weiß, dass du das tun wirst. Aber Julian, er wird nie erleben, was du unter den Händen deines *grand-pères* zu erdulden hattest. Der vierte Herzog war wirklich ein Ungeheuer, das auf der Oberfläche dieser Erde wandelte, aber er war auch eine Anomalie ... Monseigneur", fügte sie hinzu, eine plötzliche Erinnerung an ein Gespräch, das sie am Tag ihrer Hochzeit geführt hatten, blitzte auf und ließ sie sich fragen, ob es einen Einfluss auf die gegenwärtige Sorge ihres Herzogs haben könnte, die sie immer noch rätselhaft fand. „Erinnerst du dich, als du mir gesagt hast, dass du dich nicht für die Art und Weise entschuldigt hast, wie du gelebt hast, bevor wir uns verliebt haben?"

„Ja. Aber mein Leben – *unser Leben* – ist jetzt anders."

„Anders, weil wir jetzt Julian haben, ja?"

„Jetzt sind wir verheiratet und ja, wir haben einen Sohn. Ich bekenne mich dazu, mein vergangenes Leben so geführt zu haben, wie ich es für richtig hielt, und mit wenig Rücksicht auf die Konsequenzen für andere." Er lächelte schief. „Aber Ehe und Vaterschaft haben für mich die Vergangenheit in die richtige Perspektive gerückt. Ich sehe jetzt, dass bestimmte Einzelheiten der letzteren in naiver Hybris gelebt wurden."

„Renard, ich mache mir keine Sorgen um deine Vergangenheit. Die ist vorbei. Alles, was zählt, ist deine Gegenwart und deine Zukunft – mit *mir*."

„Gut gesagt, *mignonne*."

Er zog sie in seine Arme, und während er ihre an ihn gedrückten Rundungen spürte, atmete er den Duft ihrer Haare ein und es beruhigte sein Herz. Er schloss die Augen und senkte den Kopf, um ihr ins Ohr zu flüstern:

„Ich liebe dich, *ma petite conseillère*."

„Und ich liebe dich, von ganzem Herzen, *amour de ma vie.*"

Sie küssten sich sanft und langsam und begnügten sich dann damit, still und schweigend in den Armen des anderen zu bleiben und den Moment und die Ruhe um sie herum zu genießen. Aber als Antonia die Zeit weiterlaufen ließ, indem sie einen Schritt zurück machte, ließ der Herzog sie gehen. Sie schaute zu ihm auf mit einer Falte zwischen ihren Brauen.

„Renard, ich habe dir einmal gesagt, dass ich immer die Wahrheit bevorzugen würde, so sehr diese Wahrheit mich auch verletzen mag. Das denke ich immer noch. Ich möchte, dass du mir immer die Wahrheit sagst. Ich möchte, dass du mir erzählst, was während deines Besuchs in Paris bei Estée passiert ist ..."

„*Mignonne,* verlange das jetzt nicht von mir. Wenn ich aus Fontainebleau zurück bin ..."

„Was hindert dich daran, es mir zu sagen, bevor du gehst?"

„Ich werde nach meinem Besuch in Fontainebleau eine klarere Vorstellung davon haben, womit ich es zu tun habe."

Antonia legte ihre Handfläche flach an die Vorderseite seines seidenen Morgenrocks, wo sie den starken Schlag seines Herzens durch seine harte Brust spüren konnte, und lächelte ihn an. „Du vielleicht, das ist wahr, aber ich nicht, *mon mari chéri.* Ich werde hierbleiben, mir Sorgen machen und rätseln, was es ist, das so schwer auf deinem Herzen lastet. Warum kannst du deiner Frau nicht sagen, was dich so beunruhigt? Und wenn du mich weiter im Unklaren lässt und dann – *qu'à dieu ne plaise!* – dir etwas zustoßen würde? *Du* würdest *dir selbst* nie vergeben. Die Ewigkeit ist eine sehr lange Zeit, um Bedauern zu hegen – denn du würdest wünschen, du hättest dich mir anvertraut, ja?"

Sein Gesicht verzog sich zu einem Lächeln und er hob ihre Hand hoch, um seine Lippen in die Mitte ihrer Handfläche zu drücken. „Du hast immer eine wunderbare Art, alles ins rechte Licht zu rücken, *ma fée.*"

„Allerdings! Also sag es mir."

Er verlor sein Lächeln und schaute in ihre klaren grünen Augen, und in seinem dunklen Blick lag eine solche Tiefe des Gefühls, dass sie es nicht wagte zu atmen. Und als er sprach, kamen die Worte nur krächzend heraus.

„Mir wurde gesagt, dass die *comtesse Duras-Valfons* zu Beginn des Frühjahrs von einem gesunden Sohn entbunden wurde."

Antonia runzelte verwundert die Stirn, aber als der Herzog nichts weiter sagte, erinnerte sie sich an die Zeit, als sie anfangs in Versailles bei ihrem Großvater lebte und wo sie den Herzog oft in Gesellschaft der schönen und stattlichen *comtesse* gesehen hatte, die zu dieser Zeit seine Geliebte war. Und mit einem Bild der *comtesse* vor ihrem inneren Auge, wie diese am Arm ihres geliebten Herzogs hing, füllte sich ihr Kopf mit Daten und Zahlen und Berechnungen. Diese Berechnungen kamen zusammen wie zwei schwarze Wolken in einem Gewitter, um eine Möglichkeit zu ergeben. Bei der Erkenntnis sog sie scharf die Luft ein, ihre Kehle brannte und wurde rau und trocken.

„Ihr Kind ist von dir." Es war keine Frage.

„Das ist es, was behauptet wird und warum ich nach Fontainebleau reisen muss."

„Was beabsichtigst du zu tun?"

„Um meine Ehre aufrechtzuerhalten und meine Familie zu schützen? Was auch immer notwendig ist."

„Ja, natürlich. Aber das Kindchen. Er ist unschuldig. Was gedenkst du mit ihm zu tun?"

„Wenn sich die Behauptung der *comtesse* als wahr erweist ...? Ich habe nicht die leiseste Ahnung. Und *das* ist die Wahrheit."

ELF

Eine Einladung an *Madame la duchesse de Roxton*, an einer *soirée* im Versailler Haus der *marquise du Touraine-Brissac* – der alten Tante, bekannt als *tante Philippe* – teilzunehmen, wurde einige Stunden nach der Abreise des Herzogs von Roxton nach Fontainebleau von einem livrierten Boten abgegeben. Der Brief, der der Einladung beilag, erklärte, dass das spontane Treffen für Familienmitglieder war, die aus Paris zur Rückkehr des Hofes in den Palast ankamen.

Tante Philippe entschuldigte sich dafür, dass sie *Madame la duchesse* nicht mehr Zeit gegeben hatte, ihre gesellschaftlichen Verpflichtungen zu arrangieren, und würde verstehen, wenn sie bereits andere Verabredungen für den Abend getroffen hätte. Dennoch hoffte sie aufrichtig, dass die Frau ihres Neffen einen Besuch bei ihren Salvan-Verwandten machen könnte, die alle begierig darauf waren, sie wieder zu treffen, bevor ihre höfischen Verpflichtungen ihre freie Zeit beschränken würden.

Eine ihrer Damen war mit der Einladung geschäftig in die laute Galerie gekommen, während Antonia am anderen Ende war, in einiger Entfernung von den immer lebhaften Kindern, mitten in der Probe für ihre Vorstellung bei Hofe, die der Tanz- und Protokollmeister *M'sieur* Beauchamp kritisch überwachte.

Die Herzogin machte ihren komplizierten Knicks vor Martin, der als Königin von Frankreich pflichtbewusst mit seinem Fächer flatterte und majestätisch wirkte, während Lord Vallentine sein Kinn in der Luft hatte und als König von Frankreich angemessen distanziert wirkte, den Ellbogen auf den Kaminsims gestützt, ein mit Spitze umrandetes Taschentuch in einer schlaffen Hand.

Antonia wollte ihre Konzentration nicht verlieren und einen Fehler machen, was bedeutet hätte, dass *M'sieur* Beauchamp sie anweisen würde, das Ritual von vorne zu beginnen, und sagte ihrem Dienstmädchen, sie solle Seiner Majestät die Einladung geben, um sie zu öffnen und vorzulesen. Und als die Frau einfach da stand und nicht verstand, rollte Seine Lordschaft mit den Augen und platzte ungeduldig heraus, dass er Louis, König von Frankreich wäre und sie sich beeilen sollte. Er riss die Einladung und den Brief von dem Tablett und mit einem ungeduldigen herrischen Winken, das eines Bourbonenkönigs würdig gewesen wäre, schickte er das erschrockene Dienstmädchen fort und sagte, wenn es einen Boten gäbe, der eine Antwort wollte, müsste er auf Louis' Plaisir warten!

Erleichtert, endlich einen Vorwand zu haben, das Kinn zu senken, war Seine Lordschaft auch froh über die Ablenkung. König von Frankreich zu sein war eine ermüdende Angelegenheit.

Er erkannte das Wappen des Hauses Touraine-Brissac auf den schwarzen Siegeln sowohl der Einladung als auch des Briefes, da er alle alten Tanten und ihre Nachkommen durch den Umgang seiner Frau mit ihren Salvan-Verwandten, schriftlich und persönlich, gut kannte. Widerstrebend hatte er sie zu vielen *soirées* der Salvans begleitet, ohne eine angemessene Entschuldigung zu finden, um solchen Veranstaltungen fernzubleiben. Eine Einladung Antonias zu solch einem Treffen hätte also etwas Alltägliches sein sollen, und abgesehen von der schieren Erleichterung, dass sie nicht an ihn gerichtet war, gab es für ihn keinen Grund, sich etwas dabei zu denken. Aber sie beunruhigte ihn und machte ihn misstrauisch, und zwar aus zwei Gründen.

Bei all seinen Besuchen bei den alten Tanten hatte er Tante Philippe noch nie als Gastgeberin eines Familientreffens erlebt. Das überließ sie ihrer Schwester, der *comtesse* du Chavigny – Tante Victoire. Jeder in der Familie Salvan war sich Tante Philippes Geiz schmerzlich bewusst. In der

Familie wurde scherzhaft gesagt, dass Tante Philippe, wenn sie hoffen könnte, damit durchzukommen, lieber ihre Diener selbst für das Privileg bezahlen lassen würde, ihr dienen zu dürfen. Das traurige Gerücht war, dass sie ihren ergebensten Diener mehr als einen Jahreslohn schuldete und diese an ihren Stellungen festhielten, in der Hoffnung, eines Tages bezahlt zu werden. Sie machte da keine Unterschiede. Sie hatte die gleiche Meinung und behandelte Händler, Kaufleute, Schneiderinnen und ihren Leibarzt entsprechend.

Was Lord Vallentine an dieser besonderen Einladung sonst noch störte, war der Zeitpunkt ihres Eintreffens, nur wenige Stunden, nachdem der Herzog geschäftlich nach Fontainebleau aufgebrochen war – die erste Nacht, die er getrennt von seiner Frau und seinem Sohn verbringen sollte. Er würde es jeder der alten Tanten zutrauen, eine Einladung an die Herzogin mit Blick auf die Abwesenheit des Herzogs auszusprechen. Sie hatten möglicherweise auf eine solche Gelegenheit gewartet, damit sie die Herzogin ganz für sich allein haben konnten, ohne die Anwesenheit ihres Herzogs ertragen zu müssen. Roxton hatte immer eine Art, seine Verwandten Salvan zu irritieren, und mit der Verbannung des *comte de Salvan* war das Verhältnis zwischen Neffen und alten Tanten gelinde gesagt angespannt worden!

Wenn es nach ihm gegangen wäre, hätte er Tante Philippes Einladung in den Kamin geworfen und damit wäre es für ihn erledigt. Er war sich sehr sicher, dass der Herzog ihm dafür danken würde. Aber er schaute zufällig zu Antonia hinüber und änderte seine Meinung. Sie konzentrierte sich darauf, ihren Rückzug aus der Gegenwart Ihrer Majestät perfekt zu absolvieren, langsam rückwärts zu gleiten, während sie mit ihrem Absatz die Schleppe ihres Kleides wegschleuderte, um nicht über ihre Füße und das Kleid zu stolpern. Es war ein anspruchsvolles – und für Vallentine – lächerliches Theaterstück, bei dem die neu Vorgestellten Augen im Hinterkopf haben mussten. Und es wurde umso furchterregender, da der gesamte Hof zusah und die meisten auf ein Scheitern oder einen Sturz hofften.

Er hätte seine Frau um allen Kaffees Persiens willen nicht einer solchen Tortur unterzogen!

Und obwohl es nicht seine Sache war, sich zu äußern oder sich zu fragen, warum Roxton entschlossen war, seine Herzogin mit einer Vorstellung bei Hofe zu quälen, beunruhigte es ihn, dass sie übermäßig viel Zeit damit verbrachte, fleißig zu sein. Denn, wenn sie nicht unter *M'sieur*

Beauchamps kritischem Auge mit den anspruchsvollen Lektionen höfischen Betragens beschäftigt war, bemutterte sie ein herzogliches Kind, ganz zu schweigen von den ständigen Anforderungen, einen Haushalt zu führen, während sie doch seiner Ansicht nach das Leben genießen sollte. Es war der Herzog, der ihn daran erinnert hatte, dass sie im gleichen Alter wie seine Herzogin ein Paar von Genießern gewesen waren, die keine Sorge auf der Welt kannten. Sie brauchte eine Auszeit – eine Ablenkung – von all diesem pompösen Protokoll und dem Mutterchaos.

Seine Wahl war klar.

Er würde sich auf dem Hochaltar der Familienpflicht opfern, einen ruhigen Abend zu Hause versäumen, an dem er die neuesten englischen Nachrichtenblätter hätte lesen können, und seine Schwägerin zur *soirée* im *hôtel* Touraine-Brissac begleiten. Es war das Mindeste, was er tun konnte. Außerdem konnte sie nicht sehr gut allein gehen. Er hatte seinem besten Freund einen Eid geschworen, sie und seine kleine Lordschaft zu beschützen und sich um sie zu kümmern, wenn Roxton nicht zu Hause war. Aber er hatte nicht die Absicht, dieses Opfer allein zu bringen. Wenn er sich zu einem Abend in der Gesellschaft der alten Tanten verpflichten musste und ohne seine Frau, die ihn vor ihrem Spinnennetz der Intrigen schützen würde, dann brauchte er einen Sekundanten.

„Ihr kommt mit uns", sagte er zu Martin Ellicott, fünf Minuten nachdem er die Einladung erhalten hatte, während sie in der Orangerie saßen und Kaffee und Kuchen in der Wintersonne genossen. „Keine Widerrede!"

Antonia schaute mit einem strahlenden Lächeln von Tante Philippes Brief auf. Sie hatte ihr Hofkleid mit den übergroßen Reifen abgelegt und trug eine geblümte Caraco-Jacke aus Seide und einen gesteppten Rock aus rosa Seide. „Oh! Das ist eine ausgezeichnete Idee, Lucian. Martin, sag, dass du mitkommen wirst!"

„Ich wollte nicht ablehnen, *Madame la duchesse*", antwortete Martin mit geneigtem Kopf und einem Seitenblick auf seine Lordschaft. „Es wäre meine Ehre und auch mein erstes offizielles Auftreten in meinen neuen – ähm – Umständen."

„Freut Euch nicht zu früh", warf Vallentine ein und griff nach einem weiteren *pâte à choux*. Er biss in das kleine mit Sahne gefüllte Gebäck. „Tante Philippe ist ein notorischer Geizkragen. Man kann ihr keinen *sou* aus der Faust reißen! Erwartet also nicht viel, was Speisen oder Unterhaltung angeht. Obwohl", sinnierte er und leckte die Sahne von seinen Lippen, „da dies Euer erstes Mal in ihrer Gesellschaft ist, werdet Ihr es wahrscheinlich amüsant finden." Er zog seine langen Knochen hoch, um sich aufrecht hinzusetzen, und fügte mit einem müden Seufzer hinzu: „Ihre Anziehungskraft lässt schnell nach, das muss ich sagen. Und ich würde es Euch nicht verübeln, wenn Ihr aus dem Salon flüchten und Euch mir am Ende des Gartens anschließen würdet." Er grinste verlegen. „Dort werde ich sein, dorthin pflege ich bei der ersten Gelegenheit zu gehen und zu bleiben, um mich um meine eigenen Angelegenheiten zu kümmern, bis ich gerufen werde, um mich zu verabschieden. Estée bemerkt meine Abwesenheit kaum."

„Lucian, ich weiß nicht, ob ich diese Einladung annehmen kann", verkündete Antonia und legte die Einladung und den Brief in der Nähe ihrer Porzellan-Kaffeeschale beiseite. „Sie ist für heute Abend, also ist nicht genug Zeit, nach einem meiner Kleider ins *hôtel* zu schicken. Alles, was ich aus Paris mitgebracht habe, sind diese schlichten Kleider …"

„*Schlicht?*" Lord Vallentine schnaubte. „Daran ist nichts Schlichtes! Sie sind sehr schön, und niemand würde etwas anderes sagen. Du könntest tragen, was du jetzt anhast, und kein einziger Salvan-Verwandter würde eine neidische Wimper zucken. Obwohl die alten Tanten vielleicht vor Neid grün werden, dass Roxton keine Kosten für deine Garderobe scheut."

„Seine Lordschaft hat recht, *Madame la duchesse*", stimmte Martin zu. „Euer Caraco und Eure Röcke wären in keinem Salon fehl am Platz, zumal diese Einladung besagt, dass die *soirée* eine Familienangelegenheit sein soll …"

Vallentine schnippte mit den Fingern. „Stimmt genau. Ellicott hat den sprichwörtlichen Nagel auf den Kopf getroffen! Da es nur darum geht, die Familie zu sehen, bezweifle ich, dass die alten Tanten ihren Schmuck aus dem Tresor ausgraben lassen werden, und sie werden sicherlich keinen Penny für neue Röcke verschwenden, nur um sich gegenseitig zu beeindrucken. Denk daran, was ich über Tante Philippes Geiz gesagt habe."

„Das vergesse ich nicht, Lucian, aber hast *du* vergessen, dass der Hof weiterhin um die Dauphine trauert?", widersprach Antonia. „Und bis *Sa Majesté* etwas anderes sagt, muss jeder schwarz tragen, und zwar die ganze Zeit. Die ganze Stadt – Geschäfte, Kutschen, sogar die Limousinen – sie alle sind in Trauer gehüllt. Sicherlich hast du dies auf deinem Weg von und nach der *Grande Écurie* gesehen. Es ist sehr düster. Aber *M'sieur le duc* sagt, dass wir keine Trauer tragen müssen, während wir zu Hause sind, nur, wenn ich mich aus dem Haus wage, und natürlich für meine Vorstellung bei Hofe. Vielleicht wird es also mit dieser *soirée* genauso sein, denn obwohl es außer Haus ist, besuchen wir die Familie?" Sie seufzte. „Ich wünschte, Monseigneur wäre hier, um mich zu beraten. Er würde es wissen."

Vallentine sprach es nicht laut aus, aber er bezweifelte sehr, dass es eine Einladung zur Salvan-*soirée* gegeben hätte, wenn der Herzog zu Hause gewesen wäre.

„Damit könntest du recht haben", meinte Seine Lordschaft, „aber meiner Einschätzung nach, da Tante Philippe eine notorische Pfennigfuchserin ist und ihre Schwestern zusammen weniger als einen vollen Geldbeutel haben, werden sie die Kosten für schwarze Kleidung auf das Notwendigste beschränkt haben. Und sie werden ihre Trauerkleider nicht abnutzen, indem sie sie tragen, solange nur die Familie anwesend ist. Warum auch? Sie wollen ja nicht ausgehen. Und wer würde nicht gerne etwas anderes als Schwarz im eigenen Heim tragen und die tristen Farben für die Öffentlichkeit aufheben. Was denkt Ihr, Ellicott? Hört sich das vernünftig an?"

„Ja, Mylord. *Madame du Touraine-Brissac* erklärt in ihrer Einladung, dass es sich um eine spontane Zusammenkunft handelt. Das lässt vermuten, dass auch Einladungen an andere Familienmitglieder verspätet verschickt wurden. Ich denke dann, dass diejenigen, die teilnehmen, tragen werden, was sie zur Hand haben, und gewöhnlich in der Gesellschaft der anderen tragen."

„Na also! Ich hätte es selbst nicht besser sagen können. Obwohl ich glaube, dass ich das gesagt habe? Egal. Wichtig ist, dass du am besten etwas Sommerliches trägst …"

„Im Herbst?" Antonia war entsetzt. „Damit du auch einen Grund hast, schwarz zu tragen, wenn ich mir durch die Kälte den Tod hole? Es ist fast kalt genug, um das Wasser im Teich gefrieren zu lassen!"

„Aber du trägst hier in der Villa Sommerkleidung …"

„Hast du nicht bemerkt, dass wir *vier* holländische Öfen haben, und so", fügt Antonia mit einem strahlenden Lächeln hinzu, „ist drinnen immer Sommer."

„Aha! Aber was du nicht weißt, *chère belle-sœur,* ist, dass man Tante Philippe zwar keinen roten Heller entlocken könnte, aber sie keine Kosten

für Brennstoff für ihre Feuer spart. Hält ihr Zimmer wärmer als eine Bett-
pfanne voller heißer Kohlen!" Er runzelte die Stirn und überlegte: „Muss
eine Eigenschaft der Salvans sein, die Roxton auch abbekommen hat,
dieses Bedürfnis nach überhitzten Wohnungen." Er beugte sich vor und
blickte von Antonia zu Martin und senkte die Stimme. „Es heißt, sie
bereitet sich auf das Leben nach dem Tod vor."

„Indem sie ihre Räume beheizt hält?" Martin Ellicott unterbrach ihn
überrascht mit einem Seitenblick auf die Herzogin, die Seine Lordschaft
mit der gleichen Verwunderung anstarrte. „Wie – außergewöhnlich!"

Vallentine hielt sein Gesicht ausdruckslos und fügte im gleichen Flüs-
terton hinzu: „Nicht, wenn man bedenkt, dass sie ihr Leben nach dem Tod
dort unten …" Er deutete auf die Steinplatten. „… verbringen wird, weil
sie dort oben …" – er deutete himmelwärts – „nicht willkommen sein
wird."

Antonia und Martin brachen in Gelächter aus.

ZWÖLF

J EGLICHE BEDENKEN, die Lord Vallentine bezüglich des Zeitpunkts der Einladung zur Salvan-*soirée* gehabt hatte, während der Herzog fort war, verflogen, als er beobachtete, wie Antonia die Haupttreppe hinabstieg. Er hatte ein Wort dafür, wie sie aussah, und er stellte fest, dass er es oft benutzte, wenn es um seine Schwägerin ging: atemberaubend.

Es war offensichtlich, dass sie große Sorgfalt darauf verwendet hatte, ein dezentes Outfit zu wählen, doch die Wahl der Stoffe und Accessoires ließen ihren Rang als Ehefrau des hochrangigsten Adligen im Vereinigten Königreich erkennen. Ihr *pet-en-l'air*-Jäckchen aus schimmerndem elfenbeinfarbenem Seidenbrokat war reich bestickt mit bunten Blumen auf großen Manschettenärmeln, Rückenfalten und Schößen. Ein spitzenbesetztes hauchdünnes Fichu, das kreuzweise über ihren üppigen Busen geschlungen war, war in das tiefe, quadratisch ausgeschnittene Dekolleté gesteckt. Die Schöße dieser Jacke mit Sackrücken breiteten sich über einem Reifrock aus blassgrüner Seide aus, der nur eine Rüsche am Saum hatte.

Die seidenen Pantoletten an ihren bestrumpften Füßen waren in einem passenden Stoff und Stickerei zu ihrer Jacke bezogen und halfen mit einem zwei Zoll hohen Absatz, ihre winzige Statur auszugleichen. Als Accessoires baumelte ein mit Gouache bemalter Fächer an einem behandschuhten Handgelenk, und eine einzelne Perlenkette umschlang ihren Hals. Ihr honigfarbenes Haar war einfach in eine Vielzahl von Zöpfen geflochten, die mit Satinbändern im gleichen Grünton wie ihr seidener Unterrock durchzogen waren, eng um ihren Kopf geschlungen und von vielen Nadeln festgehalten. Ein Aigrette-Haarkamm über ihrem linken Ohr war mit winzigen Diamanten übersät, die im Kerzenlicht funkelten.

Martin Ellicott, der an Lord Vallentines Schulter saß und ebenfalls den Kopf gehoben hatte, um die Herzogin bei ihrem Abstieg zu bewundern, äußerte, was sie beide dachten, und sagte mit einem Seufzer des Glücks: „Keiner kann es mit ihrer Schönheit aufnehmen …“

„Mit ihrem Gesicht und ihrer Figur könnte sie einen Jutebeutel in Mode bringen!“, sagte Vallentine mit einem Schnauben leise und riss seinen Blick los, als ein fürsorglicher Diener vortrat und ihm sein Schwert und seinen Gürtel reichte. Er fuhr mit leiser Stimme fort. „*Psst. Ellicott.* Wir müssen heute Abend wachsam bleiben! Ich traue diesen Salvan-Schwestern nicht. Diese Einladung brachte mich zum Nachdenken, während ich mich anzog. Und ich würde es den alten Tanten durchaus zutrauen, dieses Familientreffen organisiert zu haben, nur damit *sie* Montbelliards Bekanntschaft machen kann, ohne dass der Herzog anwesend ist …“

„… weil er mit seinem Versuch, dies hier zu tun, gescheitert ist?“ Martin war überrascht, aber nicht schockiert. „Ich verstehe Euren Standpunkt und akzeptiere, dass wir vorsichtig sein müssen. *M'sieur le duc* wird darüber nicht erfreut sein …“

„Er wird vor Wut kochen. Aber wir können jetzt nicht wegbleiben. Sie freut sich darauf. Doch wir können den Schaden begrenzen, indem wir dafür sorgen, dass einer von uns immer an ihrer Seite bleibt, hm?“

„Natürlich, Mylord. Das ist weise – *Madame la duchesse*!“ sagte Martin laut und unterbrach damit sein leises Gespräch mit Lord Vallentine, weil Antonia direkt auf sie zugekommen war. „Wie immer seid Ihr die Schönheit in Person. Und die Perlen sind eine kluge Wahl für ein Familientreffen. *M'sieur le duc* würde sicherlich zustimmen.“

Antonia sah Vallentine und dann wieder Martin an und war nicht überzeugt.

„Ihr habt von etwas ganz anderem gesprochen, Lucians Gesicht verrät es mir. Aber das könnt ihr mir später erzählen. Einstweilen konzentrieren wir uns auf unseren kleinen Ausflug zu den alten Tanten. Also, *merci*, Martin. Meine Frauen wollten, dass ich alle möglichen Schmuckstücke trage, aber ich sagte nein. Ich möchte den alten Tanten kein Unbehagen bereiten, indem ich ihnen Monseigneurs großen Reichtum unter die Nase reibe. Er ist sehr großzügig zu mir, und wenn er hier wäre, würde ich ein oder zwei Stücke mehr tragen, um ihm zu gefallen. Aber leider ist er das nicht ..." Sie seufzte tief. „Ich vermisse ihn und heute Abend umso mehr..." Sie zwang sich zu einem Lächeln. „Und so trage ich nur die Perlen."

Martin trat beiseite, um dem Butler zu erlauben, Antonia in einen pelzgefütterten Samtmantel zu helfen, während Seine Lordschaft zu dem langen Spiegel in der Ecke des Foyers ging, um sein Schwert und seinen Gürtel zu seiner Zufriedenheit zu richten. Währenddessen ging Antonias Zofe Gabrielle, die bereits in ihren Umhang gehüllt war und den Pelzmuff der Herzogin trug, direkt zur Kutsche unter der *porte-cochère*, um sicherzustellen, dass alles für ihre Herrin bereit war.

„In der Kutsche ist ein heißer Stein für deine Füße", informierte Vallentine Antonia, als er in einen scharlachrot gefütterten Roquelaure geschlüpft war. „Ich will nicht, dass Roxton mir die Schuld dafür gibt, dass deine Zehen blau geworden sind."

„Es sind nicht meine Zehen, die von Belang sind, sondern meine Nasenspitze! Jetzt bitte, wir müssen uns beeilen. Ich möchte nicht zu spät kommen", warf sie über ihre Schulter, als sie Gabrielle am Arm von Martin Ellicott zur Kutsche folgte.

„Es ist in Mode, zu spät zu kommen, weißt du!" argumentierte Vallentine und stieg in den mit Samt gepolsterten Innenraum der zweitbesten Kutsche des Herzogs von Roxton, um sich neben Martin Ellicott zu setzen. „Roxton legt Wert darauf, bei jeder Veranstaltung, an der er teilnimmt, spät zu erscheinen."

„Ich weiß. Und er hat immer einen großartigen Auftritt", sagte Antonia stolz und sah Martin an. „Eines Tages – hoffentlich bald – wirst du endlich selbst sehen, wie großartig Monseigneurs Auftritt ist und wie er vor seinem Publikum spielt. Er ist *éblouissant*. "

„Ich freue mich auf den Tag, *Madame la duchesse*", antwortete Martin Ellicott. „Ich gestehe, dass ich mir im Laufe der Jahre oft gewünscht habe, das Ergebnis der kleinen Rolle zu sehen, die ich bei seiner modischen Pracht gespielt habe."

„Nun, ich wünschte, er wäre jetzt hier, damit Ihr es könntet, Ellicott", sagte Lord Vallentine und klopfte mit seinem Fingerknöchel an die Vorderwand, um dem Kutscher das Zeichen zum Losfahren zu geben. Er lehnte seine geraden Schultern gegen die gepolsterte Polsterung und blickte Antonia stirnrunzelnd an. „Du hast nie erwähnt, warum er so eilig nach Fontainebleau musste."

„Nein. Aber vielleicht kann ich mich an den Grund erinnern, wenn du mir erzählst, worüber ihr beide im Foyer geflüstert habt, als ich die Treppe herunterkam?"

Als Vallentine und Martin Ellicott sich mit fest geschlossenen Mündern ansahen, ohne es zu wagen, ihre Miene zu ändern, kicherte sie hinter ihrer behandschuhten Hand.

„Aha! Also erlaubt mir, aus dem Fenster zu schauen und stellt mir keine Fragen mehr über *M'sieur le duc.*"

DIE KUTSCHENFAHRT zum *hôtel* Touraine in der Rue de la Paroisse dauerte nicht lange. Die Villa Roxton mit ihrem weitläufigen Garten und der königlichen Parklandschaft lag zwar am Rande der neuen Stadt, aber die geplante Gemeinde war nicht viel größer als ein großes Dorf, und so war es kein Problem, von Ort zu Ort zu gelangen. Tatsächlich hätte Antonia problemlos in der Sänfte, die sie zum Geburtstag bekommen hatte, an ihr Ziel transportiert werden können. Aber das hätte bedeutet, dass Seine Lordschaft und Martin Ellicott sie zu Fuß oder zu Pferd hätten begleiten und Gabrielle in der Villa hätte zurückbleiben müssen.

Lord Vallentine hatte darauf bestanden, dass sie mindestens eine ihrer Damen mitnahm, und da es eine Abendgesellschaft war und die hellen Stunden kürzer wurden, ging er nicht das Risiko ein, ohne Begleitung im Dunkeln in die Villa zurückzukehren. Roxton würde ihm niemals verzeihen, wenn sie überfallen würden oder ihr im Dunkeln mit der Sänfte ein Missgeschick widerfahren wäre. Also blieb nur die Möglichkeit, mit der Kutsche zu fahren.

Antonia hielt es für übertrieben, dass livrierte Postillons die Kutsche vorne und hinten begleiteten, aber Vallentine duldete wiederum keinen Widerstand und sagte, Roxton würde dies erwarten. Dagegen sagte sie nichts mehr. Sie war zu aufgeregt, an diesem Abend auszugehen, als dass sie mit den Vorkehrungen, die für sie getroffen wurden, gehadert hätte.

Es dauerte nicht viele Minuten, bis die herzogliche Prozession die Rue des Reservoirs verließ und in die Rue de la Paroisse einbog. Eine viel schmalere Straße, die zu beiden Seiten von cremefarbenen Villen mit blau gestrichenen Fensterläden und Türen gesäumt war, war verstopft mit Kutschen und Sänften, so weit das Auge reichte. Dies verlangsamte die Fahrt der herzoglichen Kutsche erheblich, und Antonia blickte aus dem Fenster und fragte sich, ob es einen Unfall gegeben hatte.

Und als der Wagen ganz zum Stehen kam, schob Seine Lordschaft das Fenster herunter und steckte seinen gepuderten Kopf aus dem Fenster. Er rief einem der Postillons zu, er solle vorauslaufen und herausfinden, was die ganze Aufregung sollte.

Dann stellte er die Schärpe gegen die Kälte auf und ließ sich in die Polsterung fallen.

„Man sollte meinen, diese Bande könnte ihre Gesellschaftskalender so koordinieren, dass ihre *soirées* an verschiedenen Abenden abgehalten werden! Aber nein! Sie müssen sich am gleichen Abend gegenseitig übertrumpfen.“

„Da der Hof Ende der Woche aus Fontainebleau zurückkehrt“, bemerkte Martin, „scheinen die Höflinge entschlossen zu sein, ihre letzten Tage in Freiheit zu genießen, bevor sie ihre Pflichten wieder aufnehmen.“

„Pflichten? Pah! Ein Höfling zu sein, muss eine schrecklich langweilige Angelegenheit sein“, meinte Lord Vallentine und verzog das Gesicht, als hätte er etwas Saures gekostet. „Den ganzen Tag rumstehen, nur um dem nächsten Burschen einen Handschuh oder ein Taschentuch oder einen Teller mit *Aalen* zu reichen, der ihn dann an den nächsthöheren Burschen weiterreicht, und so weiter und so weiter, bis er Seine Majestät erreicht, ist meiner Meinung nach jenseits von Idiotie.“

„Aber Mylord, unsere französischen Vettern fühlen sich sicherlich reichlich belohnt durch die Ehre, die ihnen im Umgang mit dem königlichen Handschuh oder diesem – ähm – Aalteller erwiesen wird?“ bemerkte Martin mit einem aufflackernden Lächeln. „Nicht jeder ist so privilegiert ...“

„Belohnt? Privilegiert? Ha!“, fauchte Vallentine und schluckte den Köder. „Das sehe ich ganz und gar nicht so! Und es ist mir egal, wer es hört – es ist eine Menge kriecherischer Unsinn, den kein Engländer am Hof von St. James dulden würde. Lasst mir den deutschen George, der seinen Platz kennt und den Rat seiner Minister befolgt. Nicht ein Haufen herumtollender parfümierter Stutzer ...“

„— die einen Teller mit Aalen tragen?" warf Martin leichthin ein.

„Lucian, nennst du Monseigneur einen Stutzer?" verlangte Antonia zu wissen, indem sie ihren Blick von der Aussicht auf dieselbe Villa abwandte, als die Kutsche völlig zum Stillstand kam, um ihren Schwager mit hochgezogenen Augenbrauen anzuschauen.

„Hä? Wa-was? Nein! Nein! 'türlich nicht! Ich meinte nicht – Verdammt! Jetzt lacht ihr beide über mich."

Antonia schüttelte den Kopf und versteckte ihr Kichern hinter ihrem flatternden Fächer, aber die Heiterkeit in ihren grünen Augen war nicht zu übersehen. Schließlich brachte sie sich unter Kontrolle und sagte feierlich: „Das war *très méchant* von mir und dafür entschuldige ich mich." Sie fragte: „Lucian, hast du daran gedacht, dass alle Leute in diesen Kutschen möglicherweise dieselbe *soirée* besuchen wollen, und zwar in einem *hôtel* dieser Straße oder in einem in der Nähe, und es die alten Tanten sind, die ihre *soirée* für dieselbe Zeit wie diese andere Veranstaltung geplant haben?"

Lord Vallentine zuckte zusammen, als wäre ihm das nie in den Sinn gekommen, und dann stieß er ein schallendes Gelächter aus. „Haha! Ja! Und ich würde darauf wetten, dass Tante Philippe keine Einladung zu dieser anderen Gesellschaft bekommen hat, und sie also in einem Anfall von Wut eine eigene geplant hat. Das würde die Kurzfristigkeit erklären und dass sie ihren Geldbeutel geöffnet hat, um ihre eigene Feier zu finanzieren."

„*Voilà pourquoi.* Damit löst sich dieses Rätsel von selbst", verkündete Antonia und warf Martin ein freches Lächeln zu und sagte seufzend zu Seiner Lordschaft: „Und jetzt können wir uns auf einen langweiligen Abend mit den Stutzern des Hofes freuen."

DREIZEHN

Als die Insassen des zweitbesten Wagens von *M'sieur le duc de Roxton* schließlich unter der *porte-cochère* des *hôtel* Touraine ausstiegen, wurden sie von einem Kontingent von Lakaien begrüßt, die nicht die üblichen Livreen des adligen Hauses trugen, sondern ganz in Schwarz gekleidet waren. Dies war nicht verwunderlich, da die ganze Stadt in Trauer war, aber etwas an ihren gehetzten Gesichtern störte Lord Vallentine.

Tatsächlich hatte die ungewöhnliche Menge an Verkehr, die sie in dieser Straße angetroffen hatten, seine Bedenken geschürt. Das Kommen und Gehen von Kutschen und Sänften war außergewöhnlich. Und als sie unter die *porte-cochère* einbogen, bemerkte er auch eine große Menge von Sänftenträgern, die in der Nähe herumlungerten. Er fragte sich, ob sie nicht die einzigen Gäste dieser *soirée* waren – dass es durchaus wahrscheinlich war, dass das Ereignis, über das die Herzogin gesprochen hatte und das sich auch in dieser Straße ereignen könnte, tatsächlich unter diesem Dach stattfand!

Die verstohlenen Blicke des Portiers, als sie ihre Umhänge und Mäntel ablegten, verstärkten diesen Verdacht nur.

Für seine Lordschaft summierte sich das alles bei dieser *soirée*, und es verströmte einen üblen Geruch – wie ein Schellfisch, der in der Mittagssonne vergessen worden war. Er mochte aus der Ferne gut aussehen, aber je näher man kam, desto stinkender wurde er. Seine Befürchtungen veranlassten ihn, Antonia beruhigen zu wollen, was sie nur alarmierte und Martin Ellicott sich noch mehr fragen ließ, was tatsächlich vor sich ging.

Als er sich zum Ohr der Herzogin beugte, während sie die große Treppe hinter dem Butler hinaufstiegen, hörte man ihn laut zischen: „Nur, weil die Diener Trauerlivree tragen, bedeutet das nicht, dass der Rest der Familie Schwarz tragen wird."

Doch das taten sie. Alle zehn von ihnen.

DIE ALTEN TANTEN und ihre Familienmitglieder hatten sich unter einem zentralen Kronleuchter im zweiten von zwei Salons positioniert, wobei die Damen auf steifen Stühlen saßen und die Herren dahinter standen. Sie sahen aus, als sollten sie für ein Familienporträt sitzen, aber der erforderliche Maler mit seiner Staffelei war nirgends zu sehen.

Nicht nur die Kleider der Frauen waren aus schwarzer Wolle, sondern auch die Spitze an ihren Ellbogen, ihre Faltfächer, Strümpfe und Haarbänder waren schwarz, und jeder Schmuck war von Jett. Auch die Herren trugen schwarze Wollensembles, wobei die Knöpfe an Westen und Röcken mit passendem schwarzem Stoff bezogen waren. Ihre Krawatten waren aus schwarzer Seide, ebenso wie ihre Taschentücher und die Satinbänder in ihren Haaren.

Hätten sie sich nicht unter dem Licht des Kronleuchters befunden, wäre es Antonia schwergefallen, sie überhaupt zu sehen, denn die Wände zwischen den hohen Fenstern waren ebenfalls in lange Bahnen aus schwarzem Stoff gehüllt, und die Vorhänge aus schwarzem Samt schlossen das verblassende Nachmittagslicht aus. Aber sie konnte den Ausdruck ihrer Gesichter im Kerzenlicht nicht übersehen. Unabhängig vom Alter wirkte jeder von sechzehn bis sechzig grimmig.

Der Butler blieb am Eingang des größeren Salons stehen und kündigte die Neuankömmlinge an, und alle Frauen, sogar die älteren, erhoben sich wie eine Person, aber alle blieben, wo sie waren, und der Ausdruck auf ihren Gesichtern änderte sich nicht.

Bevor sie den zweiten Salon erreicht hatten, ergriff Lord Vallentine Antonias Manschettenärmel. Er konnte seine Wut kaum unterdrücken.

„Überlasse es mir, mich mit diesem – diesem – *Hinterhalt* zu befassen", verkündete er mit zusammengebissenen Zähnen.

„Nein, Lucian", erwiderte Antonia leise. „Wir dürfen sie nicht sehen lassen, dass es uns stört."

Vallentine wartete nicht auf den Rest ihres Einwands. Er war zu wütend. Er betrat den zweiten Salon, Martin Ellicott folgte ihm mechanisch auf den Fersen. Antonia wäre auch gefolgt, wenn sie nicht durch das laute Zischen ihres Namens abgelenkt worden wäre, was sie dazu brachte, innezuhalten und über ihre Schulter zu schauen. Und dort, in einer entfernten Ecke, ragte ein Kopf hinter einer Tapetenentür in der Wandverkleidung hervor, ihre Zofe Gabrielle.

„*Madame la duchesse*! Kommt! Bitte! Hier entlang!"

Antonia hielt in überraschter Unentschlossenheit inne. Also flehte Gabrielle erneut, diesmal mit einer Handbewegung, die nicht falsch interpretiert werden konnte – die Herzogin sollte sich beeilen.

Neugierig ging Antonia zur Tapetentür, um zu fragen, was Gabrielle dort mache, als die Tür weit aufgestoßen wurde.

„Verzeiht mir, *Madame la duchesse*. Es geht nicht anders."

Und mit dieser Aussage packte Gabrielle ihre Herrin am Handgelenk und zog sie durch die Öffnung. Während sie dies tat, streifte jemand an Antonia vorbei in die entgegengesetzte Richtung, hinaus in den Salon. Die Tapetentür schloss sich erneut dicht und verschwand in der Wandverkleidung. Für jeden im Salon war es, als wäre die Herzogin verschwunden.

Auf der anderen Seite der Tür waren Antonia und Gabrielle in Dunkelheit. Doch sie waren nicht allein.

VIERZEHN

EINE EINZIGE FLACKERNDE Kerze schwebte knapp außerhalb der Reichweite von Antonias Zehen auf dem schmalen Treppenabsatz einer engen Wendeltreppe. Als sich ihr Blick an die Dunkelheit gewöhnte, wurde das Gesicht einer reifen Frau im blassgelben Schein der Kerze erkennbar. Sie sah vertraut aus. Und doch wusste Antonia, dass sie eine Fremde war.

„Wir müssen uns beeilen, *Madame la duchesse*", zischte sie. „Sophie wird sagen, dass Ihr indisponiert seid, aber sie wird sie nicht ewig hinhalten können. Kommt!"

Als Antonia zögerte, flüsterte Gabrielle dicht an ihrem Ohr:

„Ihr könnt dieser Frau vertrauen. Sie ist meine Schwester Giselle. Bitte, *Madame la duchesse*. Es wird sich alles aufklären. Das verspreche ich Euch."

Wenn bei Antonia einen Moment lang Panik aufgekommen war, verflüchtigte sich diese durch die Beteuerungen ihrer vertrauenswürdigsten und sie hoch verehrenden Zofe. Kurzerhand hob sie den Saum ihrer seidenen Röcke an und folgte Gabrielles Schwester Giselle vorsichtig und ruhig die gewundene Treppe hinunter zu einem Entresol.

Das *petit apartment* hatte niedrige Decken und war spärlich möbliert, und in einer Reihe von Bögen befanden sich kleine Fenster, durch die winterliches Tageslicht hereindrang. Giselle ging weiter in einen zweiten Raum, wo mehrere, aber nicht alle Kerzen in den Wandlampen brannten.

Ein Bett mit Vorhängen war in einer Nische versteckt, und zwei Stühle und ein kleiner Arbeitstisch standen an einer Wand.

Antonia fröstelte unwillkürlich, ihre sommerliche Jacke und Röcke waren in einem unbeheizten Raum nicht warm genug. Aber ihre Neugier, warum sie hier war, und ihr Interesse an ihrer Umgebung ließen sie ihr eigenes Unbehagen abtun und sich umsehen. Sie fragte sich, ob sie sich auf einen dieser Stühle setzen sollte, als eine junge Frau in ihrem Alter und ganz in Schwarz gekleidet aus einem dritten angrenzenden Raum erschien.

„Ver-verzeiht unsere Heimlichkeit, *Madame la duchesse!*", verkündete die junge Frau so atemlos, als wäre sie den ganzen Weg gelaufen. Sie versank in einen tiefen Knicks. „Aber ich – ich musste mit Euch sprechen, weil meine Großmutter entschlossen ist, mich mit einem Mann zu verheiraten, der zweimal verwitwet ist. Und ich liebe doch Hubert. *Grand-mère* weigert sich, mir zuzuhören. Und mein Vater sagt, ich könne Hubert nicht heiraten, solange seine Aussichten in der Schwebe hängen – was ich überhaupt nicht verstehe, weil Hubert eines Tages ein *comte* sein wird. Es ist nur so, dass es nicht heute oder morgen ist, also ist es nicht früh genug für meine Großmutter oder meinen Vater!"

„Es tut mir sehr leid für Eure Schwierigkeiten", sagte Antonia gelassen, versuchte, den Wortschwall der jungen Frau zu verstehen, und war sich sehr bewusst, dass sie tatsächlich von diesen Frauen entführt worden war. „Aber nichts von dem, was Ihr sagt, erklärt mir, warum ich hier bin und was Ihr von mir erwartet. Ich kenne nicht einmal Euren Namen! Obwohl Eure blauen Augen mir sagen, dass Ihr eine Salvan seid, ja?"

„Verzeiht mir, *Madame la duchesse*. Ich bin Elisabeth-Louise Salvan Gondi Touraine – jüngste Tochter des *duc du Touraine*, der Sohn von *Madame Touraine-Brissac* –

„Tante Philippe ist Eure *grand-mère?*"

„Bedauerlicherweise, *Madame la duchesse*. Mein Vater hat mich in ihre Obhut gegeben, und sie ist nichts anderes als eine – eine – *Tyrannin …* "

„*Mademoiselle* Elisabeth-Louise!", tadelte Gabrielles Schwester Giselle. „*Madame la duchesse* wird einen falschen Eindruck von *Euch* gewinnen, wenn Ihr unhöfliche Bemerkungen über *Madame la marquise du Touraine-Brissac* macht."

Elisabeth-Louise ignorierte ihre Zofe und erklärte Antonia mit einem traurigen, schiefen Lächeln: „Ich glaube wirklich, dass meine *grand-mère* wünscht, dass mein Leben miserabel ist, weil alles an mir sie beleidigt."

„Ich habe auch eine dieser Großmütter", antwortete Antonia mit einem mitfühlenden Lächeln. „Was wollt Ihr von mir?"

„*Madame la duchesse*, ich bitte Euch – Hubert bittet Euch – *wir* bitten Euch –in unserem Namen mit *M'sieur le duc* zu sprechen. Hubert hat sich schon oft um ein Gespräch bemüht, aber ohne Erfolg. Alles, was er wünscht, sind fünf Minuten von *M'sieur le duc de Roxtons* Zeit. Und ich weiß, dass mein Vater auf *M'sieur le duc* hören würde. Sie sind Cousins und gute Freunde, und wenn *M'sieur le duc* keine Einwände gegen unsere Ehe hat, dann kann *grand-mère* nichts dagegen haben, und ...“

Antonia kam einen Schritt näher und blickte scharf auf Elisabeth-Louise.

„*Mademoiselle Touraine*, wir haben uns gerade erst kennengelernt, und zwar auf die verblüffendste Weise, und Ihr erwartet, dass ich mich bei *M'sieur le duc* für Euch einsetze? Ich habe nur Euer Wort, aber vielleicht haben Euer Vater und Eure Großmutter guten Grund, gegen diese Verbindung Einspruch zu erheben? Ich weiß auch nicht das Geringste über Eure Eigenschaften oder die des Mannes, den Ihr zu heiraten wünscht. Ich würde *M'sieur le duc* nicht vorwerfen, wenn er denken würde, seine Frau hätte ein wenig zu viel Wein getrunken, wenn ich mit nichts weiter als Eurem Namen und Eurem Wunsch, diesen Hubert zu heiraten, zu ihm kommen würde.“

„Ach, *Madame la duchesse*! Ihr habt doch *M'sieur le duc* aus Liebe geheiratet!", rief Elisabeth–Louise aus. „*Grand-mère* sagt, Liebesehen seien für die Bauern und nicht für Leute unseres Standes. Sie sagt, Eure Ehe sei absonderlich und habe unseren Familien einen schlechten Dienst erwiesen hat, weil sie Töchtern der *noblesse d'épée* wie mir falsche Hoffnung mache, dass auch wir aus Liebe heiraten könnten! Ich sage Euch in aller Offenheit, *Madame la duchesse*, dass meine Großmutter immer noch schockiert darüber ist, dass der große Satyr-Herzog in die Knie gezwungen wurde und sich zu einer Liebesehe herabgelassen hat. Aber es ist mir egal, wie erstaunt oder verärgert sie ist, denn ich glaube, wir sollten auch aus Liebe heiraten dürfen. *Ihr* seid das Beispiel und Eure Ehe gibt Hubert und mir so viel Hoffnung.“

„Ich fühle mich geschmeichelt, *ma chère fille*", antwortete Antonia sanft und zitterte, die Kälte sickerte durch ihre leichte Kleidung. „Aber Ihr irrt Euch gewaltig, wenn Ihr denkt, dass, weil *M'sieur le duc* mich liebt, es seine Fähigkeiten in irgendeiner Weise abgestumpft hat. Er bleibt *M'sieur le duc de Roxton*, und er steht mit beiden Füßen fest auf dem Boden und wird es immer tun. Es tut mir sehr leid, aber wenn Euer Vater und Eure Großmutter nicht für eine Ehe mit diesem Hubert sind, dann wird er sich nicht einmischen, weder mit noch ohne meine Bitten in Eurem Namen …"

„Aber *Madame la duchesse*, wegen *Euch* ist meine Großmutter doch gegen meine Ehe."

„*Pourquoi*? Weil sich *M'sieur le duc* in mich verliebt hat?"

„Nein, *Madame la duchesse*. Sondern weil Ihr dafür verantwortlich gemacht werdet, dass unser Cousin, der *comte de Salvan*, seiner Staatsämter entkleidet und vom Hofe verbannt wurde. Und jetzt sind wir Salvans mit seiner Schande belastet, und die alten Tanten, die von seiner Nächstenliebe lebten, sind noch ärmer als …"

Antonia wandte sich an ihre Zofe. „Ich verstehe absolut nicht, warum du mich hierher gebracht hast, um auf diese Weise beleidigt zu werden!"

„*Madame la duchesse*, ich hätte diesem Treffen nie zugestimmt, wenn ich *Mademoiselle Touraines* wahre Absichten gekannt hätte", flüsterte Gabrielle heftig. „Ich bin genauso überrascht wie Ihr. Giselle sagte mir …"

„*Madame la duchesse*! Elisabeth-Louises Absichten sind noch etwas völlig anderes!", unterbrach Giselle sie. „Sie sollte Euch etwas ganz anderes im Vertrauen erzählen, und wenn es einen Moment gäbe, um Hilfe bei ihren eigenen Problemen zu bitten, aber erst, nachdem Ihr auf bestimmte – *Vorgänge* aufmerksam gemacht wurdet, die sich in diesem Moment in diesem Haus ereignen."

„*Madame la duchesse*, Ihr müsst uns glauben!", flehte Gabrielle.

„Ja. Aber mir ist kalt, und wir gehen jetzt. Bevor ich aber gehe", fügte Antonia hinzu, richtete ihre grünen Augen auf Elisabeth-Louise und straffte ihre Schultern. „… muss ich einen Irrtum aufklären: *M'sieur le comte de Salvan* war vor seiner Verbannung arm und versuchte, seine finanziellen Probleme zu lindern, indem er gegen meinen Willen, aber mit der Duldung der alten Tanten eine Ehe mit mir plante. Es gibt noch viel mehr, aber es ist zu schmerzhaft für mich, es zu erzählen. Ich verzeihe Euch Eure große Unwissenheit, weil man Euch Unwahrheiten erzählt hat. Und jetzt bringt Ihr mich dorthin zurück, wo es warm ist, und zu *M'sieur* Vallentine, von dem ich ganz sicher bin, dass er dieses Haus auf der Suche nach mir auf den Kopf stellt. *Vite, vite!*"

Zum Erstaunen aller fiel Elisabeth-Louise auf die Knie und riss den

Saum des Seidenunterrocks der Herzogin hoch und drückte ihn an ihre feuchte Wange, sodass Antonia sich nicht bewegen konnte.

„Bitte! *Madame la duchesse*! Ich flehe Euch an! Ich werde vielleicht nie wieder eine Gelegenheit dazu haben, und Ihr müsst nie wieder mit mir sprechen, wenn das Euer Wunsch ist, aber Ihr müsst Euch anhören, was ich zu sagen habe!"

„Elisabeth-Louise! Steht auf!", forderte Giselle in einem verlegenen Flüstern, packte ihre junge Herrin am Oberarm und versuchte, sie auf die Füße zu ziehen. „Ihr macht Euch lächerlich und bringt *Madame la duchesse* in Verlegenheit! Das ist keine Art und Weise, Hilfe zu erbitten …"

„Nein! Fass mich nicht an! Ihr versteht es nicht! Niemand versteht es! Nicht einmal Hubert weiß davon! Wenn *Madame la duchesse* mir nicht helfen kann, bin ich ruiniert und für immer verdammt!"

Dann brach das Mädchen in Schluchzen aus und blieb zu Antonias Füßen liegen, immer noch den Saum ihres Rocks umklammernd, als ob sie einen Halt brauchte. Als Antonia sie ansah, traf sie ein scharfer Stich der Erinnerungen an ihre eigene traurige Lage, als sie bei ihrer Großmutter lebte, verzweifelt in den Herzog verliebt, sich jedoch ihrer Zukunft völlig unsicher war. Sie war so verzweifelt über ihre schlimme Situation gewesen, dass sie geplant hatte, nach Venedig zu fliehen.

„Giselle, hol deiner Herrin einen Likör", befahl sie leise. „Gabrielle, gib *Mademoiselle Touraine* dein Taschentuch und hilf ihr auf einen Stuhl. Dann hol mir die Decke von diesem Bett. Ich friere bis auf die Knochen. Wenn dort noch eine ist, nimm sie für dich selbst."

Nachdem die Zofe des Mädchens das Zimmer verlassen hatte und Elisabeth-Louise am Tisch saß, ihr feuchtes Gesicht mit Gabrielles Taschentuch getrocknet, setzte Antonia sich, in die Bettdecke gehüllt, ihr gegenüber und sagte:

„*Mademoiselle*, wenn Ihr meine Hilfe wollt, müsst Ihr mir die Wahrheit sagen."

Elisabeth-Louise schniefte und nickte eifrig. „Ja, *Madame la duchesse*. Fragt mich, was Ihr wollt!"

„Ihr seid *enceinte*, ja?"

Das Keuchen kam nicht von dem Mädchen, sondern von Gabrielle.

FÜNFZEHN

Elisabeth-Louise brach bei Antonias sanfter, aber unverblümter Frage in neue Tränen aus, so dass es nicht nötig war, eine weitere Bestätigung zu suchen. Da Giselle jeden Augenblick mit dem Likör zurückkehren würde, drängte Antonia das Mädchen, ihr ihre missliche Lage ohne Ausschmückung anzuvertrauen. Nur so konnte Antonia feststellen, welche Hilfe sie anbieten konnte. Und bei einem so bereitwilligen Ohr und mitfühlendem Publikum brauchte Elisabeth-Louise keine Ermutigung.

Hubert hatte sie monatelang umworben, ohne dass ihre Familie – insbesondere ihre Großmutter – sich ihrer Gefühle für einander bewusst war. Er war ein regelmäßiger Besucher und begleitete oft seinen Mentor, den Marquis de Chesnay. Warum der Marquis so oft zu Besuch war, wurde aber erst klar, als er der Großmutter mitteilte, er wolle Elisabeth-Louise zu seiner dritten Frau machen. Natürlich war das junge Paar entsetzt über die Aussicht. Zu diesem Zeitpunkt schrieb Hubert an den *duc du Touraine*, um die Erlaubnis zu erhalten, seine Tochter zu heiraten. Dadurch wurde ihre Großmutter auf Huberts Absichten aufmerksam und Elisabeth-Louise wurde verboten, ihn wiederzusehen.

„Wir mussten uns heimlich im Haus meiner Schwester Michelle treffen", erklärte Elisabeth-Louise. „Vielleicht, *Madame la duchesse*, habt Ihr die drei Töchter meiner Schwester in ihrem Garten spielen gehört?

Michelle wohnt im Haus neben Eurem. Und ich habe Euch gesehen, aus den Fenstern ihres Hauses, draußen in Eurem Garten mit Euren Frauen und Eurem Kind. Giselle hat unserer Großmutter nie ein Wort über meine Treffen mit Hubert in Michelles Haus verraten, weil sie dadurch *ihre* Schwestern, Michelles Zofe Rose und Eure Zofe Gabrielle, sehen konnte."

Bei dieser Offenbarung gebot Antonia ihr, innezuhalten, und starrte Gabrielle an.

„Es ist wahr, *Madame la duchesse*. Und da ist unsere vierte Schwester, Yvette, sie ist die älteste und persönliche Zofe von *M'sieur le ducs* Schwester, *Madame* Vallentine. Ich habe Euch von Yvette erzählt, aber nicht von Giselle und Rose."

„*Bon dieu*! Sind *alle* deine Schwestern Zofen in den Häusern unserer Verwandten?"

„Ja, *Madame la duchesse*", antwortete Gabrielle sachlich. „Wie sonst finden wir gute Positionen in den besten Haushalten, wenn nicht durch unsere familiären Verbindungen?"

„Ich wusste, dass alle Adelsfamilien durch Blut und Heirat miteinander verwandt waren, aber ich gebe zu, dass ich heute etwas Neues gelernt habe!" Antonia lächelte. „Ich hatte keine Ahnung, dass eure Welt ebenso klein ist. Das ist sehr schön, und ich freue mich, dass du deine Schwestern sehen kannst."

„Danke, *Madame la duchesse*", erwiderte Gabrielle und erwiderte das Lächeln. „Es ist eine kleine Welt für uns alle. Für diejenigen von uns, die dienen, sowie für diejenigen von Euch, die bedient werden. Und das ist auch der Grund, warum es kein Zufall ist, dass die Schwester von *Mademoiselle Touraine* im Haus neben der Villa wohnt, denn ich war diejenige, die meiner Schwester Rose erzählt hat, die ihrer Herrin gesagt hat, dass das Haus zu vermieten wäre."

„*Madame la duchesse*, bitte gebt Hubert nicht die Schuld an meiner misslichen Lage", sagte Elisabeth-Louise mit leiser Stimme und senkte ihre Wimpern, während ihre Wangen glühten. „Wir sind heimlich verlobt, und wir glaubten wirklich, dass unsere Hochzeit nur eine Formsache sein würde. Deshalb habe ich – er – *wir* – uns erlaubt …" Sie brach in neue Tränen aus und bedeckte ihr Gesicht, bevor sie herausplatzte: „Es ist nur zweimal passiert! Wir wollten bis nach unserem Gelübde warten, aber …"

„Bitte. Nicht mehr. Trocknet Eure Augen, *ma chère fille*", sagte Antonia sanft und fügte mit einem kleinen Lachen hinzu: „Glaubt mir, ich bin die letzte Person, die Euch Vorwürfe machen würde, weil Ihr Eurem Verlangen nachgegeben habt. Ich bin keine Heuchlerin." Sie holte tief Luft und fügte sachlich hinzu: „Was geschehen ist, ist geschehen und kann jetzt nicht mehr rückgängig gemacht werden. Wir müssen uns jedoch auf Eure Zukunft konzentrieren und darauf, wie ich Euch am besten helfen kann, das Ergebnis zu erreichen, das Ihr beide wünscht, und zwar so schnell wie möglich."

Elisabeth-Louises Augen leuchteten auf. „Ihr werdet mit *M'sieur le duc* sprechen? Ihr werdet ..."

„Ja. Doch das ist alles, was ich versprechen kann."

Elisabeth-Louise sprang vom Stuhl, warf sich Antonia zu Füßen und umschlang ihre Knöchel. „Oh, danke! Ich danke Euch! Ihr seid zu gütig! Zu großzügig!"

„Plötzlich fühle ich mich alt", murmelte Antonia und entfernte widerstrebend ihre Hand aus der Wärme zwischen den Falten der Bettdecke, um dem Mädchen liebevoll auf die Schulter zu klopfen. „Gabrielle, hilf *Mademoiselle Touraine* zurück auf ihren Stuhl."

Als Elisabeth-Louise wieder still und ruhig war, sagte Antonia ernst: „Seid Euch bewusst, dass ich zwar mein Bestes tun werde, um *M'sieur le duc* Euren Fall vorzutragen, ihn aber niemals auffordern werde, gegen seine Ehre zu handeln. Er wird mich anhören, aber seine Entscheidung liegt bei ihm. Versteht Ihr das?" Als das Mädchen nickte, betrachtete sie sie mit einem kleinen, wissenden Lächeln. „Ich glaube, Ihr seid klüger, als Ihr scheint, weil Ihr Huberts Familiennamen kein einziges Mal erwähnt habt. Und Ihr habt das absichtlich getan, nicht wahr, weil Ihr Angst hattet, wenn ich von vornherein wüsste, dass Euer Hubert tatsächlich der *chevalier* Montbelliard ist, würde ich Euch überhaupt nicht anhören. So! Keine Spielchen mehr! Ich bin vielleicht etwas älter als Ihr..."

„Ich bin zwanzig, *Madame la duchesse*."

Antonia ließ sich nicht beirren. „Ich bin vielleicht etwas jünger als Ihr, aber das spielt keine Rolle. Aber sagt mir doch ... Ich bin neugierig. Warum seid Ihr noch nicht verheiratet? Die Töchter der *noblesse d'épée* werden lange vor diesem Alter verheiratet, ja?"

„Meine Schwestern waren vierzehn, als sie heirateten, das stimmt, *Madame la duchesse*. Ich war verlobt, aber er starb, als ich dreizehn war, und dann ließ mich mein Vater in der *abbaye-aux-bois* bleiben. Vielleicht, weil er meine Schwester Michelle gegen den Willen von *grand-mère* mit

Gerard, dem Sohn eines Steuerpächters, verheiratet hatte. Sie hat ihm nie verziehen, dass er unseren Namen mit Schande bedeckt hat …“

„Weil Eure Schwester mit einem Mann aus der Bourgeoisie verheiratet wurde?“

„Ja, *Madame la duchesse*. Und deshalb ist meine Großmutter entschlossen, mich zu einer Heirat mit dem *marquis de Chesnay* zu zwingen. Aber ich weiß, sobald Ihr meinen Fall *M'sieur le duc* vorgetragen habt, wird meine Großmutter gezwungen sein, ihre Meinung zu ändern. Außerdem kann sie nicht wirklich widersprechen, wenn Hubert eines Tages *comte de Salvan* sein wird.“

„Es tut mir leid, sagen zu müssen, dass der Austausch von Bewerbern nicht so einfach sein wird, wie Ihr denkt“, sagte Antonia sanft. „Der *comte de Salvan* ist *M'sieur le ducs* geschworener Feind, und das ist ein großes Hindernis für Euer Glück mit dem *chevalier* Montbelliard.“ Sie stand auf, hielt die Steppdecke um sich gewickelt und fügte hinzu: „Mindestens ein Rätsel ist gelöst. Ich brauche mich nicht mehr zu fragen, warum der *chevalier* mich unbedingt kennen lernen wollte … Er hoffte, wie Ihr, mich zu überreden, in seinem Namen mit *M'sieur le duc* zu sprechen. Aber ich nehme an, die Dringlichkeit Eurer Situation entgeht Eurem Hubert, weil Ihr ihm Eure große Überraschung erst noch mitteilen müsst, ja? Und deshalb habt Ihr die Sache selbst in die Hand genommen und dieses Treffen arrangiert, um Euren Fall zu vertreten. Und es war auch für Euch ein Erfolg, da ich mich bereit erklärt habe, in Eurem Namen mit *M'sieur le duc* zu sprechen. *Tiens voilà!*“

Nachdem Antonia vom Stuhl aufgestanden war, erhob auch Elisabeth-Louise sich schnell. Sie bestritt nichts, was die Herzogin gesagt hatte. Tatsächlich hatte sie noch mehr Ehrfurcht vor ihr und platzte heraus: „Für jemanden, der so wunderschön ist, seid Ihr auch sehr klug!“

„Schönheit ist kein Hindernis für Klugheit oder Dummheit, *Mademoiselle* Touraine.“ Antonias grüne Augen funkelten und sie lächelte verschmitzt. „Aber Ihr habt recht. Ich bin klug. Weshalb Monseigneur mich liebt. Und jetzt habe ich lange genug in diesem kalten Kellerraum verbracht“, fügte sie rundheraus hinzu, wickelte sich aus und reichte Gabrielle die Decke. „Ich muss zurückgehen, bevor ich wirklich vermisst werde. Bitte bringt mich zu *M'sieur* Vallentine …“

Elisabeth-Louise stellte sich Antonia in den Weg und machte einen weiteren Knicks. „Verzeiht, dass ich Eure Zeit mit meinen Sorgen in

Anspruch nahm, *Madame la duchesse*, aber ich muss Euch etwas sagen, das *Euch* betrifft. Das ist der Grund, warum Ihr hierher gebracht wurdet."

Antonia schluckte eine scharfe Antwort herunter, zügelte ihre Ungeduld und sagte unverblümt: „Sagt es mir so knapp wie möglich, bevor sich Eiszapfen an meinen Armen bilden."

„Ihr wurdet unter falschem Vorwand hierher eingeladen. Nicht nur Familienmitglieder, sondern die gesamte Hofgesellschaft ist heute Abend hier versammelt. Deshalb musste ich Euch davon abhalten, den Salon von *grand-mère* zu betreten. Sie weiß, dass *M'sieur le duc* nicht in der Stadt ist. Sie hat sich vergewissert, dass er fort ist, damit Ihr allein kommt." Als Antonia nichts sagte und sie weiterhin anstarrte, fuhr Elisabeth-Louise mit gedämpfter Stimme fort. „*Grand-mère* beabsichtigt, vor all ihren Gästen ihr tiefes Bedauern über die Abwesenheit von *M'sieur le duc d'Roxton* auszudrücken. Und dann, *Madame la duchesse*, wird sie Euch fragen, warum er Euch nicht begleitet hat …"

„Sie ist wie meine Großmutter!", scherzte Antonia.

„… obwohl sie weiß, dass er nach Fontainebleau geritten ist und warum …"

„Sie weiß, dass *M'sieur le duc* nach Fontainebleau gegangen ist – und – und *warum*?", wiederholte Antonia ungläubig.

„Sie *alle* wissen es. *Und* sie wissen, *warum* er dorthin unterwegs ist. Sie hat es ihnen gesagt!"

Antonia war von dieser Offenbarung bis zur Sprachlosigkeit erschüttert. Sie starrte das Mädchen an, ohne sie zu sehen, und umklammerte fest die geschlossenen Stäbe ihres Fächers. Und weil sie nicht reagierte, fragte sich Elisabeth-Louise, ob die Herzogin ihr nicht glaubte, und so führte sie es aus.

„*Grand-mère* zeigte sich über ihrem *café au lait* voller Mitgefühl für Euch und sagte, wir müssten unser Bestes tun, um nicht zu erwähnen, dass *M'sieur le duc* in dem Moment nach Fontainebleau aufgebrochen wäre, als die *comtesse Duras-Valfons* ihn zu sich rief. Dass sie sich nicht rühmen wollte, aber sie hätte gewusst, dass es nur eine Frage der Zeit sein würde, bis *M'sieur le duc* zu seiner verruchten Lebensweise als böser Satyr zurückkehren würde. Sie sagt, ein Zebra kann seine Streifen nicht ändern, und ein dummer kleiner Schmetterling von einem Mädchen darf nicht hoffen, die Aufmerksamkeit von jemandem auf sich zu ziehen, der sein ganzes

Leben damit verbracht hat, die Flügel von Hunderten von wunderschönen Schmetterlingen zu spreizen …"

„Ich habe genug gehört." Antonias Kehle brannte. „Ich weiß nicht, ob ich Euch danken oder Euch dafür schelten möchte, dass Ihr solch einen gehässigen Unsinn wiederholt. Und jetzt werdet Ihr mich hier hinausführen. *Merci.*"

Nun war Gabrielle an der Reihe, die Herzogin am Gehen zu hindern.

„*Madame la duchesse*, bitte. *Mademoiselle Touraine* hat noch mehr zu erzählen …"

„Noch mehr? Gibt es noch mehr von diesem Schmutz, dieser *méchante absurdité*, was ich mir anhören soll? Nein, Gabrielle", sagte Antonia, eilte an ihr vorbei und hastete den Weg zurück, den sie gekommen waren, zur Wendeltreppe. „Nein! Nein! Nein! Ich will kein weiteres abscheuliches Wort hören, das über *M'sieur le duc* gesagt wird …"

„Das Baby!" platzte Gabrielle heraus, die keinen anderen Weg sah, ihre Herrin dazu zu bringen, stehenzubleiben und zuzuhören. „*Madame la duchesse* – das Kind von *Madame Duras-Valfons* – es ist *hier.* Ihr *bébé* ist hier in *diesem* Haus!"

Als Giselle endlich mit dem Likör aus der Küche zurückkkam, war das Zwischengeschoss leer. Sie überprüfte alle vier Zimmer und ging sogar die Wendeltreppe hinauf zur Flügeltür, die in den zweiten Salon führte. Als sie die lauten Stimmen hörte, nahm sie zu Recht an, dass das Dienstmädchen, das auf der anderen Seite Wache hielt, jetzt Schwierigkeiten hatte, denjenigen, der sie anbrüllte, davon zu überzeugen, dass die Herzogin nach all dieser Zeit immer noch unpässlich war.

Sie vergewisserte sich, dass der Riegel, der die Tür gegen unbefugtes Eindringen sicherte, noch fest an seinem Platz war, dann ging sie zurück und verließ das Zwischengeschoss. Zuversichtlich, dass sie wusste, wohin Elisabeth-Louise die Herzogin gebracht hatte, durchquerte sie ein Labyrinth aus engen Dienstbotengängen und zugigen, engen Hintertreppen, bis sie in einem winzigen Dachzimmer unter dem Mansardendach im äußersten Winkel des *hôtels* ankam. Hier würden weder Familie, Diener noch Gast das klägliche Jammern eines vernachlässigten Säuglings hören.

SECHZEHN

DIE GESAMTE FEINE Gesellschaft war im *salle de bal* der *Marquise du Touraine-Brissac* unter dem hellen Kerzenlicht von drei Kronleuchtern und Hunderten weiterer Kerzen in verzierten Spiegelwandleuchten versammelt. Zu jeder anderen Zeit hätten die Gäste in mit Metallfäden bestickter Seide und glitzernden Juwelen im Kerzenlicht geglänzt und gefunkelt und darum gewetteifert, sich gegenseitig zu überstrahlen. Aber ihre schwarze Wolle, ihr Samt und ihre Jettschmuck verschluckten das ganze funkelnde Licht, sodass die Räume bestenfalls von einer Ameisenarmee überfallen worden waren, und schlimmstenfalls, als ob eine tief liegende Gewitterwolke unter den Fensterbänken der fest verschlossenen Fenster eingedrungen wäre und sich tief über dem Parkett ausgebreitet hätte.

Philippe Alexandre Salvan Gondi, die *Marquise du Touraine-Brissac*, die älteste der Salvan-Schwestern, die zusammen als die alten Tanten bekannt waren – und sie selbst als Tante Philippe – hätten sich keine vollständigere Anwesenheit wünschen können. Unwichtig, dass dieser eine Abend sie so viel kosten würde, wie sie normalerweise in einem Jahr für Wachs ausgab. Das Vergnügen, die Frau ihres Neffen Roxton öffentlich gedemütigt zu sehen, war die Kosten wert. Was im Endeffekt eine Demütigung für ihn bedeutete – was ihr Ziel war. Schließlich war er die Ursache für die gegenwärtige finanziell missliche Lage der Familie. Und da ihr anderer Neffe

Salvan versprochen hatte, ihre Schulden zu begleichen, sobald seine Verbannung aufgehoben würde und er seine Stellung am Hof wiedererlangt hätte, waren ihre Bedenken minimal.

Alle und alles war an Ort und Stelle, die Familie im Salon versammelt, die Gäste im Ballsaal und Thérèses kreischendes Gör bereit, um vorgeführt und *Madame la duchesse de Roxton* zu Füßen gelegt zu werden, wenn sie das Zeichen gab. Alles, was erforderlich war, war die Ankunft der jungen Frau ihres Neffen, die glauben gemacht worden war, dass sie an einer *petite soirée en famille* teilnehmen sollte.

Aber es lief nicht alles lief nach Plan, und zwar von dem Moment an, als Lord Vallentine den Salon betrat.

In dieser polternden, unverblümten und durch und durch ungehobelten Art, sich auszudrücken, wie es nur Engländer können, verzichtete Seine Lordschaft auf die Formalitäten und verlangte von der Familie seiner Frau zu wissen, welches Spiel sie spielten. Warum waren sie alle in Trauerkleidung, wenn dies ein Familientreffen sein sollte? Warum saßen sie so steif da wie eine Reihe von Richtern bei einer öffentlichen Hinrichtung? Und was war das für ein Lärm hinter diesen Türen? Stimmte es, dass die halbe Stadt zum *souper* eingeladen war? Welches Spiel wollten die alten Tanten spielen, Teufel noch einmal?

Bevor Tante Philippe Gelegenheit hatte, Unwissenheit vorzutäuschen und Beleidigungen zu zeigen, bekam eine ihrer Schwestern einen hysterischen Anfall. Tante Sophie-Adelaide hatte bisher nur die umgängliche und freundliche Seite des Mannes ihrer Nichte Estée erlebt. Lucian Vallentine in einem Wutanfall zu erleben, mit zornigem Gesicht, war so erschreckend, dass sie völlig die Fassung verlor. Sophie-Adelaide hatte von Anfang an gesagt, dass die Intrigen ihrer Schwester sie alle wegen ihres unchristlichen Verhaltens direkt in die Hölle bringen würden. Darauf entgegnete Philippe, dass sie genau das von Sophie-Adelaide als Nonne erwartet hätte. Und als Nonne bestünde ihre einzige Beschäftigung darin, ihre Tage damit zu verbringen, für ihre Familienmitglieder zu beten, aber vor allem sollte sie darum beten, dass ihr Schicksal sich wenden würde, oder sie würde sich ohne eine Klosterzelle wiederfinden, in die sie zurückkehren könnte!

Ihre Zwillingsschwester so verzweifelt zu sehen, war zu viel für Tante Victoire. Sie platzte Lord Vallentine gegenüber heraus, dass nichts davon ihre Idee gewesen wäre. Und wenn die Furien sie in der Hölle erwarteten, dann möge es so sein. Aber sie hatte ein unmittelbareres und größeres

Anliegen, während sie auf dieser Erde war, und das war, dem Zorn des Teufels selbst zuvorzukommen – dem ihres Neffen Roxton.

Tante Philippe behielt ein tapferes Gesicht bei. Von Lord Vallentines Verhalten beleidigt, wagte sie es, ihn über ihre lange Nase hinweg zu mustern und zu erwidern, dass sie nicht die geringste Ahnung habe, warum oder was bei einem Familientreffen mit ein paar Freunden zum Abendessen so aufregend sein könnte.

Lord Vallentine wollte ihr gerade erklären, was genau so aufregend war, als Tante Victoires schlaksiger Enkel laut nieste. Er litt unter einer Erkältung, aber der Butler verwechselte die nasale Explosion mit dem Signal für die Lakaien, die Flügeltüren zum Ballsaal weit aufzureißen. Was sie taten, und mit einem erwartungsvollen Schwung, der versehentlich das Ausmaß der Täuschung der Familie enthüllte.

Der Salon wurde sofort mit Licht und Geräuschen aus dem überfüllten Ballsaal überflutet, was Lord Vallentines Blut zum Kochen brachte. Aber bevor er Worte finden konnte, die für die Ohren der alten Tanten höflich genug waren, um seine Wut auszudrücken, begannen die Gäste in den Salon zu strömen. Und es kamen immer mehr – wie Ameisen, die aus einem zerstörten Nest herausquellen –, so dass sich die Familie Salvan und Lord Vallentine bald umzingelt und belagert wiederfanden.

Der Einzige, der einen kühlen Kopf bewahrte, war Martin Ellicott. Er hatte sich am Eingang des Salons zurückgehalten, um aus sicherer Entfernung zu beobachten, wie sich die Ereignisse entfalteten. Er war noch nie zuvor auf dieser Seite der großen Kluft zwischen Herr und Diener gewesen und fand es faszinierend und aufregender, als er es für möglich gehalten hätte. Wenn er den Herzog zu verschiedenen Adelshäusern begleitet hatte, war er in den für die Dienerschaft bestimmten Räumen geblieben, um auf seinen Herrn zu warten. Da er niemals erwartete, sich unter diese erhabenen Wesen zu mischen oder ihr Gast zu sein, konnte er kaum glauben, was er sah.

Hier war ein Theaterspektakel – das einer Bühne und Eintrittsgebühr würdig war –, das so fesselnd war, dass es einige Zeit dauerte, bis ihm klar wurde, dass die Herzogin von Roxton nicht bei ihnen war. Und wenn Lord Vallentines Blut kochte, verwandelte sich Martin Ellicotts zu Eis bei dem Gedanken, dass er und Seine Lordschaft bei ihrer einzigen Aufgabe versagt hatten – die Herzogin zu jeder Zeit sicher im Auge zu behalten.

Er überließ es Lord Vallentine, sich mit der gesellschaftlichen *mêlée* zu befassen, und kehrte auf der Suche nach der Herzogin schnell zurück. Als er den ersten Salon durchquerte und fast am oberen Ende der Treppe angekommen war, bemerkte er, dass er an einem Dienstmädchen vorbeigekommen war, das an einem nicht verhängten Fenster herumstand. Er ging zu ihr hinüber. Sie trat nervös von einem Fuß auf den anderen, die Hände auf dem Rücken und spähte zur verzierten Decke hinauf. Sie machte einen Knicks, ließ dann aber ihren Blick durch den Raum schweifen, als wollte sie so unauffällig wie möglich erscheinen. Ihr Schuldbewusstsein war offensichtlich. Martin wollte sich gerade erkundigen, ob sie den Aufenthaltsort von *Madame la duchesse de Roxton* wisse, als sie beide durch einen Tumult auf dem Treppenabsatz abgelenkt wurden.

Der Mund des Mädchens wurde schlaff und ihre Augen weiteten sich vor Ehrfurcht bei der Ankunft dieses neuesten Gastes. Aber als Martin sah, wer es war, konnte er seine ungeheure Befriedigung nicht unterdrücken, endlich den Lebenswunsch eines jeden Kammerdieners erfüllt zu bekommen – die Mühen ihrer harten Arbeit am Äußeren ihres Herrn auf der gesellschaftlichen Bühne in Aktion zu sehen. Er wünschte, George Geraghty wäre da, um den Moment mit ihm zu genießen; so glücklich war er, dass er die Arme um sich schlang und sein Grinsen nicht unterdrücken konnte.

M'sieur le duc de Roxton schlenderte in schwarzem Samt und Spitze durch den Salon, ein Taschentuch und eine goldene Schnupftabakdose in die Höhe haltend, um die schlanken, spitz zulaufenden Finger und eine riesige umgeschlagene Manschette, die mit Jettperlen bedeckt war, maximal zur Geltung zu bringen.

Seine prächtige Trauerkleidung und sein feierlicher Ausdruck gaben ihm den Anschein, als wäre er der Haupttrauernde bei einer königlichen Beerdigung. Und sein Schritt war eisig, was gerade ein solcher Anlass rechtfertigen würde, und gab seinem Publikum mehr Zeit, ihn und sein Ensemble zu bewundern. Es bedeutete auch, dass, bis er den zweiten Salon erreichte und sich in der breiten Tür einordnete, die Gespräche, die Auseinandersetzungen und die allgemeine Rauflust aller Anwesenden zu einem Murmeln verklungen waren.

Es war nicht nötig, *M'sieur le duc* in einem Raum voller Verwandter und Freunde anzukündigen, aber der Diener tat, was ihm befohlen wurde. Es verlieh seiner Ankunft Gewicht, so dass sich nicht nur alle Augen auf ihn richteten, sondern jedes Gespräch verstummte und jeder Mund sich vor Bewunderung öffnete.

Ihren Neffen zu sehen, war für die alten Tanten ein solcher Schock, dass sie sich weder bewegen noch sprechen konnten. Tatsächlich waren alle Mitglieder der Familie Salvan, die sich in der Mitte des Salons versammelt hatten, so benommen vor Angst, als wäre ein Geist zwischen ihnen aufgetaucht. Tante Philippe hatte ihnen versichert, dass sie sich keine Sorgen machen müssten und dass *M'sieur le duc* weit weg in Fontainebleau sein würde. Wie kam es dann, dass er in der Tür stand, hier und nicht dort? War er eine Erscheinung? Hatte er sich in geisterhafter Gestalt manifestiert, um seine junge Frau vor ihrem Verrat zu beschützen? Wenn jemand in der Lage war, sie heimzusuchen, dann war es mit Sicherheit der finstere und allwissende *M'sieur le duc de Roxton*. Das waren die Gedanken, die ihnen durch den Kopf schossen, während ihre erschrockenen Gesichter und heißen Wangen ihr Schuldbewusstsein verrieten.

Voller Reue und unfähig, ihre Scham zurückzuhalten, stieß Tante Sophie-Adelaide einen erstickten Schrei aus und brach ohnmächtig zusammen. Sie sackte seitlich von ihrem Stuhl und wäre zu Boden gerutscht, wenn sie nicht geschickt von den Armen Lord Vallentines aufgefangen worden wäre.

Niemand bemerkte es. Niemand konnte den Blick von dem Herzog abwenden, der jetzt sein Augenglas hob, um mit einem vergrößerten Auge seine fassungslosen Verwandten mütterlicherseits zu mustern.

In der darauffolgenden Stille fiel keine Stecknadel, aber es gab einen dumpfen Knall, als Tante Sophie-Adelaides Stuhl umkippte und auf dem Parkett aufschlug.

SIEBZEHN

„*CHER AMI*. Ihr seid doch gekommen!", rief der *marquis de Chesnay* aus und löste sich aus der Menge. Er machte eine prachtvolle Verneigung vor seinem Freund, die Spitzenrüschen eines Handgelenks strichen über das Parkett, dann richtete er sich auf roten Absätzen zu seiner vollen Größe auf und blickte ihn mit einem erfreuten Lächeln an. „Ich sagte, dass Ihr kommen würdet. Niemand glaubte mir. Aber da seid Ihr!"

„Euer Talent für die – äh – Weissagung versagt nie, Gustave", sagte der Herzog und richtete sein Augenglas auf de Chesnay. „Ihr habt sicher vorausgesagt, dass *Madame la duchesse* auch hier sein würde?"

„Das auch, *mon cher!*" verkündete de Chesnay mit einem zufriedenen Lächeln und sah sich um, bevor er sich wieder auf den Herzog konzentrierte. „Ich sagte: *Vertraut Gustave. Die beiden werden kommen! Sie müssen kommen! Seit M'sieur le ducs Heirat* – und verzeiht mir bitte meine Unverfrorenheit, aber es wurde mit großer Zuneigung gesagt, versichere ich Euch – *seit seiner Heirat,* sagte ich, *verlassen Roxton und seine göttliche Herzogin nie ohne den anderen das Haus, sondern immer gemeinsam, wie zwei Erbsen in derselben Schote!*"

„Hat man Euch geglaubt?

„Nein! Ja! Ja, dass *Madame la duchesse* hier sein würde, aber nein, nicht, dass Ihr bei ihr wäret. Mir wurde gesagt, Ihr wäret an einem anderen Ort …"

„An einem anderen Ort?" Der Herzog verzog das Gesicht und ließ sein Augenglas an dem schwarzen Seidenband herabfallen, um es zwischen seinen Fingern baumeln zu lassen. Er ließ es sanft hin und her schwingen. „Erklärt mir, wenn Ihr so freundlich sein wollt, Gustave, wie zwei Erbsen in einer – äh – Schote gleichzeitig an verschiedenen Orten sein können."

Die schweigende Menge trat unbewusst einen Schritt näher, die Augen auf das pendelnd schwingende Augenglas gerichtet, die Ohren weit geöffnet und bemüht, jedes Wort zu verstehen; der Herzog war berühmt für seinen gemessenen Ton und seine Art, jemand mit höflichen Worten zu vernichten.

Die dicken Lippen des *marquis de Chesnay* öffneten sich, seine Finger waren über seiner Brust gespreizt, und er blickte mit weit aufgerissenen, ausdrucksvollen Augen über seine Schulter, ein Blick, der bedeutete: *Habe ich es nicht gesagt.* Er hätte nicht verblüffter sein können, wenn er dafür bezahlt worden wäre, diese Geste auszudrücken.

„Roxton! *Schon wieder.* Genau das habe *ich* gesagt! Ja, wirklich! Ich *bin* ein Prophet. Aber mir wurde sehr nachdrücklich versichert, dass Ihr heute Abend nicht hier sein würdet, weil Ihr nach Fontainebleau unterwegs wäret."

„Nachdrücklich sagt Ihr?"

„Sehr nachdrücklich."

„Warum sollte ich dort sein, wenn meine Herzogin hier ist? Das ist ein Rätsel", sagte der Herzog in seinem angenehmsten und erstauntesten Ton. Er ließ das Augenglas an seinem Band gegen die Vorderseite seiner schwarzseidenen bestickten Weste fallen. „Aber vielleicht könnt Ihr nicht nur weissagen, sondern auch ein Rätsel lösen und mir die Antwort geben?"

„Ein Rätsel? Was das angeht …"

Der *marquis* zuckte die Achseln und täuschte Lässigkeit vor, indem er seine Unterlippe vorstreckte. Doch plötzlich war er in Alarmbereitschaft, sein Kopf prickelte heiß unter seiner *aile-de-pigeon*-Perücke. Wenn der Herzog leutselig war und mit ihm scherzte, hatte das einen Grund, und der war sicherlich nicht die Freundlichkeit um ihrer selbst willen. Alles, was Roxton tat, diente einem Zweck. Er fischte nach etwas, und de Chesnay war sich ziemlich sicher, dass er die Antwort und den Fisch, den er zu fangen hoffte, kannte. Und als vollendeter Höfling wusste er, wie man eine Situation abwog und entschied, wem er in diesem Moment seine Loyalität schuldete. Er hatte Monate damit verbracht, die *marquise du Touraine-Brissac* zu umgarnen, mit dem Ziel, ihre Enkelin zu seiner dritten Frau zu machen. Doch sein Freund Roxton war ein Adliger, der Experte in der Anwendung finsterer Methoden war und über unbegrenzten Reichtum verfügte, um seine Ziele zu erreichen – niemand, mit dem man es sich jemals verderben sollte.

Es dauerte nur eine Sekunde, bis er entschied, dass es vielleicht gar nicht so schlimm war, vorerst ohne Frau zu bleiben; es würde seine Geliebte Marguerite besänftigen.

„Es gab eine Zeit, in der niemand hier die geringste Überraschung gezeigt hätte, wenn er erfuhr, dass Ihr in Eile nach Fontainebleau geritten wart, um zu einer entzückenden Frau ins Bett zu steigen", sagte der Marquis stolz und spielte weiterhin seine Rolle als ahnungsloser Dummkopf zugunsten ihres Publikums. „Aber Marguerite, sie war sich absolut sicher: *Gustave,* hat sie gesagt – nein! Sie *seufzte* ihre Enttäuschung. Wirklich, das tat sie! Welcher Engel! Sie seufzte und sagte – *Gustave, traurig für diejenigen von uns, die danach strebten, eines Tages M'sieur le ducs Lager zu teilen, diese Zeit ist es vorbei …"* Er kicherte, weil er den starren Blick des Herzogs auf sich ruhen sah, leckte sich die Lippen und fuhr fort. „*… sie ist vorbei, weil kein Mann bei klarem Verstand, nicht einmal Roxton, ein so himmlisches Geschöpf wie Madame la duchesse de Roxton verlassen würde."* Er sah sich um und nickte. „Das ist, was sie sagte! Fürwahr! Jedes Wort davon. Sagte ich Euch nicht – Marguerite, sie ist ein absoluter Engel."

Der Herzog neigte zustimmend den Kopf und fügte dann scheinbar verwirrt hinzu: „Und doch sind heute Abend einige hier, die Marguerites Überzeugung nicht teilen. Darin liegt das größere Rätsel …"

„Aha! Aber das ist leicht zu lösen, denn wenn *Madame Touraine-Brissac* allen sagt, Ihr seiet in Fontainebleau mit einer gewissen *comtesse"*, unterbrach der Marquis unverblümt und ohne den Herzog aus den Augen zu lassen. „Wer sind wir, dass wir unhöflich sind und unserer Gastgeberin nicht glauben, und das in ihrem eigenen Haus? Und wo sie doch Eure Tante ist …"

„*M'sieur le marquis,* mit welchen Geschichten belästigt Ihr das Ohr meines Neffen?" verkündete *Madame Touraine-Brissac* ungerührt, segelte wie ein Lastkahn auf einem überfüllten Fluss direkt durch die sich teilende Menge und ließ ihre Gäste nach links und rechts ausweichen. Sie schnalzte leicht mit der Zunge und schlug de Chesnay spielerisch mit ihrem geschlossenen Fächer auf den Arm. „Nicht für die Ohren einer älteren Tante geeignet, würde ich wetten. Wie wohl Ihr ausseht, Roxton", fuhr sie fort, ohne Luft zu holen, und wandte sich vom Marquis ab, um ihrem Neffen die Hand zu reichen. „Die Ehe – oder vielleicht ist es die Vaterschaft oder beides – hat ein Funkeln in Eure Augen gezaubert; was auch immer es ist, es steht Euch gut." Und bevor er antworten konnte, drehte sie sich wieder um, und dieses Mal wandte sie sich an ihre Gäste und verkündete mit einem Lächeln: „Habe ich nicht gesagt, *M'sieur le duc* würde uns nicht enttäuschen, sondern an unserer kleinen Soiree teilnehmen? Und hier ist er! Also werden wir jetzt im Ballsaal Erfrischungen einnehmen. Bitte! Geht doch! Lasst den Champagner nicht lauwarm werden und die Austern-Häppchen nicht verderben! Geht nur alle", fügte sie lächelnd hinzu, als ihre Gäste noch zu zögern schienen. „Ich muss mit meinem Neffen ein Wort unter vier Augen reden, aber seid versichert, *M'sieur le duc* und ich werden uns Euch gleich anschließen."

„Hübsch gemacht", lobte der Herzog. „Ihr habt es geschafft, de Chesnay in Eurer kleinen Vorstellung zum Erfinder von Geschichten zu brandmarken, und Euch selbst reinzuwaschen. Er ist zu scharfsinnig und Eure Gäste zu höflich, um mit dem Finger auf den wahren Heuchler zu zeigen. Der übrigens Ihr seid – aber erlaubt mir, Eure Nerven zu beruhigen, damit Euer Arzt nicht gebraucht wird", fügte er hinzu, öffnete seine Schnupftabakdose und bot sie ihr an. „Zwei uralte Tanten an einem Tag zusammenbrechen zu lassen, ist nicht das Verhalten eines guten Neffen, oder?"

Als eingefleischte Schnupftabak-Konsumentin tauchte sie eifrig ihre Finger in den fein gemahlenen Tabak. Und es gab ihr einen Moment zum Nachdenken, während sie eine Prise zwischen Daumen und Zeigefinger nahm. Sie legte das Pulver auf ihr molliges Handgelenk. „Ihr habt immer die beste Mischung, Roxton", gestand sie widerwillig und nahm schnüffelnd fachmännisch die Mischung zuerst durch ein Nasenloch und dann durch das andere auf und fühlte sich danach besser.

Der Herzog bot ihr seinen angewinkelten Arm an und sagte im Plauderton:

„Ich habe Euch viel zu sagen, und nichts davon ist angenehm. Aber da ich ein rücksichtsvoller Neffe bin, werde ich Euch die Demütigung eines

Publikums ersparen … ein Umstand, den Ihr meiner Frau verweigern wolltet, wie mir gesagt wurde."

Er ignorierte ihren schnellen Blick nach oben, als er sich einen Moment Zeit nahm, um den Raum zu überblicken, in dem nur noch die Familie zurückgeblieben war. Sie standen um Tante Sophie-Adelaide herum, die vom Leibarzt der Tante betreut wurde. Lucian war unter ihnen, Antonia nicht, genauso wenig wie Martin. Also schob er seine Besorgnis einstweilen beiseite und konzentrierte sich darauf, sich mit der Matriarchin der Familie Salvan zu befassen.

Für jeden, der zusah, deutete weder das Verhalten des Herzogs noch das Timbre seiner Stimme darauf hin, dass direkt unter der Oberfläche seiner exquisiten Höflichkeit eine alles verzehrende Wut brodelte, die er kaum unterdrücken konnte. Diese kochte in ihm, seit er auf der Straße von Versailles nach Fontainebleau aufgehalten und über die Verschwörung der Familie Salvan in einem Komplott zur öffentlichen Demütigung seiner Frau informiert worden war.

FRÜHER AN DIESEM TAGE, nach drei Stunden der Reise des Herzogs in Richtung Fontainebleau, war ihm bewusst geworden, dass seine gewählte Vorgehensweise nicht nur Wahnsinn, sondern unnötig war. Alles Wesentliche, alles, was ihm wichtig war, alles, was er liebte und schätzte, hatte er in Versailles zurückgelassen – und warum? Er war noch nie jemand gewesen, der unbegründeten Gerüchten erlaubte, seine Handlungen zu beeinflussen. Es gab andere Mittel und Wege, mit der *comtesse Duras-Valfons* und ihren reißerischen Behauptungen umzugehen. Aber seine Frau und seinen Sohn alleinzulassen, gehörte nicht dazu, und so hatte er sein Pferd gewendet und war nach Hause geritten.

Wie es das Schicksal wollte, hielt er mit seinen beiden Stallknechten an einem Gasthaus an und nahm gerade eine Erfrischung zu sich, als ein Reiter in den Hof stürmte und nach einem frischen Pferd rief. Der junge Mann im zerdrückten Rock, den Dreispitz tief in die Stirn gezogen, war in solcher Panik, dass sich jeder, vom Wirt bis zum Gesellen, fragte, ob es irgendwo auf der Straße einen Hinterhalt gegeben hatte und ob Banditen auf sie zukamen. Aber sie wurden alle beruhigt, dass dies nicht der Fall war. Alles, was der junge Mann brauchte, war ein Pferdewechsel, um so schnell wie möglich wieder unterwegs zu sein, damit er eine gewisse Hoffnung haben könnte, *M'sieur le duc de Roxton* einzuholen.

Bei der Erwähnung eines so illustren Namens gab es sofort Aktivität.

Roxtons Stallknechte erschraken, als sie hörten, wie ihr Herr namentlich erwähnt wurde, weil er zu Pferd immer inkognito reiste. Der Herzog erschrak nicht. Er erkannte die Stimme des jungen Mannes und verdrehte die Augen angesichts dieser Fügung. Er schickte seine Männer, um ihn zu holen. Und als sie den Reisenden unter Zwang in eine Ecke des Hofes eskortiert hatten, wo Gespräche nicht belauscht werden konnten, und ihn zu stummer Fügsamkeit gebracht hatten, indem sie drohten, ihm die Zähne einzuschlagen, gesellte sich der Herzog zu ihnen.

„Was wollt Ihr, Montbelliard?", schnarrte Roxton mit einer uncharakteristischen Andeutung von Verärgerung und hob sein Kinn aus den eng anliegenden Falten seines Mantels, um sein Gesicht unter seinem Dreispitz zu zeigen.

Der Schock der Erleichterung des jungen Mannes, den Herzog zu sehen, und dass er ihn rechtzeitig gefunden hatte, war so groß, dass seine Beine ihn nicht mehr trugen. Er wäre zusammengebrochen, aber er wurde von den Dienern des Herzogs unter den Armen gestützt, die ihn jetzt noch fester hielten.

„Gott sei Dank! Gott sei Dank!" murmelte der *chevalier*, bevor er in die schwarzen Augen des Herzogs starrte und herausplatzte: „Ihr müsst mir glauben! Ihr werdet es unglaublich finden, aber ich sage Euch, *M'sieur le duc*, dass jedes Wort die Wahrheit ist! Ich konnte nicht danebenstehen und es zulassen! Bei meiner Ehre und der Ehre meines geliebten Vaters – Gott möge seiner Seele Frieden geben – ich sage Euch, es ist alles wahr!"

„Bevor ich Euch glauben kann, müsst Ihr mir sagen, was ich glauben soll."

Montbellard nickte. „Natürlich. Ja! Bitte um Verzeihung, *M'sieur le duc*. Aber wo soll ich anfangen?"

„Am Anfang. Und hört nicht auf, bis Ihr das Ende erreicht habt. Und Ihr könnt mir glauben, wenn ich Euch sage, dass ich ganz – äh – Ohr bin."

NEUNZEHN

„MEINE ERSTE ERINNERUNG an Euch ist ein Besuch bei uns zu Hause, und meine Mutter schickte mich mit meinem Kindermädchen weg", sagte Roxton im Plauderton, während er mit seiner Tante Philippe, ihre Hand in seiner Armbeuge, um den kleinen Salon herum schlenderte. „Sie prägte mir ein, meinem Vater nicht zu sagen, dass Ihr dort gewesen wart. Aber das hätte sie nicht tun müssen. Ich hatte keine Ahnung, wer Ihr wart. Doch als gehorsamer Sohn sagte ich nie ein Wort.

„Ich trug immer noch Röckchen und war mir daher der Familienpolitik rund um die Ehe meiner Eltern nicht bewusst: die Schande und der Skandal, den meine Mutter über die Salvans brachte, weil sie mit meinem Vater durchgebrannt war, weshalb sie aus der Familie verbannt wurde." Der Herzog warf seiner Tante einen Seitenblick zu; seine Stimme wurde hart. „Als Ihr uns besuchtet, hattet Ihr das Gesicht der mitfühlenden Schwester aufgesetzt. Während Ihr in Wahrheit dort wart, um Informationen für Euren Bruder zu sammeln, um sie gegen meine Mutter zu verwenden ..."

„Was? Nein! Das ist – das ist eine *empörende* Unterstellung!"

„Es ist Tatsache", unterbrach er sie trocken.

„Wer hat gesagt – warum sollten jemand es wagen –"

„Es gibt keinen ‚jemand'. Ihr könnt niemand anderen beschuldigen. Es ist alles in den Briefen zu lesen, die Ihr mit Eurem Bruder gewechselt habt. Eine Korrespondenz, die jetzt in meinem Besitz ist."

Diese Offenbarung ließ *Madame Touraine-Brissac* verwirrt zu ihm aufblicken. Jede Sorge, die sie hatte, dass er ihren Betrug aufgedeckt hatte, wurde durch ihren Unglauben gemildert.

„Besitz?", höhnte sie. „Man besitzt nicht die persönliche Korrespondenz anderer. Vielleicht ist es in England – wo der Handel regiert – akzeptabel, solche lächerlichen Käufe zu tätigen." Sie schmollte und schnaufte. „Nur, warum sollte irgendjemand solche Briefe wollen … Aber in Frankreich? Nein! Niemand in der Familie würde es wagen, solche Briefe zu verkaufen, noch viel weniger zu kaufen …"

Der Herzog lachte leise. „Wie selbstbewusst ist Unwissenheit … Und dies von Euch, einer erfahrenen Händlerin in den dunklen Künsten der Käuflichkeit! Mein *englischer* Großvater hat mich tatsächlich gelehrt, dass alles – jedes *Ding* und jeder *Mensch* – seinen Preis hat. Man muss nur herausfinden, was dieser Preis ist. Und *mon oncle* Salvan hatte ganz sicher einen."

„Jetzt weiß ich, dass Ihr Euch einen Scherz mit mir macht, Roxton!" erwiderte sie mit einem Glucksen und entfaltete ihren Fächer zum Flattern. „Mein Bruder hätte niemals den Familiennamen entehrt, indem er seine privaten Briefe gegen Geld verkauft!"

„Wie gut Ihr ihn zu kennen glaubt. Es waren nicht nur *seine* Briefe", erwiderte Roxton fröhlich. „Er hat mir die gesamte Korrespondenzsammlung Eurer Familie verkauft, die Gott weiß wie viele Jahrhunderte zurückreicht. Sie befindet sich jetzt in meiner Bibliothek und wird von meinem Bibliothekar ordnungsgemäß katalogisiert."

„Ich glaube Euch kein Wort."

„Glaubt, was Ihr wollt", sagte der Herzog gedehnt. „Das ist mir egal."

„Ich verstehe nicht, warum er so etwas hätte tun sollen", murmelte sie.

„Oh, Ihr braucht Euch keine Sorgen zu machen, dass er die Familienehre öffentlich beschmutzt hat. Er hat mir die Korrespondenz testamentarisch vermacht. Eine *diskrete* Art für einen Gentleman, eine Schuld zurückzuzahlen; ich habe ihm eine beträchtliche Summe vorgestreckt, um seine lähmenden Spielverluste bei Rossards zu begleichen."

Madame Touraine-Brissac schwieg einen Moment. Schließlich überlegte sie: „Ich erinnere mich an seine Sorge über eine große geschuldete Summe – ich kann mich nicht erinnern, wem – aber es war weit mehr, als er jemals hätte zurückzahlen können, ohne dass die Familie etwas unternahm. Es war die Rede davon, seine Ämter bei Hofe aufzugeben, um Zeit auf dem Landsitz der Familie zu verbringen, aber …" Sie hielt inne, drehte sich um und blickte schnell auf, um überrascht in die dunklen Augen des Herzogs zu sehen. „… aber das war ungefähr sechs oder sieben Jahre vor seinem Tod."

„Sieben. Ich hätte viel länger gewartet. Ich habe ein – äh – *Talent* für unendliche Geduld. Noch etwas, das mich mein Großvater gelehrt hat." Seine Mundwinkel zuckten. „Ein Freund meines Vaters, Jean Chardin, hat es am besten ausgedrückt: *Geduld ist bitter, aber ihre Frucht ist süß.* Ich empfehle seine *Voyages en Perse et autres lieux de l'Orient* sehr." Er blickte nach unten. „Aber die Reiseberichte eines protestantischen Kaufmanns wären unter der Würde einer Salvan. Und darin liegt die Schwäche der Familie."

Seine Tante starrte ihn mit einer Mischung aus Ehrfurcht und Unverständnis an und straffte schnell ihre Schultern, den Familiendünkel wieder fest an seinem Platz. Sie lachte spöttisch. „Ihr mögt Geduld haben und uns für schwach halten, aber Eure Arroganz könnte sehr gut fehl am Platz gewesen sein. Was wäre, wenn mein Bruder diese Vereinbarung nicht eingehalten hätte? Wo wäre dann Eure *unendliche* Geduld gewesen?"

Roxton hielt seinen Blick weiter unverwandt auf ihr molliges Gesicht gerichtet. Wenn er die beiden Gestalten in angeregter Unterhaltung an einem Fenster direkt gegenüber bemerkte, zeigte er es nicht, außer um ihnen den Rücken zu kehren. Seine ganze Konzentration lag weiter bei seiner Tante. Er grinste, als hätte man ihm einen guten Witz erzählt. Aber seine Wut war weißglühend.

„Aber er hat sie eingehalten. Und sieben Jahre waren überhaupt keine Zeit zu warten und endlich zu entdecken, in welche Abgründe Ihr Euch gestürzt habt, nicht nur, um die Ehe meiner Eltern zu diskreditieren, sondern auch, um sich in ihr Glück einzumischen. Was Ihr meiner Mutter angetan habt, war skrupellos, aber ich war bereit, dies Vergangenheit sein zu lassen, um der Familienharmonie willen. Und weil ich es vorziehe, keine schmerzhaften Erinnerungen hervorzukramen. Schmerzhaft für mich, nicht für Euch."

„Wie könnt Ihr glauben, dass ich jemals …"

„Ihr vergesst, mit wem Ihr sprecht", unterbrach der Herzog eisig. „Ich bin keiner Eurer unglückseligen Verwandten. Ich gehöre nicht einmal zu

Eurer Familie. Ich schulde Euch nichts. Eher im Gegenteil. Doch aus Rücksicht auf Euren Sohn, der nicht nur mein Cousin, sondern auch ein guter Freund ist, und die Schwestern meiner Mutter, die harmlose und gutherzige Seelen sind, die nur das Beste von allen glauben wollen, habe ich genug schweigend hingenommen – bis heute. Ich habe sogar ein Auge zugedrückt, als Ihr mit Eurem anderen Neffen – dieser Kreatur, die in Limoges schwärt – ständig weiter Pläne geschmiedet habt, um ihn wieder an den Hof zu bringen. Aber heute hat Eure Hinterhältigkeit eine Grenze überschritten und *alles* verändert.“

„Warum hat der heutige Tag eine größere Bedeutung als jeder andere Tag“, fragte sie leichthin und mit so viel Kaltblütigkeit, wie sie aufbringen konnte. Jahre, die sie mit Flurintrigen im Palast verbracht hatte, alles um die politischen Ambitionen ihrer Familie – vor allem ihres Sohnes – zu fördern, hatten sie zu einer Expertin in der Kunst der emotionalen Verstellung gemacht. „Ihr seht Eure Familie und Freunde versammelt, um die Rückkehr von *Sa Majesté* und des Hofes nach Versailles zu feiern – oh!“ Sie täuschte einen plötzlichen Geistesblitz vor. „Seid Ihr untröstlich, weil ich Eure entzückend niedliche junge Frau ohne Euch eingeladen habe? Aber mir wurde aus bester Quelle berichtet – tatsächlich von der *comtesse* selbst –, dass Ihr nach Fontainebleau geritten wäret, um bei *ihr* zu sein …“

Der Herzog stieß ein unwillkürliches bellendes raues Lachen aus.

„Mein Gott, wenn Ihr nur ein Mann wäret und ich Euch fordern könnte! Alphonse hat immer gesagt, Ihr allein hättet Eier in der Familie!“

„Ihr gebt mir mehr Lob, als mir zusteht, Roxton“, sagte sie, eiskalt ob seiner Grobheit, und schloss ihren Fächer mit einem Knall. „Ich kann nicht sagen, dass ich unseren kleinen Spaziergang genossen habe, aber das war wohl auch nicht Eure Absicht. Jetzt müsst Ihr mich entschuldigen. Meine Gäste warten und ich …“

Er vertrat ihr den Weg. „Ihr dürft Euch entschuldigen, wenn ich es sage und nicht vorher.“

Sie trat einen Schritt zurück und hob ihr Kinn. „Was gedenkt Ihr mit der Schwester Eurer Mutter und in ihrem eigenen Haus zu tun?“

„Mit Euch? Nichts. Es ist das, was ich tun werde, um das Leben Eures ältesten Sohnes zu ruinieren, was Euch beunruhigen sollte.“

„Mein – mein Sohn?“ Ihr geschminktes Gesicht verblasste, und zum ersten Mal, seit sie den Salon an seinem Arm betreten hatte, sackten ihre Schultern herunter. Furcht und Zweifel zeigten sich in ihren blauen Augen und klangen in ihrer Stimme mit. „Alphonse? Ihr würdet ihn ruinieren? Aber – aber er – er ist Euer direkter Cousin und bester Freund! Ihr würdet ihn verletzen, um Euch an mir zu rächen? Wirklich?"

„Obwohl ich echtes Bedauern empfinden würde, weil ich Alphonse aufrichtig schätze", gestand der Herzog ruhig, „würde es mich nicht davon abhalten, mich in seine gewählte Lebensweise einzumischen. Die Antwort ist also ja, er wird leiden müssen. Aber nur, wenn Ihr einen Schritt von dem Weg abweicht, auf den ich Euch zu schicken im Begriff bin."

„Prahlerei! Ich bin mir der unnatürlichen Neigungen meines Sohnes sehr wohl bewusst", argumentierte sie und versuchte, seinen Worten keinen Glauben zu schenken und das Gespräch wieder zu lenken. „Wir – er und ich – haben uns vor langer Zeit arrangiert. Er bleibt bei seinem Regiment, und ich kümmere mich ohne seine Einmischung um die Familienangelegenheiten hier am Hof. Das ist uns beiden recht."

„Ich spreche nicht von seinen sexuellen Neigungen", antwortete der Herzog mit einem ungeduldigen Seufzen. „Mit wem er ins Bett geht, ist mir völlig gleichgültig. Obwohl ... ich fürchte, es *würde* für Louis eine Rolle spielen. Euer König ist in seinen Neigungen und Vorlieben eher wenig weltmännisch. Ich bezweifle, dass er die Nachricht gut aufnehmen würde, dass einer seiner höchstdekorierten Generäle seine Nächte damit verbringt, seinen goldhaarigen Adjutanten zu beschlafen."

„Gerade, weil *Sa Majesté* so ist, wird er niemals glauben, dass die Neigungen von Alphonse, *duc du Touraine*, von seinen eigenen abweichen."

„Wenn ich es ihm sage, wird er es glauben."

„Und damit wollt Ihr mir drohen?"

„Nein. Ich habe lediglich Tatsachen festgestellt. Aber wenn Louis davon erführe, würde er Alphonse aus dem Feld zurückrufen, und das wäre das Ende seiner Militärkarriere. Was für eine Verschwendung eines brillanten taktischen Verstandes! Louis würde ihn wahrscheinlich zu Hofe zitieren, und *M'sieur le duc du Touraine* als Oberhaupt seiner Familie würde gehorchen müssen. Er verabscheut Versailles und all seine kleinen Intrigen. Damit würdet Ihr keine Rolle mehr spielen. Aber Ihr könntet euch gegenseitig trösten ..."

„Na schön!", knurrte sie, schniefte und senkte dann ihre Stimme, um zu brummen: „Was wollt Ihr von mir?"

„Als Mutter des *duc du Touraine* sollte Eure erste Treue ihm und seinem Haus gelten, nicht Eurem Neffen, obwohl er das Oberhaupt des Hauses Salvan ist. Was Ihr zu tun habt, ist das, was Ihr in dem Moment hätten tun sollen, als der *comte* vom Hof verbannt wurde."

„Ihr wollt, dass ich dem *comte de Salvan* meine Unterstützung entziehe und ihm den Rücken kehre."

„Na also! Ihr begreift schnell! Mit einem Wort: ja. Und ...?"

Als sie ihn verwirrt anstarrte, hob er eine Augenbraue und wartete. Sie verstand, räusperte sich und sagte leise, ein leichtes Zittern im Ton:

„*M'sieur le duc* hat mein Wort, dass ich und meine Familie den *comte de Salvan* in keiner Weise mehr unterstützen werden. Die Familie Salvan und das Haus Touraine werden auch ihre Bemühungen einstellen, den *comte de Salvan* in seine vererbbaren Hofämter zu rehabilitieren." Sie blickte zu ihm auf und fügte hastig hinzu: „Heißt das, Ihr werdet Montbelliard als Salvans Erben anerkennen?"

„Warum sollte ich das tun?

„Warum? Warum nicht?"

„Kommt schon, Tante! Ihr könnt nicht erwarten, dass ich Salvan einen Hoffnungsschimmer gebe, dass sein Titel nach ihm weiterleben wird, oder?"

„Aber eines Tages wird Montbelliard den Titel erben; mit oder ohne Eure Unterstützung."

„Und da habt Ihr Eure Antwort."

„Aber seht Ihr nicht, dass, wenn *Sa Majesté* ihn jetzt offiziell als Salvans Erben anerkennen würde, er ihm auch erlauben würde, das durch Salvans Verbannung frei gewordene Hofamt zu besetzen? Montbelliard könnte dann über das erbliche Einkommen verfügen und ..."

„... Ihr würdet wieder zur Hohepriesterin der Käuflichkeit?"

Als sie ihn hoffnungsvoll ansah, denn die Ironie war an sie verschwendet gewesen, ließ er seine Vorsicht so weit sinken, dass er zischte: „Nach dem, was dieses Monster meiner Frau mit Eurer Duldung angetan hat, und nach dem, was Ihr heute versucht habt, ist Eure Erwartung wie Euer Urteil völlig fehl am Platz."

Die Heftigkeit in seinem Ton ließ sie einen Schritt zurücktreten. Aber sie war nicht verstört genug, um nicht mit einer Spur von Hoffnung weiterzufragen.

„Was wäre, wenn – was wäre, wenn Salvan tot wäre?"

„Tot? Für mich ist er tot. Leider atmet er noch. Mir wurde gesagt, er sei bei bester Gesundheit und guter Laune. Die Landluft und ihre Produkte tun ihm sehr gut, und so hat er jede Erwartung, noch zehn, zwanzig, dreißig oder mehr Jahre zu leben. Er wird Euch überleben.“

Sie trat näher, damit sie flüstern konnte.

„Aber wenn er tot wäre, dann würdet Ihr Montbelliard anerkennen.“

„Montbelliard würde den Titel erben, und Louis würde ihn bei Hofe empfangen. Eure Frage ist also sinnlos.“

„Aber Ihr würdet ihm nicht im Weg stehen?“

„Nein.“

Sie stieß einen kleinen, erleichterten Seufzer aus und nickte.

„Madam, Ihr habt mir Euer Wort gegeben und jetzt hat Eure Familie alle Verbindungen zu Eurem Neffen in Limoges abgebrochen, es wird keine Besuche und keine Korrespondenz geben. Er ist aus gutem Grund ein Gefangener in seinem Schloss und soll von allen so behandelt werden. Habt Ihr mich verstanden?“

„Ja.“

„Und es gibt noch eine andere, von der Ihr und Eure Familie Euch distanzieren werdet.“

„Natürlich“, antwortete sie tonlos. „Die *comtesse Duras-Valfons* wird für uns nicht länger existieren.“

Er streckte seine Hand aus, die mit dem großen smaragdgrünen herzoglichen Ring im Quadratschliff, nicht um ihr die Hand zu schütteln, wie Gentlemen es zu tun pflegen, um einen Handel zu besiegeln, sondern wie man es bei einem Vasallen tut, der Treue schwören soll.

„Schwört es, *Madame*.“

Sie schaute zu ihm hoch. Er starrte sie an und wartete. Sie wusste, was er von ihr erwartete – absoluten Gehorsam – und sie wusste, was sie tun musste, um ihm das zu beweisen. Sie nahm seine Fingerspitzen, beugte sich vor und küsste den herzoglichen Ring. Sie brachte die Worte kaum heraus, aber sie schaffte es.

„Ich schwöre bei meinem Leben und dem Leben meines Sohnes Alphonse, *duc du Touraine*, und seiner Erben.“

„Ich akzeptiere Euer Wort, *Tante*. Aber solltet Ihr jemals von dem Weg abweichen, den ich Euch gewiesen habe, bedenkt Folgendes: Alphonse wird per anonymem Kurier das Briefpaket zwischen Euch und Eurem Bruder erhalten, das Euch beide mit dem Verschwinden und dem Tod eines gewissen Sébastien Laval in Zusammenhang bringt …“

„Ich kenne diesen Mann nicht ...“

„Er war kein Mann“, höhnte der Herzog. „Er war ein Jüngling – das waren sie beide. Für Euren Sohn die Liebe seines Lebens. Als Alphonse sich weigerte, bei dem Mädchen, das er zu heiraten gezwungen wurde, seine Pflicht zu tun, habt Ihr Sébastien Laval entführen, in die Armee pressen und auf ein Schiff nach Amerika bringen lassen, und er wurde nie wieder gesehen. Der Brief, den er Alphonse hinterlassen hat, der Brief, der Eurem Sohn das Herz gebrochen hat, wurde ihm unter Zwang diktiert. Ihr und Euer Bruder habt darauf geachtet, auf Distanz zu bleiben. Außer Euren Briefen an den jeweils anderen gibt es nichts, was auf Eure Beteiligung an Lavals Verschwinden hindeuten könnte. Alphonse verbrachte Jahre damit, Männer in allen Himmelsrichtungen Frankreichs und darüber hinaus nach Laval suchen zu lassen. Ich war bei ihm, als er endlich die Nachricht erhielt – die Nachricht, dass Laval im Dschungel eines weit entfernten kolonialen Außenpostens an der Ruhr gestorben war. Die Nachricht brach ihm erneut das Herz. Aber Eure Reaktion – *mon dieu*, das war etwas völlig anderes! Es steht alles dort schwarz auf weiß, geschrieben in Eurer Handschrift. Ihr hättet nicht glücklicher sein können und habt Euch über Lavals Tod gefreut wie ein triumphierender eifersüchtiger Liebhaber!“

„Alphonse brauchte einen Erben. Wir haben getan, was für das Überleben des Herzogtums notwendig war!“

„Alphonse hat drei Brüder, und alle haben große Familien hervorgebracht. Alphonse tat seine Pflicht und seine Frau schenkte ihm schnell hintereinander vier Töchter und starb jung. Er wird nie wieder heiraten, also wird er nie einen Sohn haben und somit auch keinen direkten Erben. Wenn er diese Korrespondenz lesen würde, bezweifle ich, dass er Eure Handlungen in seinem Namen als mütterliche Hingabe betrachten wird, oder?“

„Nicht einmal Ihr würdet so tief sinken!“

„Um meine Frau und meinen Sohn zu beschützen ...?“ Der Herzog vollführte eine prachtvolle Verbeugung vor ihr. Als er sich aufrichtete, war kein Lächeln zu sehen und seine Augen waren tot. „Für sie würde ich bis in die Feuer der Hölle sinken.“

Sie blinzelte ihn an und zitterte, ihr fehlten die Worte. Sie glaubte ihm.

ZWANZIG

Als Antonia das kleine Dachzimmer betrat, wurden vier ihrer fünf Sinne über das Erträgliche hinaus angegriffen. Das Zimmer war dunkel und kalt, es stank und ein Baby weinte. Aber während Elisabeth-Louise, Giselle und Gabrielle zurück in den Gang flohen, presste Antonia eine Hand vor Nase und Mund und stürmte entschlossen hinein in die Dunkelheit. Was sie entdeckte, entsetzte sie so sehr, dass ihr eigenes Unbehagen und ihr Ekel sofort vergessen waren, ebenso wie die Tatsache, dass das brüllende Kind der Sohn der ehemaligen Geliebten ihres Mannes war und sehr wohl auch seiner sein könnte.

In einer Ecke des engen, schlecht belüfteten Raums saß eine alte Frau auf einem niedrigen Hocker, einen Arm ausgestreckt, der ein hölzernes Kinderbett wiegte, den Blick zu Boden gerichtet. Ein schilfdünnes Mädchen in fadenscheinigen Röcken beugte sich über das Kinderbett und schnitt Grimassen über seinen winzigen schreienden Bewohner, während es versuchte, diesen am Sauger einer Babyflasche saugen zu lassen. In einer Ecke neben einem Eimer war ein Haufen schmutziger Wäsche aufgehäuft. Es gab keinen Kamin, und das kleine Fenster war mit so viel Staub bedeckt, dass kein Vorhang nötig war, außer, um die Kälte abzuwehren.

Antonia marschierte geradewegs auf die Wiege zu. Die alte Frau hörte nicht auf, sie zu schaukeln, und das magere Mädchen hörte nicht auf, Grimassen zu schneiden. Es war, als wäre Antonia gar nicht da, und in ihr kam die Frage auf, ob die Familie hier ihre Idioten eingesperrt hätte. Sie riss dem Mädchen die Babyflasche aus der Hand, roch kurz an dem undichten Sauger und erkannte, dass das Mädchen versucht hatte, den Säugling zu beruhigen, indem es ihm starken Alkohol zu trinken gab. Sie war außer sich vor Wut.

„Mon dieu, pauvre petit bébé", murmelte sie und blickte auf das verzweifelte Kind hinunter. „Weine nicht so, *mon petit chou"*, sagte sie mit der beruhigenden Stimme, die sie bei ihrem eigenen Sohn benutzte. „Bald haben wir dich warm, trocken und satt. Das verspreche ich dir."

Das Gesicht des Säuglings war verzerrt und dunkelrot. Er war fest gewickelt, ein winziger Körper, bewegungslos gefesselt durch Leinenstoffstreifen, die um seine Glieder und seinen Oberkörper und über seinen Kopf gewickelt waren, so dass er sich überhaupt nicht bewegen konnte, und alles, was man sah, waren seine Gesichtszüge.

Richtig gewickelt zu sein, war keine so schlechte Sache, und die meisten Babys fühlten sich durch die Behaglichkeit solcher Wickel getröstet. Obwohl Antonia ihren Sohn nicht so wickeln ließ, weil ihr Vater die Praxis in seinem Krankenhaus für alle außer den schwächsten Säuglingen abgelehnt hatte, denn er pflegte zu sagen, dass Mütter und Krankenschwestern dazu neigten, faul zu werden und ihre Säuglinge nicht oft genug frisch windelten.

Antonia betrachtete dieses Kind in seiner Holzwiege und vermutete, dass dies einer der Gründe für seine Not war. Seine Wäsche war durchnässt und sie hätte sich nicht gewundert, wenn er sich auch mehrfach beschmutzt hätte, so übel war der Gestank.

„Wo ist seine Amme?", wollte Antonia von der alten Frau wissen und blickte dann zu dem Mädchen, das sich in eine Ecke zurückgezogen hatte, die Hände vors Gesicht gehoben. „Seine Amme? Wo ist sie?"

„Hungrig. Ich habe kein Brot", murmelte die alte Frau. „Habe kein Brot. Hungrig."

„Steh auf! Zeigt den gebührenden Respekt!", forderte Gabrielle und kam, um sich hinter Antonias Rücken zu stellen. „Das ist *Madame la duchesse de Roxton*, du Tölpel!"

Die alte Frau blieb sitzen. Aber taub war sie nicht. Sie blinzelte Gabrielle an, die ihren Mund und ihre Nase wieder mit einer Handvoll ihrer Röcke bedeckt hatte, und schielte dann zu Antonia. Sie musterte sie von oben bis unten und stieß ein zahnloses Gackern aus, als ob man ihr einen großartigen Witz erzählt hätte. „Wenn eine Fee eine Herzogin ist, dann bin ich Königin aller Brote!"

„Wir werden nichts Vernünftiges aus ihr oder diesem Mädchen herausbekommen", murmelte Antonia und ging in den Durchgang, um Elisabeth-Louise und ihre Zofe zu befragen.

„Seid Ihr sicher, dass der Säugling in diesem Raum das Kind von *Madame Duras-Valfons* ist?"

„Ja, *Madame la duchesse*", antwortete Elisabeth-Louise, ohne zu zögern.

„Wie könnt Ihr da sicher sein?"

Verwirrt sah das Mädchen Giselle an, bevor es selbstbewusst sagte: „Es ist das einzige kleine Kind in diesem Haus, *Madame la duchesse*."

„Das sagt mir nicht, dass es der *comtesse* gehört. Wie könnt Ihr sicher sein, dass es ihres ist? Wurde es in diesem Haus geboren?"

„Nein, *Madame la duchesse*", antwortete Elisabeth-Louise. „Die *comtesse* hat es auf dem Weg nach Fontainebleau in der Obhut meiner Großmutter gelassen."

„Das bedeutet nicht, dass das Baby in diesem Raum von ihr geboren wurde", argumentierte Antonia. „Unerwünschte Babys können für eine *écu* in jeder Seitenstraße in Paris gekauft werden."

„Aber so zu tun, als hätte man ein Kind geboren ... Um dann einen Säugling zu kaufen und ihn als den eigenen auszugeben ... Das wäre sicherlich eine Todsünde!", sagte Elisabeth-Louise entsetzt.

„Das weiß ich nicht, aber ich kenne *Madame Duras-Valfons* dem Ruf nach", sagte Antonia. „Sie ist nicht der Typ, der sich um ihre Sünden sorgt, ob Todsünde oder nicht. Ich brauche Beweise, dass dieser Säugling wirklich ihrer ist ..."

„*Madame la duchesse*! Ich weiß etwas", unterbrach Giselle verlegen, denn was sie wusste, hatte sie beim Lauschen erfahren. „Ich hörte, wie die *comtesse* zu *Madame Touraine-Brissac* sagte, dass, wenn sie zurückkehren würde, um ihren Sohn abzuholen, das Erste, was sie tun würde, wäre, hinter sein linkes Ohr zu schauen, um sicherzustellen, dass er ihr gehörte und kein Wechselbalg wäre! Er hat dort einen Storchenbiss. Ich dachte, sie scherzt, aber alle Scherze haben etwas Wahres an sich, nicht wahr?"

„Allerdings! *Merci*", antwortete Antonia. „Wir werden nach dem Muttermal suchen, wenn er gewaschen ist und sich beruhigt hat. Aber unsere erste Aufgabe ist es, ihn am Leben zu erhalten. Er ist in *jeder* Hinsicht in einem sehr schlechten Zustand. Ich habe kein Vertrauen in die

abwesende Amme. Wenn sie existiert, könnte sie eine weitere Schwachsinnige sein, denn warum hat sie ihn mit diesen beiden allein gelassen? Gabrielle, schicke einen unserer Lakaien, um Cecile oder Celeste zu holen, wer
auch immer bereit und willens ist, zu dieser Stunde zu füttern. Lass sie in
meinem Tragstuhl herbringen. Es wird schneller sein, als den Wagen hin
und her zu schicken. Wir werden ihm morgen eine eigene *nourrice*
besorgen.“

Gabrielle knickste kurz und zögerte dann und sagte in einem Flüstern
in Antonias Ohr: „*Madame la duchesse*, wenn er wirklich das Kind der
comtesse ist – oder selbst wenn er es nicht ist – dann wäre es sicherlich das
Beste, sein Schicksal in Gottes Händen zu lassen?“

Antonia schreckte zurück.

„Du denkst, ich sollte die Tür schließen und weggehen? Nein! Nein! Er
ist unschuldig. Und jetzt, da wir hier sind und ich von ihm weiß, darf ich
nicht zulassen, dass er in der Obhut von unfähigen Leuten leidet. Du hast
zu tun, was ich dir gesagt habe. Oder, wie ich dir immer sage, es steht dir
frei, mich zu verlassen …“

„Niemals, *Madame la duchesse*! Niemals. Ich werde bei Euch bleiben –
für immer.“

Antonia lächelte. „Wie ich es mir dachte! Jetzt lauf! Wir haben genug
Zeit verschwendet! *Allez–y! Dépêche-toi!*“

„Wie können wir helfen, *Madame la duchesse*?“, fragte Giselle eifrig.

„Findet mir ein Tuch, in das ich ihn einwickeln kann; ich habe vor, ihn
in das *petit apartement* zu bringen“, sagte Antonia zu Giselle. „Und er wird
frische Windeln und mehr Decken und ein Hemdchen brauchen.“

Als Giselle einen Knicks gemacht hatte und den Durchgang hinunter
zum Dienstbotenquartier huschte, wandte sich Antonia an Elisabeth-
Louise.

„Ihr müsst die Haushälterin suchen. Wir brauchen ein Feuer im
Kamin des *petit apartements*. Und wir brauchen ein Dienstmädchen, das
eine Sitzwanne und warmes Wasser bringt …“

„Vielleicht weint er, weil er krank ist?“, unterbrach sie Elisabeth-
Louise, rang die Hände, und tränenüberströmte Blicke schweiften über
Antonias helles Haar in den Raum. „Wenn wir uns ihm nähern, könnte er
uns auch krank machen.“

„Alle Babys weinen, wie Ihr bald herausfinden werdet“, antwortete
Antonia verärgert. „Und dieses wird aufhören zu weinen, wenn es nicht

mehr hungrig und nass ist und friert. Aber es *wird* krank werden, wenn Ihr nicht tut, was ich verlange, und die Haushälterin holt ...“

„Es tut mir leid, *Madame la duchesse*, aber ich war noch nie in diesem Teil des Hauses. Ich wüsste nicht, wo ich suchen sollte, und würde mich verlaufen und – ich glaube auch, dass mir gleich übel wird!“

„Hier ist eine Decke, *Madame la duchesse*!“, verkündete Giselle und kehrte mit einer dünnen Steppdecke und einem Dienstmädchen auf den Fersen zurück. „Das ist Danielle. Sie ist ein vernünftiges Mädchen.“

„Gott sei Dank für vernünftige Mädchen“, murmelte Antonia. Sie lächelte das Mädchen an. „Danielle, du musst die Haushälterin suchen“, und wiederholte, was sie von Elisabeth-Louise verlangt hatte. Als das Hausmädchen den Gang hinuntergelaufen war, sagte Antonia zu Giselle: „Ich werde Eure Hilfe mit dem Baby brauchen.“

„Natürlich, *Madame la duchesse*.“

„Giselle! Giselle! Du kannst mich nicht allein lassen! Mir wird gleich schlecht“, verkündete Elisabeth-Louise unter Tränen.

„Dann müsst Ihr Euch allein übergeben“, erwiderte Giselle und folgte Antonia zurück in das Dachzimmer.

ALS GABRIELLE in das *petit apartement* zurückkehrte, fand sie es voller Geschäftigkeit, mit einem Feuer, das im Kamin loderte, und mehr Licht. Giselle kümmerte sich um ihre junge Herrin, die mit einem Umschlag auf der Stirn auf dem Bett in der Nische lag; die Herzogin schritt durch den Raum zwischen der Tür und dem Tisch und den Stühlen hin und her, eine wärmende Decke um ihre Schultern gelegt; zwei Dienstmädchen mit einer älteren Frau knieten an einer Sitzwanne und badeten so schnell wie möglich einen Säugling, dessen gequälte Schreie jeden im Raum schmerzten.

„Es ist erledigt, *Madame la duchesse*“, verkündete Gabrielle schnaufend. „Der Lakai hatte keine Probleme, sich ein Pferd auszuleihen, als der Stallbursche seine Livree erkannte! Also sollten sie bald hier sein.“

„Ich denke, die Zeit läuft uns davon“, argumentierte Antonia traurig in Bezug auf das Kind, das jetzt getrocknet wurde. „Wir wissen nicht, wann er das letzte Mal gefüttert wurde. Seinem Geschrei nach zu urteilen, muss es einige Zeit her sein.“

„Macht Euch keine Sorgen, *Madame la duchesse*. Die *nourrices* aus dem Morvan werden früh genug hier sein, und dann wird er aufhören zu weinen. Seine kleine Lordschaft gibt sofort Ruhe, sobald er an der Brust liegt. Die Stille, die folgt ...“ Gabrielle seufzte und lächelte. „... ist ein kleines Wunder.“

„*Mon dieu*. Ich bin der Dummkopf!“, verkündete Antonia und schnappte nach Luft, als ein Gedanke ihr gerade in den Sinn kam. Sie ging zum Kamin, warf die Decke ab und knöpfte dann ihre bestickte Seidenjacke auf. „Gabrielle! Hole mir einen Stuhl, dann hilf mir, das hier auszuziehen.“ Nachdem sie die Jackenknöpfe geöffnet hatte, löste sie rasch die Schleife und schnürte die Vorderseite eines Schlupfmieders auf. Und als Gabrielle ihr aus der Jacke geholfen hatte, setzte sie sich auf den Stuhl am Feuer und löste die kleine Satinschleife, die den Ausschnitt ihres dünnen Baumwollhemds über ihren Brüsten zusammenhielt. Schließlich schaute sie auf. „Bring ihn zu mir!“

Gabrielle zögerte entsetzt. „*Madame la duchesse*, wir wissen nichts über dieses Kind! Was würde *M'sieur le duc* sagen, wenn er wüsste, dass seine Herzogin einen Säugling an die Brust gelegt hat, der der Sohn von – der es sehr wohl sein könnte – wir wissen nichts darüber!“

„Wir wissen, dass er halb verhungert ist. Es ist also unwichtig, was Monseigneur denken würde“, antwortete Antonia mit einem kleinen Seufzer. „Für dieses Kind bin ich lediglich eine Nahrungsquelle, und *M'sieur le duc* würde mir darin zustimmen.“

„Und wenn man daran denkt, dass Ihr seine kleine Lordschaft auch fast von Eurer Brust entwöhnt hattet“, sagte Gabrielle traurig.

„Auch das ist für dieses Kind unwichtig.“

„Ja, *Madame la duchesse*.“

Während Gabrielle das Kind holte, war es Giselle, die alles für Antonias Bequemlichkeit arrangierte. Sie legte eine gefaltete Decke zur Polsterung über den Arm des Stuhls, legte eine weitere für das Kind in Antonias Schoß und drapierte die Decke um die Schultern der Herzogin, um die Kälte abzuwehren.

Ein jammerndes, aber geschrubbtes, sauberes Baby, lose in eine weiße Leinenhülle gewickelt, wurde Antonia in die Arme gelegt.

„Vielleicht war es doch das Schicksal, das uns heute hierhergebracht hat“, sinnierte Antonia und wandte sich sanft an das verzweifelte Bündel in ihren Armen. „Komm, komm!“, beruhigte sie es, als das Kind seinen Kopf der Wärme ihres Körpers zuwandte und instinktiv nach dem suchte, wonach er sich sehnte, um seine Schmerzen zu beenden, seine Schreie wurden unterbrochen von hungrigem Wimmern. „Hier ist es. Pst. Ganz ruhig. Weine nicht mehr", gurrte sie und half ihm, die Brust zum Saugen zu finden. „Du kannst so viel haben, wie du willst und mehr. Ich verspreche es dir."

Alle in dem *petit apartement* außer Gabrielle kamen fasziniert näher, als wäre dies das erste Baby, das sie jemals an der Brust einer Frau gesehen hatten, die nicht die Mutter des Säuglings war. Für Elisabeth-Louise war dies sicherlich wahr, und sie stützte sich auf einen Ellbogen auf das Bett, Kopfschmerzen vergessen, als sie mit großen Augen ungläubig beobachtete, wie eine Herzogin einen Säugling mit ihrer eigenen Brust nährte. Es war eine Offenbarung.

Aber für die Dienstmädchen, für arbeitende Frauen, deren Säuglinge weggeben wurden, um von Frauen gestillt zu werden, die gewöhnlich nicht ihre Mütter waren, war daran nichts Neues. Wie hätten sie sonst weiterarbeiten können? Was ungewöhnlich war, was sie in seinen Bann zog, war, eine Adlige zu sehen, die ein Kindchen stillte; das war ein einmaliger Anblick. Solche behütet aufgewachsenen Geschöpfe in Seide und Samt – die eine feine Welt bewohnten, in der alle anderen alles für sie taten – die stillten keine Säuglinge. Adlige waren zu zart, zu fein, zu edel, um etwas so Erdverbundenes zu tun, wie Milch aus ihren Brüsten zu produzieren. Ihre Babys wurden weit ins Land geschickt, sobald sie geboren wurden, um von robusten Bauersfrauen gestillt und erzogen zu werden, und wenn sie überlebten, wurden sie viele Jahre später zu ihren Eltern zurückgebracht. Oder so hatte bis jetzt jeder im *petit apartement* geglaubt! Es war auch für sie eine Offenbarung.

Als das Kind endlich zufrieden war, legte sich ein Frieden über den Raum, der einen unbewussten kollektiven Seufzer der Erleichterung hervorrief. Dies ließ Antonia auf- und sich umschauen. Als die Frauen schnell wegschauten und ihren Geschäften nachgingen, unterdrückte sie ein Lächeln und tat so, als würde sie es nicht bemerken. Sie wandte sich an Gabrielle.

„Bitte schicke nach *café au lait*." Und Elisabeth-Louise, die nicht weggeschaut hatte, sondern den Säugling immer noch fasziniert anstarrte, fragte sie: „Hat er einen Namen?"

„Er heißt Robert, *Madame la duchesse*", antwortete Giselle. „Ich habe gehört, wie *Madame Duras-Valfons* ihn bei *Madame Touraine-Brissac* so genannt hat."

„Robert? Was für ein feiner, robuster Name für jemanden, der so kräftig schreien kann, *mon petit chou*", lächelte Antonia und wandte sich an das Kind, dessen Händchen einen ihrer Finger umklammerten. „Und deine Mama, sie wird erfreut sein zu sehen, dass du nicht gegen einen anderen ausgetauscht wurdest. Dieses Muttermal hat in der Tat die Farbe einer Erdbeere. Aber mit der Zeit, wenn dein Haar wächst, wird es niemand sehen." Sie schaute auf und wandte sich an den Raum und sagte gelassen: „Jetzt, da Robert sich beruhigt hat, ist es an der Zeit, die Tür auf der Treppe zu öffnen, denn wer auch immer dagegen schlägt, wird sie sicherlich aufbrechen."

„Erlaubt mir, *Madame la duchesse*", sagte Martin Ellicott ruhig.

Ohne auch nur einen Blick auf die Herzogin zu werfen, deren grüne Augen sich überrascht weiteten, ging er an den erschrockenen Frauen vorbei – die alle mit dem aufgehört hatten, was sie taten, um diesen männlichen Fremden anzustarren, der zu ihnen kam – und ging durch den Raum zum Treppenhaus. Niemand sagte ein Wort, obwohl sich alle fragten, wie lange er schon dort gestanden haben mochte. Alle dachten, sie könnten nicht erstaunter sein. Dann trat aus den Schatten, die zu dem Dienstbotengang führten, von wo aus er erschienen war, ein anderer. Niemand blieb im Unklaren über die Identität dieses prachtvoll gekleideten Gentlemans, als Antonia glücklich ausrief:

„*M'sieur le duc*! Was für eine entzückende Überraschung! Ich bin so glücklich, dass du mich gefunden hast!"

EINUNDZWANZIG

Einige Zeit zuvor hatte Martin Ellicott Sophie befragt, das junge Dienstmädchen, dem befohlen worden war, am Eingang des Treppenhauses zu stehen, das zum Entresol führte, und kein Wort über den Verbleib von *Madame la duchesse de Roxton* zu sagen. Das Mädchen blieb gehorsam und erwähnte die Herzogin nicht und entschuldigte sich bei Martin, dass sie die Tapetentür nicht öffnen könnte, weil sie von innen verriegelt worden war. Zu diesem Zeitpunkt trat Lord Vallentine auf und verlangte, den Aufenthaltsort der Herzogin zu erfahren.

Martin fing an, alles zu erklären, als Vallentine ihm sagte, er solle es ihm überlassen. Er wüsste, wie man mit widerspenstigen Untergebenen umzugehen hatte. Er würde das Mädchen zum Reden bringen, auch wenn sie keine Zunge besäße, und er würde die Tür *subito* geöffnet bekommen, oder er würde das Nächstbeste tun und sie aufbrechen lassen. Ob er es selbst tun oder ob er Männer mit Spitzhacken daran stellen müsste, er würde Zugang zu allem bekommen, was hinter dieser Tür war!

Das junge Dienstmädchen brach in Tränen aus und sank am Boden zusammen. Ein vorbeikommender Lakai kam heran, um herauszufinden, was los war. Ein anderer schloss sich ihm an. Und dann stürmte ein Zimmermädchen aus dem größeren Salon herbei, in dem sie zu den Dienstboten gehört hatte, die dem Hausarzt behilflich waren. Und während sie sich um Sophie kümmerte, hörten die beiden Lakaien aufmerksam Lord Vallentines Forderungen an.

Martin versuchte, seine Lordschaft zu unterbrechen und ihm zu sagen, dass es einen anderen Weg gäbe, aber Lord Vallentines Wut war so groß, dass er keine Lust auf Alternativen hatte, bei denen es nicht darum ging, etwas zu zerstören. Also ließ Martin ihn die Lakaien beschimpfen, Antworten auf Fragen fordern, die sie unmöglich beantworten konnten, und ging, um mit dem Herzog zu sprechen.

Zufällig hatte sich Roxton gerade von seiner alten Tante getrennt, sie kehrte in den größeren Salon zurück, während er auf der anderen Seite des Raumes als interessierter Zuschauer der Ereignissen blieb, die sich an der verriegelten Tapetentür abspielten. Er gesellte sich nun zu Martin in der Mitte des Raumes, unter dem Kronleuchter.

„Erlaube mir zu raten. Du hast die Herzogin verloren", witzelte der Herzog.

Es wurde im Scherz gesagt, aber als Martin erbleichte, erstarb das Lächeln in den Augen des Herzogs und er presste seine Lippen zusammen, um auf weitere Erklärungen zu warten.

„Nicht verloren, Euer Gnaden", antwortete Martin unbeholfen und auf Englisch, so dass ihr Gespräch privat blieb. „Ich glaube, ich kenne den Aufenthaltsort Ihrer Gnaden. Aber um mit dem geringsten Aufwand in diesen Raum zu kommen …"

„… ohne dass Vallentine die Tür aufbricht?"

„… wird es erforderlich sein, dass wir uns durch die Dienstbotengänge bewegen."

„Und du kennst deinen Weg durch diesen Teil dieses Hauses?"

„Ja, Euer Gnaden. In vielen solchen Häusern."

Keiner von ihnen erwähnte das Offensichtliche: Dass Ellicott den Herzog im Laufe der Jahre zu vielen adeligen Häusern begleitet hatte; einige waren die Häuser seiner Verwandten und Freunde, viele waren die Residenzen seiner verschiedenen Geliebten. Und während sein Herr oben beschäftigt war, wartete Ellicott im Dienstbotentrakt auf ihn.

„Natürlich", antwortete der Herzog ruhig. „Geh voran, und ich werde folgen."

Martin zögerte. „Sollten wir Lord Vallentine informieren …"

„Und ihm den Spaß verderben? Ich könnte nicht so rücksichtslos sein."

Martin unterdrückte ein Lächeln, drehte sich auf dem Absatz um und verließ den Salon unter den Rufen von Lord Vallentine, der drohte, den nächsten Kerl auszuweiden, der es wagte, Unwissenheit über den Aufenthaltsort von *Madame la duchesse de Roxton* vorzutäuschen.

DER HERZOG ERSPÄHTE einen leeren Stuhl am Tisch und brachte ihn zum Kamin, wo Antonia saß, hob seine Rockschöße und setzte sich neben sie. Wenn er noch jemanden in dem engen, spärlich eingerichteten Zimmer bemerkte, dann nur flüchtig. Er brauchte einen Moment, um Worte zu finden – Antonias unverhohlene Freude, ihn zu sehen, versäumte es nie, seine Kehle trocken und vor Rührung eng werden zu lassen. Nur dieses Mal war er doppelt betroffen, weil sie es auch geschafft hatte, ihn durch ihre selbstlose Tat sprachlos zu machen, und er wurde selten von irgendjemandem oder irgendetwas auf diese Weise bewegt.

„Das Entzücken ist ganz meinerseits, *mignonne*", brachte er schließlich heraus, räusperte sich, die Augen hell und mit einem Lächeln, das nur für sie war. Er fummelte nach seinem Augenglas, und mit einer Hand, die kaum aufhören konnte zu zittern, hob er es zu einem Auge, das er dann auf ihren entblößten Busen richtete. „Bist du – äh – von zu Hause weggelaufen, um einer Berufung zu folgen?"

Antonia seufzte tief und verdrehte die Augen. „Es ging nicht anders, Monseigneur. Es tut mir leid ..."

„Dass du weggelaufen bist? Oder weil du eine Arbeit angenommen hast?"

„Dummchen! Weder – noch. Ich bin *nicht* weggelaufen, und nach meinen Klagen dir gegenüber, glaubst du ehrlich, dass *dies* eine Berufung ist, die ich wählen würde?"

Er lächelte und ließ das Augenglas fallen.

„Dann gibt es nichts, wofür du dich entschuldigen müsstest."

Sie schaute das zufrieden nuckelnde Kind an, und zum ersten Mal, seit sie den Dachboden betreten und dieses Baby unter solch schrecklichen Bedingungen gefunden hatte, überwältigten sie schließlich die Emotionen. Tränen stiegen in ihre Augen.

„Ich musste mich um ihn kümmern – es gab sonst niemanden! Wenn ich es nicht getan hätte ..."

Er drückte sein sauberes Leinentaschentuch zwischen ihre Finger und lehnte sich zurück.

„Es ist nur natürlich, da du selbst Mutter eines Säuglings bist, dies tun zu wollen."

Sie trocknete ihre Augen und nickte, drehte sich um, um ihn anzulächeln und sagte seufzend: „All das spielt keine Rolle, jetzt bist du ja hier."

Er erwiderte ihr Lächeln und sagte nach ein paar Augenblicken leise: „Danke."

„Wofür, Monseigneur?"

„Du machst mich demütig, und das brauche ich manchmal."

Antonia kicherte und streckte ihm die Hand hin. „Renard, sei nicht absurd! Es gibt nichts Demütiges an dir, und das ist auch gut so!"

Er zog ein Gesicht, zwinkerte und nahm ihre Hand, um sie festzuhalten.

Als sie ängstlich abgelenkt in Richtung Treppenhaus schaute, sagte er auf Englisch: „Ich sagte Martin, er solle so lange wie möglich warten, bevor er den Riegel aufschiebt, erst kurz bevor Lucian mit einer Axt an die Tür geht. Es wird uns ein paar Momente für ein *tête-à-tête* geben. Ah!", fügte er hinzu und kehrte zur französischen Sprache zurück, als sich zwei Dienstmädchen näherten, „und damit du die Zeit hast, deinen *café au lait* in Ruhe zu trinken."

Es war Giselle, die das Tablett mit den Kaffeesachen auf einen kleinen Tisch stellte, den ein Dienstmädchen vor das herzoglichen Paar geschoben hatte. Und es war Gabrielle, die den Kaffee so zubereitete, wie Antonia ihn mochte und ihr die Schale ohne Untertasse reichte. Hinter all dem stand Elisabeth-Louise herum, die entschlossen war, dass die Herzogin ihre missliche Lage nicht vergessen sollte; obwohl sie genug Ehrfurcht vor dem Herzog hatte, um stumm zu bleiben. Sie näherte sich dem herzoglichen Paar mit niedergeschlagenen Augen und machte einen Knicks.

„Elisabeth-Louise, wenn Ihr das nächste Mal Eure Schwester besucht, die in der Villa neben unserer wohnt, könnt Ihr beide mich gerne besuchen", sagte Antonia freundlich. „Aber jetzt müsst Ihr Euch wieder Eurer Großmutter anschließen, bevor auch sie einen Suchtrupp schickt, um Euch zu finden!"

Elisabeth-Louise machte einen Knicks. „Ich danke Euch, *Madame la duchesse*. Das werde ich tun! Ich werde Euch mit Michelle besuchen. Ich danke Euch! Danke ...."

„Kommt, *Mademoiselle*", murmelte Giselle und zog ihren Schützling fort.

„Die jüngste Tochter des *duc du Touraine*", informierte Antonia den Herzog, während er mit einer Falte zwischen den Brauen zusah, wie das Mädchen aus dem Zimmer geführt wurde.

„Das erklärt es. Sie sieht Alphonse – ihrem Vater – sehr ähnlich." Der Herzog lehnte sich wieder zurück und fügte mit einem schiefen Lächeln hinzu: „Spielt sie eine Rolle in diesem Melodram um einen Säugling?"

„Nein, Monseigneur. Sie hat ein ganz eigenes Melodram, von dem ich dir erzählen muss, aber später."

„Ich kann meine Neugier kaum bändigen."

Antonia kicherte erneut und fühlte sich besser. „Ich bin so froh, dass du zu mir zurückgekehrt bist!"

„Ich war nie fort von dir, *ma fée*. Aber ich entschuldige mich für meinen Moment des Wahnsinns. Der Ritt hat mir einen klaren Kopf verschafft. Ich habe entschieden, was ich in Bezug auf die gegenwärtige – äh – missliche Lage tun soll."

„Ja, Monseigneur?"

„Nichts."

Antonia nippte mit einem verwirrten Stirnrunzeln an ihrem Kaffee. „Nichts?"

„Alles, was mir wichtig ist, und alles, was mir jemals wichtig sein wird, seid du und Julian." Auf Englisch, damit sie ihre Unterhaltung unbelauscht fortsetzen konnten, fügte er hinzu: „Ich war noch nie jemand, der falschen Klatsch über mein Verhalten kommentierte. Ich habe nicht vor, jetzt damit anzufangen."

Antonias Stirn glättete sich. Das gefiel ihr. „Das freut mich. Diese Idee gefällt mir viel besser."

„Ich bin froh, dass du mir zustimmst."

Sie übergab ihre Kaffeeschale an Gabrielle, damit sie das Kind auf ihre Schulter legen konnte, und rieb sanft seinen Rücken, um zu bewirken, dass Luft aus seinem Bauch aufsteigen und weggerülpst werden konnte. Und während sie das tat, sah sie zum Herzog und sagte auf Englisch:

„Er ist ein hübsches Baby, aber du bist nicht sein Erzeuger."

Der Blick des Herzogs flackerte zu dem Säugling, bevor er Antonias grünen Augen begegnete, ohne auch nur einen Gesichtsmuskel zu bewegen.

„Das ist eine große Erleichterung. Und du weißt das woher, *ma vie?*"

„Dank eines Vaters, dessen Hauptanliegen als Arzt die sichere Geburt vieler Babys war, konnte ich nicht umhin, eine Menge über Säuglinge zu lernen, ja? Ich bin auch stolze Mutter eines gesunden und wachsenden vier Monate alten Säuglings, der seit seiner Geburt an meiner Brust liegt. Und du bist ein äußerst treuer und hingebungsvoller Ehemann. Oh! Und ich kann gut rechnen. *Alors voilà!*"

Der Herzog neigte den Kopf, um diese prägnanten Punkte anzuerkennen, und warf einen Seitenblick auf das Baby, das nun einen Schluckauf bekam „Für jemanden, der angeblich im Frühling geboren wurde, scheint er recht klein zu sein."

„Im Frühling geboren?" Antonia schnaubte auf höchst undamenhafte Weise. „Er kann nicht älter als sechs oder sieben Wochen sein!"

Der Herzog brach angesichts ihrer Reaktion, die von Vallentine hätte sein können, in Gelächter aus.

„Renard! Es ist mir völlig egal, wie sie zwischen den Laken war, aber die Mutter dieses Babys ist eine herzlose Hexe!"

Er nickte, eine Hand vor den Mund gelegt, immer noch zu überwältigt vom Lachen, um zu sprechen.

Antonia funkelte ihn an, um ihre Meinung über *Madame Duras-Valfons* als Mutter zu erläutern, aber seine Heiterkeit war ansteckend. Sie grinste, als ihr plötzlich klar wurde, was ihn zum Lachen gebracht hatte, und sagte kess, sich an ihn lehnend, den Säugling an ihren Hals gekuschelt: „Jetzt wird mir klar, warum Julian kichert, wenn Vallentine so ein absurdes Geräusch macht! Wie der Vater so der Sohn."

Ihre privaten Träumereien wurden von einem lauten Knall über ihren Köpfen unterbrochen. Tatsächlich wurde die Tapetentür weit aufgerissen und dadurch heftig gegen die Wand geschlagen. Gerangel und Rufe waren zu hören, und es war, als würde ein ganzes Bataillon mit voller Wucht die Wendeltreppe hinunterstürmen. Es veranlasste den Herzog und die Herzogin, sich aufzurichten und aufmerksam zu werden, während alle im Raum stehen blieben und warteten. Das einzige Geräusch kam von einem quengeligen Säugling, der weiter gefüttert werden wollte. Alle Blicke spähten zum Nebenzimmer und zum Treppenhaus.

Aus der Dunkelheit brach Lord Vallentine hervor, und hinter ihm folgte Martin Ellicott in gemächlicherem Tempo. Hinter ihm eine Reihe händeringender Lakaien. Seine Lordschaft schritt wütend vorwärts, durch den ersten Raum und in den zweiten, und dann blieb er stehen und sah sich schnell um. Dann taumelte er ein paar Schritte zurück, die blauen Augen vor Schreck weit aufgerissen.

„Roxton! Du bist hier? Antonia! Gott sei Dank! Und …" Er trat einen Schritt näher und blinzelte. „He! Das ist nicht mein Neffe!"

„Deine Beobachtungsgabe ist unübertroffen", sagte der Herzog gedehnt in seiner höflichsten Art.

Lord Vallentine blickte über ihre Köpfe hinweg auf den Raum voller erschrockener Dienstmädchen, dann zurück zu seinem besten Freund. Er war so erleichtert, die Herzogin in Sicherheit, unversehrt und bei ihrem Ehemann vorzufinden, dass sich dies auf die seltsamste Weise manifestierte. Er brüllte.

„Was zum Teufel geht hier vor?"

ZWEIUNDZWANZIG

„Erzähle mir noch einmal, wie Montbelliard dich in diesem Gasthaus eingeholt hat", bat Lord Vallentine, während er eine silberne Gabel über den niedrigen Tisch ausstreckte, um eine Scheibe Schinken aufzustechen und sie dann auf seinen Teller zu legen. „Dieser Teil ist mir immer noch ein Rätsel. Woher wusste er, dass du gerade in diesem Gasthaus sein würdest?"

„Wusste er nicht", erwiderte der Herzog und reichte sein Glas einem der Lakaien, wobei er darauf achtete, Antonia nicht zu stören, die sich in seinem Arm befand.

Die Familie war *en déshabillé*, seidene Morgenröcke über ihre Nachtkleidung geworfen und bestrumpfte Füße in weiche Pantoletten gesteckt, und sie genossen ein spätes Abendessen am warmen Feuer in der Bibliothek der Villa. Lord Vallentine und Martin Ellicott saßen in Ohrensesseln gegenüber dem Herzog und der Herzogin, die sich auf der Chaiselongue zusammenkuschelten. Sie hatte ihren Rücken an seine Seite gelehnt, die Knie angezogen, und ihr kleiner Sohn lag auf ihrem Schoß zwischen den Falten ihres bestickten Chinoiserie-Seidenmorgenmantels. Sie hatte ihrem Kind ein Stück des rosafarbenen Satinbandes zum Spielen gegeben, das immer noch um die Enden ihres langen dicken Zopfs aus honigblondem Haar gebunden war, und es nahm seine ganze Konzentration in Anspruch.

Ab und zu zog sie sanft daran und lächelte, wenn er seine kleine Faust fester zusammendrückte, entschlossen, es festzuhalten.

„Montbelliard kam zufällig zum Pferdewechsel ins Gasthaus", erklärte der Herzog. „Als ich es in Richtung nach Hause verlassen wollte."

Seine Lordschaft verbrachte einige Augenblicke damit, das Essen auf seinem Teller zu einer genussvollen Mahlzeit zusammenzustellen, ein Blick auf Martin Ellicott, der schweigend an seinem Kaffee nippte und die Herzogin beobachtete, und sagte zwischen zwei Bissen: „Und er war darauf vorbereitet, den ganzen Weg nach Fontainebleau zu reiten, um dich zu finden? Nur, um dich vor Tante Philippes lächerlichem Plan warnen zu können, deine Herzogin in Verlegenheit zu bringen?"

„So ähnlich, ja", stimmte der Herzog zu.

„Ich nehme an, Montbelliards Heldentaten rechtfertigen ein Lob von deiner Seite. Aber macht es dich ihm und seinem Anspruch gegenüber auf den Salvan-Titel gewogener?"

„Ich werde unter vier Augen mit ihm sprechen. Ich werde für ihn tun, was ich kann. Aber ich werde ihn oder seine Ansprüche nicht öffentlich anerkennen, solange Salvan atmet."

Lord Vallentine zerlegte weiter ein Brötchen, das mit Schinkenscheiben, Käse und eingelegten Zwiebeln belegt war. „Dann muss er sich damit begnügen … Verdammt!", fauchte er, seine Gedanken kehrten zu den alten Tanten zurück. „Tante Philippe ist eine schlaue alte Vettel, nicht wahr! Aber *diese* Gerissenheit habe ich nie vermutet. Dieser Plan von ihr überstieg wirklich alles Vorstellbare!"

„Ein Plan, den Ihr schnell durchschaut habt, Mylord", meinte Martin Ellicott. „Und zum Glück noch rechtzeitig vereiteln konntet."

„So? Das habe ich!" Vallentine beugte sich zu Martin. „Erzählt mir noch einmal, wie ich das geschafft habe."

„Eure erste Reaktion bei Eurer Ankunft im Haushalt der Touraïnes – eine von greifbarer Wut – war ein taktisch großer Coup."

„Taktisch großer Coup?" wiederholte Lord Vallentine nickend, sehr zufrieden mit dieser Beschreibung. Er hob sein Kinn. „Das war es, nicht wahr." Er wedelte mit dem halb aufgegessenen Brötchen. „Fahrt fort, wenn Ihr möchtet, und erklärt es Ihren Gnaden. Man schmeichelt sich nicht gern selbst und Ihr wart ja Zeuge dieses … dieses *grand coup*."

„Natürlich, Mylord", erwiderte Martin ruhig und unterdrückte ein

Glucksen, weil er den Herzog beim Grinsen erwischt hatte. „Es war mit schnell denkender Präzision, dass nicht fünf Minuten – nein! Keine fünf *Sekunden*, nachdem er oben angekommen war, um angekündigt zu werden, Seine Lordschaft sah, was im Gange war, als die Familie formell in Trauerkleidung erschien. Ihr habt das Wort *Hinterhalt* benutzt, Mylord …"

„Bei Gott! Das stimmt! Ja, wirklich! Gut, dass Ihr Euch daran erinnert, Ellicott", erwiderte Vallentine und sagte zähneknirschend: „Das war es allerdings. Der ganze Haufen lag da auf der Lauer! Versuchten, ihren Hinterhalt als Abendessen mit ein paar Freunden auszugeben! Ha! Nur wenige Freunde, meiner Seel!"

„Und bevor *Madame la duchesse* reagieren konnte, oder bevor die Familie uns willkommen heißen konnte", fuhr Martin glatt fort, „stürmte Seine Lordschaft zum Angriff. Zu sagen, dass er wütend war, wäre eine Untertreibung. In der Tat ist es kein Wunder, dass *Madame* Sophie-Adelaide aufschrie und in Ohnmacht fiel. Der darauffolgende Aufruhr war Ablenkung genug, um *Madame Touraine-Brissacs* Plan zu verzögern und schließlich zu vereiteln."

„Hätte es nicht besser beschreiben können, wenn ich es selbst gesagt hätte, Ellicott!"

Antonia seufzte tief und richtete ihre großen grünen Augen auf Seine Lordschaft. „Wie schade, dass ich dich nicht in Aktion sehen konnte, Vallentine …"

„Ja, es war schade, denn …"

„… denn sobald du mir den Rücken zugewandt hast, wurde ich unter deiner Nase entführt …"

„Unter – unter meiner Nase?", stotterte Seine Lordschaft und erhob sich von seinem Stuhl, und schluckte den Köder. „He! Das ist ungerecht. Ich habe dir nicht länger als so Rücken gekehrt." Er schnippte mit den Fingern. „Woher hätte ich wissen sollen, was diese Bande geplant hatte …"

„Lass dir nicht übel werden", klagte Antonia. „Ich wünschte wirklich, ich hätte deinen tobenden Zorn in Aktion gesehen und die Reaktionen der alten Tanten." Sie sprach Martin an und sagte mit großen Augen und einem frechen Lächeln des Genusses: „Es muss extrem unterhaltsam gewesen sein!"

„Das war es, *Madame la duchesse*. Und der Sturm Seiner Lordschaft auf den Salon stand in deutlichem Kontrast zur Ankunft von *M'sieur le duc.* Obwohl beide die gleichen Ziele erreichten, indem sie *Madame Touraine-Brissacs* gut durchdachte Pläne vereitelten."

„Aber ja, natürlich. Niemand stellt *M'sieur le duc* in irgendeinem Salon in den Schatten. Er ist immer *magnifique*", sagte Antonia stolz. Sie hob ihr Gesicht zu ihrem Mann. „Ich wünschte, ich hätte gesehen, wie du deinen großen Auftritt unter dem Kronleuchter gemacht hast! Sogar im düsteren Zwischengeschoss warst du mit deinem schwarzen Samt und Jett ein unvergesslicher Anblick." Sie lächelte frech und fügte leise hinzu: „Aber ich ziehe es vor, dass du nicht …"

Roxton stoppte sie mit einem sanften Kuss und murmelte, kaum in der Lage, ein ernstes Gesicht zu bewahren: „Benimm dich."

Sie schmollte und tat so, als wäre sie untröstlich, aber auch sie konnte das Lachen in ihren Augen nicht verbergen. „Aber ich habe nicht vor, mich später zu *benehmen*, wenn wir …"

Er küsste sie erneut, aber dieses Mal war es das laute Kreischen ihres Sohnes, das ihren Satz unbeendet ließ und den intimen Moment zwischen dem Paar beendete. Ihr Kind wedelte mit den Armen und hielt mit seiner linken Faust das rosa Satinband umklammert, das er aus dem Haar seiner Mutter gezogen hatte.

„*Quel singe effronté!*" rief Antonia kichernd aus. Sie beugte sich vor und küsste die rosige Wange ihres Sohnes, liebkoste ihn und küsste dann seine Faust, während sie geschickt das lange Stück Satinband zwischen seinen Fingern entfernte, damit sie ihren Zopf sichern konnte, bevor er sich löste. „Willst du deinem Papa Konkurrenz machen, JuJu! *Hein?*"

„Viel Zeit, bevor er das tut!" rief Lord Vallentine schroff aus und machte Anstalten, sich zu verabschieden. Er stellte seinen Teller beiseite und zog seinen Morgenmantel fester um seine Brust, dann stand er auf und sagte mit einem Seufzer: „Es war ein langer Tag für uns alle, und ich muss früh aufbrechen. Treffe mich mit Montbelliard in der *grande écurie* …"

„Es ist dir peinlich, dass ich Monseigneur geküsst habe?", stellte Antonia neugierig fest. „Ich entschuldige mich, weil ich dich in Verlegenheit gebracht habe, aber ich entschuldige mich nicht für den Kuss. Und ich möchte nicht, dass du schon gehst. Ich muss dir danken, weil du …"

„Nicht nötig!"

„Antonia hat dich gebeten zu bleiben, Lucian", sagte der Herzog gedehnt und forderte ihn mit seinem Blick auf, wieder Platz zu nehmen.

Vallentine setzte sich, aber nur auf den äußersten Rand des Polsters des Ohrensessels und mit den Händen zwischen den Knien, wie ein unartiger Schuljunge, was sein Unbehagen nur noch unterstrich und Antonias Standpunkt bestätigte. Dazu trug auch die Tatsache bei, dass er gezwungen war zu warten, während sie ihrem Säugling gute Nacht sagte, bevor sie ihn seinen Ammen übergab. Er sah zu, wie die Frauen mit ihrem herzoglichen Schützling davoneilten, so in Gedanken an seine bevorstehende Vaterschaft versunken, dass er nickte, als er von Martin Ellicott angesprochen wurde, aber ohne eine Ahnung zu haben, was dieser gesagt hatte. Bis ein Diener mit einem Tablett vor ihm stand, auf dem eine Kristallkaraffe und Gläser standen. Mechanisch nahm er den Brandy, und bei Antonias nächsten Worten glitt es ihm beinahe aus den Fingern.

„Ich liebe dich, Lucian", sagte Antonia sanft und lächelte, als er scharlachrot anlief. „Du bist der beste aller Brüder. Was du heute bei der Soiree von Tante Philippe getan hast, um mich zu beschützen und die Ehre von *M'sieur le duc* zu verteidigen, war heldenhaft. Das denken wir wirklich, nicht wahr, Renard?"

„Durchaus."

„Du darfst also nie denken, dass wir dich nicht schätzen. Aber ich", fügte sie mit Grübchen in den Wangen hinzu. „Ich necke dich so gern. Und wen soll ich sonst necken, wenn nicht *mon beau-frère?*"

„Und nach deiner Rolle in dem kleinen – äh – Drama von heute hast du zweifellos noch Fragen", sagte der Herzog und nippte an seinem Brandy. Er lächelte schief. „Und ich würde es vorziehen, dir die Antworten zu geben, statt dass du dich auf das verlässt, was deine Frau dir in ihren Briefen schreibt."

Vallentine nippte nicht. Er goss sich den Brandy in einem Schluck in den Hals und streckte seinen Becher aus, um ihn wieder auffüllen zu lassen. Mit dem aufgefüllten Becher auf seinem seidenumhüllten Knie und einem Seitenblick zu Martin Ellicott, der auch einen Brandy im Glas schwenkte, räusperte er sich und sagte:

„Ja. Aber vielleicht würdest du sie lieber nicht beantworten. Und das wäre dein gutes Recht und …"

„Das ist es", unterbrach der Herzog. „Aber glaube mir, du hast deine

Antworten verdient, Lucian. Und ich habe nur wenige Geheimnisse vor den Anwesenden." Er schnaubte. „Und bei den verbleibenden wenigen, die ich habe, zweifle ich nicht daran, dass Martin die Antworten kennt. Da sind wir also – frag los!"

DREIUNDZWANZIG

„I N DIESEM FALL habe ich zwei Fragen, die mich immer noch verblüffen, seit ich durch dieses Treppenhaus hinuntergestürmt bin und euch beide gefunden habe." Seine Lordschaft beugte sich nach vorne, den Becher nun in seinen Händen und fragte leise, als ob er befürchtete, belauscht zu werden: „Es gibt keine Möglichkeit, dies taktvoll auszudrücken, also sage ich es einfach heraus und stelle die Frage: Dieses Kind, das *Madame la duchesse* – äh – gestillt hat. Wessen Kind war das, he?"

„Er ist der Sohn der *comtesse Duras–Valfons* und ihres Mannes, des Barons Thesiger."

Vallentine hob sein Glas und schnaubte. „Ja nun! Wenn es das ist, was du willst, dass jeder glaubt, dann werde ich das sagen."

Antonia legte verwirrt den Kopf schräg. „Du glaubst Monseigneur nicht?"

„Ich werde alles glauben, was er mir zu glauben befiehlt, aber unter uns, wenn dieses Kind vom ‚gierigen Ricky' gezeugt wurde, werde ich meinen eigenen Schuh fressen!"

Antonia richtete sich auf. „Es ist mir egal, was den alten Tanten gesagt wurde, oder was *Madame* in ihren Briefen an dich gesagt hat, oder was der allgemeine Klatsch ist, aber dieses Kind wurde nicht von *M'sieur le duc* gezeugt …"

„Nein! Nein! Das war nicht, was ich damit sagen wollte! Bei meiner Ehre! Hast du Thesiger schon einmal gesehen?"

„Nein. Dieses Vergnügen steht mir noch bevor."

Seine Lordschaft schnaubte erneut. „Vergnügen? Ricky ist eher eine Jahrmarkts-Attraktion! Das ist er, seit er mit uns in Eton war. Er ist ein Vielfraß *par excellence*. Warum, glaubst du, heißt er der ‚gierige Ricky', eh? Ich bezweifle, dass er seine Zehen in den letzten zehn Jahren oder länger gesehen hat."

Der Herzog schwenkte seinen Brandy und sah zu seinem besten Freund hinüber. „Alles, was zählt, ist, dass er mit der *comtesse Duras-Valfons* verheiratet ist. Und jeder Nachwuchs ist ihrer beider Kind, unabhängig davon, ob sein alarmierender – äh – Umfang ein Hindernis für die Erfüllung seiner ehelichen Pflichten ist oder nicht."

Lord Vallentine zog ein angeekeltes Gesicht, dann starrte er den Herzog mit einem vielsagenden, warnenden Seitenblick auf die Herzogin an. Aber ihre Antwort war so erfrischend einfach, dass er sich fragen musste, warum er sich Sorgen darum gemacht hatte, ihr ein Erröten zu ersparen.

Antonia berührte die Hand des Herzogs. „Bei einem solchen Ehemann muss die *comtesse* den Verlust von dir als Liebhaber sehr spüren. Daher tut sie mir ein wenig leid. Aber nur ein wenig. Vielleicht hätte ich mehr Mitgefühl für sie, aber das kann ich nicht aufbringen, nachdem ihr Kindchen so vernachlässigt wurde." Plötzlich kam ihr ein Gedanke. „Monseigneur! Unabhängig davon, ob ihr gefräßiger Ehemann in der Lage ist, seine ehelichen Pflichten zu erfüllen oder nicht, wird jedes Kind, das sie gebiert, nach dem Gesetz als das ihres Mannes betrachtet, *n'est–ce pas?*"

„Ja", stimmte der Herzog zu und küsste ihren Handrücken. „Deshalb habe ich gesagt, dass er der Sohn der *comtesse Duras-Valfons* und ihres Mannes, des Barons Thesiger, ist."

Antonias Augen wurden schmal. „Dann spare ich mir mein Mitgefühl. Die Abstammung ihres Sohnes in Frage zu stellen, ist absolut monströs! Es ist mir egal, wie *grossièrement gras* er ist, ob er der Vater dieses Kindes ist oder nicht, ihr Sohn verdient ein Erbe. Und wenn Baron Thesiger ihn anerkennt, dann ist er sein Sohn. *Voilà!*"

„Unabhängig von ihrem abscheulichen Verhalten uns gegenüber, sei versichert, dass Baron Thesiger nicht der Möglichkeit beraubt werden wird, einen Erben zu haben."

„Du willst es ihm sagen?", fragte Lord Vallentine.

„Ja. Wie ich mich aus unserer Zeit in Eton erinnere, war der – äh – ‚gierige Ricky' kein schlechter Kerl. Langweilig, ja. Aber keine Spur von Bosheit in ihm. Morgen früh wird ein Brief verschickt, in dem Thesiger darauf aufmerksam gemacht wird, dass seine Frau ihren Säugling zugunsten der Vergnügungen in Fontainebleau zurückgelassen und ihn in der Obhut einer alten Vettel, eines idiotischen Mädchens und einer fahrlässigen Amme gegeben hat." Der Herzog nippte an seinem Brandy. „Der Säugling könnte es schlechter treffen, als wenn Thesiger beschließt, ihn anzuerkennen."

Antonia war besorgt. „Wird er ihn aufnehmen, Monseigneur?"

„Es ist möglicherweise seine einzige Chance, einen gesetzlichen Erben zu haben." Sanft fügte er hinzu, um ihre Angst zu besänftigen: „Thesiger ist kein unfreundlicher Mann, *mignonne*. Tatsächlich glaube ich, dass er dankbar sein und ihm gegenüber das Richtige tun wird."

„Dann gefällt es mir sehr, dass er der Papa des Kindes ist", antwortete Antonia. „Und ich werde dir sagen, was mir sonst noch gefällt..." Sie sah Martin mit einem Lächeln an, wandte sich aber an seine Lordschaft: „Zu wissen, was Lucian zu seinem Frühstück haben wird!"

„Hä? Frühstück? Warum gefällt dir, was ich zum Frühstück esse?"

Wenn seine Lordschaft vor einem Rätsel stand, galt das nicht für Martin Ellicott, dessen Schultern bereits vor Lachen bebten.

Madame la duchesse", fragte er und lachte in sich hinein. „Was schlagt Ihr vor – eine Sauce Isigny oder eine Bechamel als Beilage zu Schuhleder?"

Alle lachten, außer Vallentine.

„Oh! Ha-ha! Viel Spaß mit eurem Scherz! Aber ich bin nicht der Einzige, der zum Frühstück Schuhleder essen wird, wenn sie hören, dass der ‚gierige Ricky' Thesiger einen Erben hat! Abgesehen davon, dass seine Frau, diese Teufelin, etwas anderes sagt, also weiß ich nicht, wie du es schaffen willst, diesen Klatsch zum Schweigen zu bringen."

„Was andere denken, ist unwichtig", sagte Antonia abschätzig. „Alles, was zählt, ist, was Monseigneurs Familie ..." Sie starrte den einen und dann den anderen an. „... was *ihr* denkt."

Martin Ellicott und seine Lordschaft sahen sich an, stießen mit ihren Bechern an und erhoben sie dann zu ihren Gastgebern. „Hört! Hört!"

„Ich werde dir etwas sagen, auch wenn es nichts wert sein mag", meinte Lord Vallentine. „Ich bin kein Experte für Säuglinge, aber Thesigers

Balg sah ein bisschen klein aus dafür, dass er ungefähr zur gleichen Zeit wie mein Neffe geboren worden sein soll."

„Estée hat dir die ganze schmutzige Geschichte erzählt, die die Runde macht, nicht wahr!", witzelte der Herzog.

Lord Vallentine wand sich auf seinem Stuhl und zermarterte sich den Kopf nach einer angemessenen Reaktion, die weder seine Frau belasten noch seinen besten Freund beleidigen würde. Antonia kam ihm zu Hilfe, und er seufzte hörbar vor Erleichterung.

„Wenn dein eigenes Kind ankommt, wirst du es genau kennenlernen und sehen, wie schnell es wächst. Und dann werden diese Dinge für dich kein Rätsel mehr sein", dozierte sie. „Aber ich muss dich loben, weil du einen Unterschied bei den beiden Säuglingen erkennen kannst, weil die meisten Menschen es nicht würden! Sie sehen nur zwei Babys. Während jeder, der Zeit mit Babys verbracht hat, wissen würde, dass ein Baby im Alter von sechs Wochen in Größe und Fähigkeiten völlig anders ist als eines, das vier Monate alt ist." Sie zuckte mit den Schultern und schob ihre Unterlippe vor. „Die Leute bei Hof haben keine Ahnung von ihren Babys, denn sobald sie geboren sind, schicken sie sie weg! Was für mich unvorstellbar und sehr traurig ist. Ich könnte Julian nicht mehr wegschicken, als ich aufhören könnte zu atmen!"

„Warum schicken sie sie weg?", fragte Vallentine im Plauderton. „Nach all der Zeit und Mühe, *enceinte* zu sein, ganz zu schweigen von der Geburt, und sie dann so wegzuschicken? Das ist für mich selbst ziemlich rätselhaft!"

Sobald er diese Frage formuliert hatte, setzte er sich plötzlich auf und blinzelte, sehr überrascht zu entdecken, dass er wirklich an der Antwort und dem Thema Babys im Allgemeinen interessiert war. Er schaute zufällig zum Herzog hinüber und sah, wie dieser ihn mit einem wissenden Lächeln und einem Heben seiner Brauen beobachtete. Und dann wusste er in diesem Moment, dass seine Offenbarung nicht mehr privat war, und er nicht der Einzige war, der sie erlebt hatte. Er grinste verlegen und schluckte die letzten Tropfen Brandy herunter.

„Sie werden aufs Land geschickt, um von anderen großgezogen zu werden", sagte Antonia zu ihm. „Und dort bleiben sie, bis sie keine Säuglinge mehr sind! Einige Eltern nehmen sich hin und wieder die Zeit für einen Besuch, um sicherzustellen, dass ihr Kind noch lebt und gedeiht, aber die meisten tun es nicht."

„Das ist dir nicht passiert, und auch dem Herzog und seiner Schwester nicht.“

„Meine Trennung kam zu einem späteren Zeitpunkt“, sagte der Herzog tonlos, seufzte und sammelte sich, um hinzuzufügen: „Aber nein, meine Eltern haben uns nicht weggeschickt. Sie galten jedoch als extrem eigenartig, weil sie ihre Kinder in ihrer Nähe behalten wollten. Kein Zweifel, wenn wir die Familientradition fortsetzen, werden wir auch als eigenartig angesehen werden …“

„Aber das interessiert uns nicht im Geringsten, oder, Renard?“

„Nein.“

Lord Vallentine schaute zu Martin. „Was ist mit Euch, Ellicott? Wurdet Ihr als Säugling aufs Land geschickt?“

„Meine Eltern wohnten schon auf dem Land, Mylord. Und nein, sie haben mich nicht weggeschickt. Selbst als der vierte Herzog anbot, die Kosten für den Besuch eines Internats in der Nähe zu übernehmen.“

„Liebe Güte, Martin! Dass der vierte Herzog dafür zahlen wollte, muss heißen, dass deine Nähe ihm wirklich äußerst lästig war! Gut für dich!“

„Danke, Euer Gnaden.“

„Und du, Lucian“, fragte Antonia. „Wurdest du als Säugling aufs Land geschickt?“

„Ich denke, es könnte für Säuglinge in England anders sein. Aber ich habe keine Erinnerung an das Leben vor dem Alter von Eton, fürchte ich“, entschuldigte sich Vallentine.

Antonia schnitt eine Grimasse. „Eton ist kein Alter. Es ist ein Dorf und eine Schule.“

„Ha! Das glaubst *du*! Für mich gibt es *vor Eton*, und dann gibt es *Eton*, und dann gibt es *nach Eton*. Vor Eton, nun, diese Zeiten sind ein wenig verschwommen. Ich wurde fast sofort ins Internat verfrachtet, als ich von Röckchen in Hosen wechselte. Ich würde sagen, ich war ungefähr sechs Jahre alt …“

Antonia war entsetzt. „Sechs? *Mon dieu*! Das ist teuflisch!“

Lord Vallentine zuckte mit den Schultern. „Möglicherweise. Aber ich kannte es nicht anders. Und ein paar Jahre später tauchte Roxton auf, um mir Gesellschaft zu leisten, und dann begann das Leben wirklich!“ Er runzelte die Stirn. „Du hast mich zuerst gehasst. Mich mit Steinen und Schlamm beworfen.“

„Nimm es dir nicht so zu Herzen. Ich hasste alle.“

„Aha! Allerdings. Und natürlich habe ich es nicht getan, weil ich immer noch hier bin!" Er hatte einen plötzlichen Gedanken und fragte Antonia: „Diese Säuglinge, die weggeschickt werden ... Wenn ihre Eltern sie ein Jahr lang nicht sehen – woher wissen sie, wenn sie ihr Kind das nächste Mal so viel größer sehen, ob es das gleiche ist wie das, das sie weggegeben haben?"

Antonia hob die Schultern. „Das ist eine sehr gute Frage, Lucian. Ich kann sie dir nicht beantworten."

Lord Vallentine war entsetzt und schoss von seinem Sessel hoch. „Damit ist es entschieden! Mein Sohn wird nirgendwohin geschickt. Er bleibt hier bei uns. Es ist mir egal, was Estée sagt. Sie kann so viele Wutanfälle kriegen, wie sie es zustande bringt, aber ich werde nicht nachgeben!"

„Du kannst beruhigt sein, Lucian", sagte der Herzog gelassen. „Mein Neffe wird mit seinem Cousin in unserer Nähe aufwachsen, ob das dir und meiner Schwester gefällt oder nicht."

„Gut! Das kannst du ihr sagen."

Der Herzog lächelte schief. „Ja, ich dachte mir schon, dass mir diese Aufgabe zufallen würde."

„Macht euch keine Sorgen, ihr beide", sagte Antonia. „*Madame* wird nicht wollen, dass ihr Kind weggeschickt wird. Sie will ihn nicht stillen, aber sie wird ihn verhätscheln."

„Darf ich wissen, Mylord, was Euch zu dieser Entscheidung bewogen hat?", fragte Martin Ellicott.

„Ist das nicht offensichtlich? Wenn ich ihn wegschicke, woher weiß ich, dass ich den gleichen zurückbekomme? Nein! Er wird Tag und Nacht unter meiner Nase sein, bis ich sicher sein kann, dass ich weiß, dass er meiner ist, wenn ich ihn anschaue!"

„Das dürfte die ersten beiden Tage seines Lebens dauern", murmelte der Herzog. Er fragte lauter: „Du hattest noch eine Frage?"

Lord Vallentine schnappte sich eine Gobelintasche, die sich neben seinem Stuhl befand, und warf ihren Inhalt kurzerhand auf den niedrigen Tisch, einen Stapel Stoffmuster, Papiernotizen, Kordel. und Bandstücke, Quadrate, die in verschiedenen Rot-, Blau- und Gelbtönen gestrichen waren, und Muster aus gemustertem Papier. Antonia und Martin lehnten sich staunend nach vorne über die Vielzahl von Mustern für das, was wie Tapeten, Farben und Polsterungen aussah. Der Herzog wusste sofort, wofür sie waren und von wem sie stammten, und lachte in sich hinein.

„Dieses Zeug kam von Mylady, meiner Frau, während wir bei den alten Tanten waren", erklärte Lord Vallentine, starrte auf den Haufen und kratzte sich durch die weiche Seide seiner mit Quasten verzierten Nachtmütze am Kopf. „Gemäß ihrem Brief habe ich einige schwierige Entscheidungen für die Renovierung meines Schlafzimmers, meines Ankleidezimmers und des Zimmers von Pearson zu treffen ..." Plötzlich musterte er stirnrunzelnd den Herzog. „War das deine Idee?"

„Ja. Und zur rechten Zeit."

„Sie wird am Ende der Woche hier sein und ein paar *marchands-merciers* im Schlepptau haben. Weil es scheint, dass wir nicht nur neue Farben und Teppiche, Möbel und Vorhänge aussuchen dürfen, sondern eine ganze Reihe von *objets d'art* brauchen, die dazu passen! Und von mir wird erwartet, dass ich mich entscheide, und *sie* erwartet ein Ergebnis!"

„*Madames* morgendliche Übelkeit ist verschwunden?" fragte Antonia, überrascht.

„Morgendliche Übelkeit?", wiederholte Lord Vallentine. „Wenn ich recht darüber nachdenke ... Sie hat in ihrem Brief nichts davon erwähnt."

„Mit einer ganzen Wohnung, die neu dekoriert und neu eingerichtet werden und bis an die Decke mit *objets d'art* vollgestopft werden soll, warum sollte ihr noch übel sein?", näselte der Herzog.

Antonia riss die Augen auf, sie drehte sich um und fiel gegen den Herzog und neigte ihr Gesicht zu ihm. „Oh! Renard! Du bist so klug!"

Roxton zwinkerte und streifte mit einem schurkischen Grinsen seine Nasenspitze gegen ihre. „Ja, nicht wahr?"

„He! He! Kümmert euch um das, was hier wichtig ist!", beschwerte sich Lord Vallentine.

„Und das wäre, Mylord?", fragte Martin.

Alle drei blickten erwartungsvoll auf seine Lordschaft.

Er sah voller Panik seine Familie an. „Was soll ich im Namen all dessen, was heilig ist, mit diesem Zeug anfangen?"

VIERUNDZWANZIG

Elisabeth-Louises Schwester und Nachbarin der Roxtons, Michelle Haudry, wurde vom Butler in die Bibliothek geführt. Er begleitete sie bis zur Hälfte des langen Raumes und ging dann ohne ein Wort. Sie war zu höflich, um sich umzusehen, und starrte geradeaus auf den Adligen, der hinter einem großen Schreibtisch mit Unterlagen und Büchern saß. Er schaute nicht auf und schrieb weiter, als wäre sie gar nicht da. Ihr Blick wanderte zu dem Diener, der schweigend am Stuhl seines Herrn stand und eine Streusandbüchse in der Hand hielt. Aber da dieser ihre Anwesenheit ebenfalls nicht zur Kenntnis zu nehmen schien, fragte sie sich, ob der Zeitpunkt ihres Besuchs vielleicht unpassend war. Da sie aber an der Tür nicht abgewiesen worden war, konnte sie nur vermuten, dass ihre Anwesenheit nicht ganz unwillkommen war.

Es brauchte keinen riesigen Intellekt, um sofort zu erkennen, dass es der Hausherr war, der mit seiner Feder beschäftigt war. Sie hatte *M'sieur le duc de Roxton* aus ihrem Fenster im Obergeschoss hin und wieder erblicken können, während er in seinem Garten mit seiner Herzogin in der Wintersonne spazieren ging. Aber jetzt, nur wenige Fuß von ihm entfernt, konnte sie sehen, dass er überaus gutaussehend war, umso mehr durch seine Kleidung, gekleidet wie er war in schwarzem Samt und weißer Spitze, einem um die Schultern gelegten Morgenmantel aus chinesischer Seide und mit seinem natürlichen schwarzen Haar, das im

Nacken mit einer großen weißen Seidenschleife zusammengebunden war.

Sie war keine schüchterne Person, und als Tochter eines Herzogs hatte sie keine Ehrfurcht vor seinem Adel. Aber es gab etwas an *M'sieur le duc d'Roxton*, das einschüchternd war – eine Aura – Ja! Das war es, was es war! Es war eine Aura finsterer Autorität und zurückhaltender Dekadenz, die sie faszinierend fand, aber sie ließ sie auch ein wenig frösteln.

Ihr erster Instinkt war es, einen Knicks zu machen, sich zu entschuldigen und sich zurückzuziehen. Dann erinnerte sie sich an ihre Pflicht als Ehefrau, Schwester und Tochter. Und dass sie nicht zu einem Höflichkeitsbesuch hier war, sondern um ein für alle Seiten zufriedenstellendes Ergebnis zu erzielen, das nicht nur die Zukunft ihrer Schwester, sondern auch die Zukunft der Familie, in die sie eingeheiratet hatte, sichern würde.

Sie straffte ihre Schultern und war entschlossen, sich dem Schreibtisch zu nähern, als eine süße Stimme ihre Gedanken unterbrach und sie wie angewurzelt stehenbleiben ließ.

„*Madame* Haudry! Wie nett von Euch, uns zu besuchen. Bitte entschuldigt, dass ich Euch hier in unserer Bibliothek empfange, aber mein Schwager hat mein Morgenzimmer in einen Ausstellungsraum für das kreative Genie von *M'sieur* Meissonier verwandelt! Möchtet Ihr Euch mir nicht bitte für einen *café au lait* anschließen?"

Michelle Haudry fuhr herum und da stand vor einem gepolsterten Sofa, ein Buch in der Hand, eine winzige Schönheit in einem fließenden Gewand aus zitronengelbem Lampas, der mit Silberfäden und grüner Seide durchwirkt war. Auch die Herzogin erkannte sie nach ihren Blicken in den Garten. Wieder war sie überrascht. Zuerst vom Herzog und jetzt von seiner Herzogin, die nicht nur unglaublich schön war mit den faszinierendsten grünen Augen, sondern auch so winzig. Elisabeth-Louise hatte gesagt, die Herzogin wäre einer Fee nicht unähnlich; diesmal dachte Michelle ausnahmsweise nicht, dass ihre Schwester übertrieben hätte.

„*Madame la duchesse*! Ver-verzeihung", antwortete sie mit einem Erröten, weil sie bemerkte, dass sie sie angestarrt hatte. Sie versank in einen tiefen Knicks. „Ich habe Euch dort nicht gesehen."

„Vielleicht brauche ich drei Zoll hohe Absätze, und nicht zwei, *hein?*", antwortete Antonia mit einem Lächeln, deutete auf das Sofa gegenüber und nahm ihren Platz wieder ein. Sie legte ihr Buch neben einen Stapel geöffneter Briefe und legte ihre Hände in ihren Schoß; Michelle Haudry bemerkte, dass die Handgelenke der Herzogin mit Perlenarmbändern bedeckt waren, eines davon mit einer gemalten Camée des Herzogs. „Ich freue mich, endlich die Bekanntschaft unserer Nachbarin zu machen. Obwohl ich nicht sagen kann, dass es ein glücklicher Zufall ist, weil mir gesagt wurde, dass unsere Zofen das arrangiert haben. Ist die Welt nicht klein? Aber ich bin froh darüber, denn das ermöglicht es uns allen, so zu leben, wie es uns gefällt."

Bevor Michelle Haudry antworten konnte, gab die Herzogin den beiden anwesenden Lakaien am morgendlichen Teewagen ein Zeichen, das silberne Tablett mit den Kaffeesachen und einen Teller Macarons auf den niedrigen Tisch zwischen ihnen zu stellen.

„Und ich bin an der Reihe, mich zu entschuldigen. Bitte entschuldigt, dass wir noch nicht vollständig angekleidet sind", fuhr Antonia im Plauderton fort. „Ich sagte *M'sieur le duc*, dass er später am Tag einen Besuch von Euch erwarten sollte, aber nicht so bald nach dem Frühstück. Daher müsst Ihr Euch mit uns so zufriedengeben, wie Ihr uns vorfindet. Vielleicht gab es ein Missverständnis meinerseits über den Zeitpunkt Eures Besuchs?"

Wenn das Paar in seinen prächtigen Stoffen nicht vollständig angekleidet war, war es eine weitere Überraschung für Michelle Haudry. Aber sie tat ihr Bestes, um ihr Erstaunen zu zügeln und sagte so ruhig, wie sie es fertigbrachte: „Kein Missverständnis von Euch, *Madame la duchesse*. Es ist ganz allein meine Schuld. Ich habe Euren Morgen unterbrochen, aber ich musste mit Euch ohne die Anwesenheit meiner Schwester sprechen."

„Oh! Weiß sie davon, oder werdet Ihr beide heute Nachmittag wiederkommen?"

„Das hängt alles vom Ergebnis dieses Besuchs ab", antwortete Michelle Haudry abgelenkt und beobachtete, wie die Lakaien Kaffee in zwei von drei Kaffeeschalen gossen. „Sie – Elisabeth-Louise – weiß nicht, dass ich hier bin."

„Dann hoffen wir, dass das Ergebnis so ausfällt, wie Ihr es wünscht", antwortete Antonia mit einem Lächeln und reichte ihrem Gast eine der gefüllten Porzellanschalen und lehnte sich dann zurück, um ihren Kaffee zu trinken. Sie machte keine weitere Bemerkung, aber es war aus ihrem Gesichtsausdruck ersichtlich, dass sie erwartete, dass ihr Gast ihr weitere Erklärungen für ihr Eindringen in ihre morgendliche Einsamkeit geben würde.

„*Madame la duchesse*, Elisabeth-Louise besuchte mich gestern Abend und erzählte mir von den außergewöhnlichen Ereignissen, die sich im Haus unserer Großmutter abgespielt haben. Zu sagen, dass ich erstaunt war, ist untertrieben. Aber nachdem ich mit ihrer Zofe gesprochen hatte, war ich sicher, dass das, was mir gesagt wurde, tatsächlich der Wahrheit entsprach. Obwohl ich gestehe, dass ich immer noch voller Ehrfurcht vor Eurer Selbstlosigkeit angesichts eines Euch unbekannten Säuglings bin, der …"

„Bitte, *Madame* Haudry. Ihr seid eine Mutter. Ich tat, was jede Mutter für ein so hungriges Kind tun würde."

„Nein, *Madame la duchesse*", widersprach Michelle Haudry unverblümt, stellte das Milchkännchen beiseite und nahm ihre Kaffeeschale in die Hand. „Keine Mutter meines gesellschaftlichen Umfelds hätte Eure Geistesgegenwart gehabt. Und damit schließe ich auch mich ein. Ich habe drei Töchter, zwei sind immer noch am Gängelband, aber ich hatte seit der Geburt Ammen, die sie fütterten und stillten." Sie nippte an ihrem Kaffee, schaute dann in die Augen der Herzogin und sagte gleichmäßig: „*Madame la duchesse*, ich weiß, dass Ihr Euch der – der *misslichen Lage* von Elisabeth-Louise bewusst seid und dass sie Euch gebeten hat, ihr zu helfen. Ich verurteile ihre Impulsivität und entschuldige mich in ihrem Namen. Sie hätte Euch nicht ins Vertrauen ziehen dürfen. Das hat zu einer Verpflichtung Eurerseits geführt, von der ich sicher bin, dass sie sich dessen sehr bewusst ist. Elisabeth-Louise war schon immer jemand, die den kürzesten Weg einschlug, um zu bekommen, was sie will, ohne sich um die Risiken zu kümmern. Und was sie will, ist, die Frau des *chevalier* Montbelliard zu werden, und so hat sie alles in ihrer Macht Stehende getan, um meines Vaters zu zwingen, dieser Verbindung zuzustimmen."

„Ihr gebt Euch irgendwie selbst die Schuld an der misslichen Lage Eurer Schwester?", fragte Antonia neugierig. „Das solltet Ihr nicht. Wenn das Herz den Kopf regiert und man im Augenblick lebt, sind die Folgen unwichtig. Ihr zuckt vor dieser einfachen Wahrheit zurück, aber ich sage Euch, dass es nur natürlich ist, dass zwei verliebte Menschen ihren Gefühlen nachgeben. *Et voilà!* Und jetzt ist da ihre missliche Lage." Als sie eine Präsenz spürte, schaute sie auf. „Bin ich zu unverblümt, Monseigneur?"

„Überhaupt nicht", näselte der Herzog und schloss sich ihnen an. „Nicht unverblümt, aber offen. Und aufrichtig wie immer. Verzeiht, dass ich zu geistesabwesend war, um Euch bei Eurem Eintreffen zu begrüßen, *Madame* Haudry. Das war der letzte meiner Briefe für heute."

„Das freut mich", sagte Antonia glücklich und raffte ihre Röcke zusammen, damit er sich neben sie setzen konnte. „Jetzt kannst du mit uns Kaffee trinken."

Michelle Haudry war in einer fließenden Bewegung vom Sofa aufgestanden und in einem Knicks versunken. Und als der Herzog ihr zum Gruß eine Verbeugung machte, die nicht nur ihre Anwesenheit zur Kenntnis nahm, sondern auch ihrer Stellung als Tochter des *duc du Touraine* entsprach, schluckte sie einen Kloß in ihrem Hals herunter, zu überwältigt, um zu sprechen.

Der Herzog zog den seidenen Morgenmantel weiter über der Vorderseite seiner schwarzen Samtweste zusammen und setzte sich neben seine Herzogin. Wenn einer von beiden erkannte, dass ihr Gast von ihren Gefühlen überwältigt war, taten sie so, als bemerkten sie es nicht, und es blieb dem Herzog überlassen, Michelle Haudry mit einer eigenen unverblümten Einschätzung aus ihrer Gedankenverlorenheit zu holen.

„Ihr seht Eurem Vater überhaupt nicht ähnlich, *Madame* Haudry."

Michelle Haudry setzte sich wieder hin, jetzt entspannter und sagte mit einem leisen Lachen: „Das ist wahr, *M'sieur le duc*. Elisabeth-Louise ähnelt unserem Vater sehr. Ich habe seinen Verstand geerbt, sie sein gutes Aussehen."

Roxton sagte zu Antonia: „Siehst du. *Madame* Haudry und ich waren beide offen. Obwohl sie zu hart über sich selbst urteilt."

„*Madame la duchesse*, wenn *M'sieur le duc* unverblümt gewesen wäre, hätte er gesagt, ich sei die unscheinbare Schwester in meiner Familie."

„*M'sieur le duc* ist immer ehrlich. Ihr *seid* zu hart", sagte Antonia. „Ihr habt einen schönen Teint und dunkle, ausdrucksstarke Augen. Und diejenigen, die mit großer Schönheit gesegnet sind, aber kein Gehirn haben, werden schnell lästig; ihr Anblick wird langweilig und die Lust vergeht auch. Das wird *M'sieur le duc* Euch selbst sagen."

„Das würde ich, aber du hast es gerade getan, *mignonne*", scherzte der Herzog. Er betrachtete *Madame* Haudry über den Goldrand seiner Kaffeeschale hinweg. „Sollen wir zur Sache kommen? Da Ihr allein gekommen seid und zu dieser Stunde, nehme ich an, dass Ihr vorgeschickt wurdet, damit Ihr, sollte das Ergebnis dieses Treffens für Euch enttäuschend sein, den Rückzug antreten könnt, ohne dass ein Schaden für die Ehre Eures

Vaters – und für das beträchtliche Vermögen Eures Schwiegervaters –
entstanden wäre."

Das war Antonia neu. Sie klammerte sich an das eine Wort, das ihr
verständlich erschien. „Vorgeschickt? *Pourquoi donc?*"

„*M'sieur le duc* hat recht, *Madame la duchesse*", erklärte Michelle
Haudry ruhig. „Ich wurde geschickt. Nicht von meinem Vater, sondern
von meinem Schwiegervater, André Grimold Haudry. Wir – mein Schwiegervater und ich – hielten es für das Beste, meinen Vater bis nach diesem
Treffen im Dunkeln zu lassen."

„Dem *duc du Touraine* ist nicht bewusst, dass seine jüngste Tochter –
ähm – vom *chevalier* geschwängert wurde?"

Michelle Haudry lief scharlachrot an, aber ihr Tonfall blieb gelassen.
„So ist es, *M'sieur le duc*."

„Und was ist mit dem Heiratsantrag des *chevaliers*?"

„Der *chevalier* hat meinem Vater erneut geschrieben, aber noch keine
Antwort erhalten. Und das liegt daran, dass mein Vater auf meine Antwort
wartet."

„Euer Vater legt großen Wert auf Eure Meinung."

„Ich weiß, *M'sieur le duc*."

Antonia blickte vom Herzog zu Madame Haudry und wieder zum
Herzog und fragte aufgeregt: „Ich verstehe das nicht. Sicherlich würde der
Papa von Elisabeth-Louise eine Heirat zwischen dem *chevalier* und seiner
Tochter begrüßen? Montbelliard ist derzeit arm, aber als Erbe des *comte de
Salvan* gibt es eine Reihe von Gläubigern, die ihm bereitwillig Geld leihen
würden. Und der *duc du Touraine* braucht die anderen Neuigkeiten erst zu
erfahren, nachdem sie geheiratet haben. Und damit löst sich das Dilemma
von selbst, *hein*?"

Der Herzog hielt ihre Hand auf seinem samtenen Knie und sagte sanft:
„Wenn es so einfach wäre, *ma vie*."

„Warum – warum ist es das nicht, Monseigneur?"

Bevor der Herzog antworten konnte, nutzte Michelle Haudry mit
weiteren Erklärungen in die kurze Stille.

„Ich habe von meinem Schwiegervater die Erlaubnis erhalten, Euch ein
Angebot zu machen, *M'sieur le duc*. Wenn die Bedingungen akzeptabel
sind, bezweifle ich nicht, dass mein Vater dieser Verbindung positiv gegen-
überstehen wird, besonders, wenn er von der Großzügigkeit meines
Schwiegervaters erfährt, aber erst recht, wenn ihm versichert wird, dass Ihr

nichts gegen diese Ehe einzuwenden habt." Sie lächelte dünn. „Er hatte nie große Hoffnung, dass Elisabeth-Louise angesichts ihres ungestümen Temperaments eine glänzende Partie machen würde. Er wird also überglücklich sein. Die Hochzeit wird dann natürlich in aller Eile stattfinden, angesichts der – ähm – *misslichen Lage* meiner Schwester." Sie wandte sich mit einem sanften Lächeln an Antonia: „Es wird allen gefallen, und nur wenige von uns werden nicht überrascht sein, wenn das Paar nicht lange nach der Hochzeit bekannt gibt, dass sie guter Hoffnung sind. Also, ja, *dieses* Dilemma wird sich von selbst lösen, *Madame la duchesse*."

Antonia erwiderte ihr Lächeln, aber sie war immer noch besorgt. „Ihr sagt, *dieses* Dilemma, also muss ich davon ausgehen, dass es noch andere Dilemmata gibt, deren Ihr beide Euch bewusst seid, aber ich nicht."

„Das ist richtig, *Madame la duchesse*", stellte Michelle Haudry fest und warf einen Blick auf den Herzog, der schweigend an seinem Kaffee nippte. „Und nur *M'sieur le duc* und mein Schwiegervater sind in der Lage, diese zu lösen."

„Ich verstehe vollkommen, warum der *chevalier* Eure Schwester sofort heiraten muss", erwiderte Antonia. „Und ich verstehe, warum Ihr Euren Vater nicht mit der misslichen Lage Eurer Schwester verärgern wollt, denn das würde ihn sicherlich nur gegen den *chevalier* aufbringen. Was ich nicht verstehe, ist das Interesse Eures Schwiegervaters und warum Ihr als seine Abgesandte kommen musstet. Ich verstehe auch nicht, warum *M'sieur* Haudry dir ein Angebot macht, Monseigneur", fügte sie hinzu, während sie den Blick auf den Herzog richtete, „denn dies ist sicherlich Sache der Familie Touraine? Doch selbst der *duc du Touraine* verlangt deine Zustimmung? Du bist es also, der den Schlüssel in der Hand hält. Aber wozu?" Sie hob eine Hand. „*Je suis perdue!*"

„Die meisten wären genauso verloren wie du, *ma vie*", erwiderte der Herzog mit einem verständnisvollen Lächeln. „Ich werde versuchen, die Dinge so einfach wie möglich zu erklären. Nicht, weil ich glaube, du könntest es anders nicht verstehen, sondern weil ich glaube, dass *Madame* Haudrys Schwiegervater gerade in diesem Moment bei ihr zu Hause auf dem Teppich hin und her läuft und auf ihre Rückkehr mit meiner Antwort wartet …" Als Michelle Haudry nickte, fuhr er fort: „Und weil es höchstwahrscheinlich ist, dass Vallentine uns mit einer banalen Frage von weltbewegender Bedeutung für ihn unterbrechen wird, welche Tapete besser zu dem Stoff für die Vorhänge in seinem Ankleidezimmer passt."

FÜNFUNDZWANZIG

D ER HERZOG ERKLÄRTE die Situation folgendermaßen:
„Zuerst muss ich die wichtige Position beschreiben, die der Schwiegervater von *Madame* Haudry innehat. Er ist einer der vierzig *fermiers généraux* in Frankreich. Diese Männer kontrollieren ein riesiges Netzwerk, das die Steuern und Abgaben eintreibt, die der Krone von ihren Untertanen geschuldet werden; Steuern, die auf alles erhoben werden, von Salz bis Tabak. Es ist ein äußerst kompliziertes Geschäft, an dem Hunderte von Menschen beteiligt sind, die in verschiedenen Rollen beschäftigt sind, von Verwaltern bis hin zu persönlichen Truppen, um die Zahlung uneinbringlicher Schulden durchzusetzen. Und für die Verwaltung und Erhebung dieser Steuern im Namen ihres Königs erhält jeder Steuerpächter einen beträchtlichen Bonus aus der königlichen Schatzkammer.

„Dieses Steuersystem hat diese Männer außerordentlich reich gemacht, was bedeutet, dass nicht nur die Bevölkerung sie für gierig hält und sie hasst, sondern auch die Adligen, weil die *fermiers généraux* reicher sind als sie, Häuser und Ländereien besitzen, die sie ihnen neiden, und weil sie nicht verpflichtet sind, ihre Tage damit zu verbringen, hier im Palast Höflinge zu spielen; ihr Leben ist von höfischen Pflichten frei. Ihr mögt mich korrigieren, *Madame* Haudry, aber ich glaube, Eurer Schwiegervater André Grimod Haudry ist einer der reichsten *fermiers généraux*.“

„Das ist er, *M'sieur le duc*.“

„Und mein *précis* für die Herzogin über die Art der Geschäfte von *M'sieur* Haudry? Stimmt Ihr mir zu?"

„Ja, *M'sieur le duc*", antwortete Michelle Haudry, obwohl sie sich ein schiefes Lächeln nicht verkneifen konnte, als sie fortfuhr: „Was ich für *Madame la duchesse* hinzufügen möchte, ist, dass die *fermiers généraux* allgemein von der Bevölkerung gehasst und vom Adel beneidet werden, jedoch gibt es einzelne Steuerpächter, die ihren Reichtum als Förderer lohnender Projekte und zur Förderung außergewöhnlicher Künstler einsetzen und gute Werke für die Kirche tun. Mein Schwiegervater ist ein solcher, und vielleicht wird er etwas weniger gehasst als die meisten anderen."

Der Herzog neigte den Kopf, um ihre Meinung zu bestätigen.

Antonia spielte nachdenklich mit den Perlenarmbändern an ihrem Handgelenk, die Hand immer noch im warmen Griff ihres Mannes, und sagte stirnrunzelnd: „Monseigneur, obwohl ich *M'sieur* Haudrys Position als *fermier général* besser verstehe, bin ich immer noch verwirrt. Es tut mir leid, aber ich verstehe immer noch nicht, was das alles mit der Ehe von Elisabeth-Louise mit dem *chevalier* Montbelliard zu tun hat. Oder mit dem Vertrauen des *duc du Touraine* auf deine gute Meinung, bevor er seine Zustimmung gibt."

„Du brauchst dich nicht zu entschuldigen, *mignonne*, denn ich muss diese Zusammenhänge erst noch erklären." Er reichte seine Schale auf der Untertasse einem herumstehenden Diener. „Soll ich fortfahren?"

Antonia nickte und setzte sich wieder auf das Sofa, beide Hände jetzt in ihrem Schoß und den Rücken gerade. Sie lächelte den Herzog an und sagte strahlend: „Ich bin zuversichtlich, dass ich es verstehen werde, sobald du *alles* erklärt hast. Also fahre bitte fort." Sie hatte einen plötzlichen Gedanken. „Oh! Es sei denn natürlich, *Madame* Haudry, dass Ihr noch eine Schale Kaffee …?"

Michelle Haudry schüttelte den Kopf und unterdrückte schnell ein Lächeln über Antonias Enthusiasmus. „Nein, *Madame la duchesse*. Ich hatte bereits genug."

„Und Ihr werdet hoffentlich entschuldigen, dass *M'sieur le duc* mir weitere Erklärungen geben muss. Während ich es faszinierend finde, neue Dinge zu lernen, werdet Ihr, die Ihr bereits alles wisst, vielleicht gelangweilt sein. Aber ich versichere Euch, *M'sieur le duc* ist ein ausgezeichneter *précepteur*, und vielleicht werdet Ihr auch etwas lernen, ja?"

„Danke, *ma vie*, aber ich kann *Madame* Haudry versichern, dass ich auf den Punkt kommen werde …"

„Oh ja!" Antonia unterbrach und fügte genüsslich hinzu: „Weil ihr Schwiegervater in diesem Moment Löcher in ihren Teppich läuft! Ich werde nicht noch einmal unterbrechen."

„Das wäre unter den gegebenen Umständen das Beste. Denke an Vallentine und seine Tapetenmuster."

„Das habe ich nicht vergessen! Er wird bald genug hier sein, da ich versprochen habe, meine Meinung zu seiner Farbwahl abzugeben. Wenn er dich also unterbricht, musst du daran denken, dass es nicht allein seine Schuld ist – oh! Verzeih mir. Ich werde jetzt still sein und zuhören." Sie hob ihr Kinn und legte den Kopf schief. „Du hast meine ganze Aufmerksamkeit. *S'il vous plaît, continuez!*"

„Danke, *mignonne*", sagte der Herzog ernst, obwohl das Lachen in seinen Augen nicht zu verbergen war.

Überwältigt von einem Gefühl der Freude über die spielerische Interaktion zwischen dem herzoglichen Paar, musste Michelle Haudry ein Kichern unterdrücken. In Gegenwart seiner Frau verwandelte sich dieser strenge Adlige in ein völlig anderes Wesen, das dem Bild, wie er gewöhnlich in der Gesellschaft dargestellt wurde, so gar nicht entsprach. Sie fühlte sich privilegiert, in ihrer Gesellschaft zu sein, und sie hatte sicherlich etwas Neues erfahren. Es war ein so seltener Moment, dass sie wünschte, sie könnte ihn für sich behalten, aber natürlich würde sie ihn mit ihrem Schwiegervater teilen, der diesen seltenen Einblick in diesen äußerst rätselhaften Herzog zu schätzen wissen würde. Das hinderte sie jedoch nicht daran, sich zu schämen, in ihrer Gegenwart gekichert zu haben; wenn der Herzog und die Herzogin es gehört hatten, entschieden sie sich jedoch, es zu ignorieren, und der Herzog sprach weiter.

„Abgesehen von *M'sieur* Haudrys enormem Reichtum und seiner Position innerhalb der Steuerpächterinnung", sagte der Herzog zu Antonia. „Oder seiner Stellung in der Pariser Gesellschaft unter der Bbourgeois, erstreckt sein Einfluss sich doch nicht auf den Palast und den Hof seines Königs. Und ohne Einfluss bei Hofe hat *M'sieur* Haudry kaum eine Chance, das zu bekommen, was er sich am meisten auf dieser Welt wünscht."

„Aber mit seinem Reichtum kann er sicher alles bekommen, was er will?"

„Das kann er und das tut er. Aber es gibt eines, was um kein Geld zu kaufen ist."

Antonia war verwirrt und blieb stumm und wartete auf Erleuchtung. Der Herzog beugte sich vor und sagte leise: „Er sehnt sich nach dem Ohr seines Königs."

Dies überraschte sie. „Kann er als wohlhabender Bürgerlicher nicht an *Sa Majestés* Ohr herantreten?"

„Ja, schon. Aber dieses Ohr ist taub für ihn, siehst du, weil er nicht den nötigen Adel hat, um gehört zu werden."

Antonia dachte einen Moment darüber nach. „Aber ... wenn die Schwiegertochter von *M'sieur* Haudry die Tochter des *duc du Touraine* ist, bringt ihn diese Verbindung dann doch einen Schritt näher an das Ohr des Königs?"

„Ja, in der Tat. Aber da *M'sieur le duc du Touraine* es vorzieht, Abstand zu halten, indem er bei seinem Regiment bleibt, ist er zu viele Schritte von seinem König entfernt, um gehört zu werden. Und daher hilft das *M'sieur* Haudry nicht."

„Frankreichs höchstdekorierter General will sich nicht für den Schwiegervater seiner Tochter einsetzen?"

Falls der Herzog überrascht war, dass Antonia es vorzog, Englisch zu sprechen, ließ er es sich nicht anmerken. Da er verstand, warum – so dass ihr Gast ihrem Gespräch nicht folgen konnte –, antwortete er ihr in gleicher Weise.

„Das ist eine scharfsinnige Beobachtung, meine Liebe. Du hast völlig recht. Der Herzog zieht es vor, seine – äh – Finger von der politischen Flamme fernzuhalten. Die Hofintrigen überlässt er seiner Mutter ..."

„Tante Philippe?"

„Ja. Sie ist viel geschickter darin, sich um Gunst zu bemühen. Oder ich sollte sagen, sie *war* es, aber als eine Salvan ..."

„... hat sie mit der Verbannung des *comte de Salvan* ihren Einfluss am Hof verloren", stellte Antonia fest und beendete seinen Satz mit einem verstehenden Nicken. „Das ist sehr schade für den Schwiegervater unseres Gastes. Zweifellos dachte er, dass er durch die Heirat seines Sohnes mit der Tochter eines Herzogs Zugang zum Ohr des Königs erhalten würde. Wobei er sich tatsächlich einer Familie angeschlossen hat, die in Ungnade gefallen ist."

Der Herzog lächelte über ihr Verständnis der politischen Konsequenzen. „*Touché,* mein Liebling.“

Antonia warf Madame Haudry, die unbewegt blieb, einen Blick zu. Sie verwendete wieder ihre Muttersprache und sagte mit einem wissenden Lächeln zum Herzog: „Aber da du das Ohr von *Sa Majesté* hast, scheint *M'sieur* Haudry jetzt zu wünschen, dass du ihm in eben jenes Ohr flüsterst.“

„Das wäre meine naheliegendste Vermutung. Ja.“

„Ich frage mich, was er möchte, das du sagst?“

„Vielleicht sollten wir *Madame* Haudry fragen?“

Der Herzog und die Herzogin drehten sich im selben Moment um und betrachteten Michelle Haudry. Wenn ihr Gast überhaupt eingeschüchtert war, zeigte sie es nicht. Tatsächlich überraschte sie sie mit einem Eingeständnis, das keiner erwartet hatte.

„Ich bitte um Verzeihung, aber ich sollte Euch verraten, damit Ihr nicht glaubt, dass ich lausche, dass ich die englische Sprache nicht nur verstehe, sondern auch in dieser Sprache lese und schreibe. Außerdem spreche ich Italienisch und Spanisch.“ Ihr Lächeln war unnötig selbstironisch. „Mein Schwiegervater sagt, dass meine Sprachkenntnisse eine große Bereicherung für sein Geschäft sind und dazu beitragen, die Schande der Familie Salvan zu kompensieren.“

Der Herzog neigte den Kopf. „Danke für Eure Ehrlichkeit, *Madame* Haudry. Ich bezweifle nicht, dass Eure Intelligenz von Eurem Ehemann und Schwiegervater mehr geschätzt wird als jemals von Eurer eigenen Familie.“

„*M'sieur le duc* meint es ernst, *Madame* Haudry“, versicherte ihr Antonia. „Monseigneur sagt immer, dass die Mädchen der Bourgeoisie höher gebildet seien als die meisten Töchter des Adels, was sie zu besseren Partnerinnen macht und von ihren Ehemännern mehr geschätzt wird. Ihr und ich, wir sind eine Ausnahme in unserem Stand, ja, weil wir auch gebildet sind. Ich bezweifle also nicht, dass die Familie, in die Ihr geheiratet habt, Eure Bildung zu schätzen weiß. Nicht wahr, Monseigneur?“

„Das ist es, und ich glaube, *Madame* Haudry hat mich verstanden“, witzelte der Herzog. „Und dich ebenso, *mignonne*. So, wie wir sie.“ Er erwiderte Michelle Haudrys Blick. „Ihr findet meine Ohren weit offen, Madame.“

Der Herzog und die Herzogin warteten auf ihre Reaktion.

„Mein Schwiegervater möchte tatsächlich, dass *M'sieur le duc* seinem König ins Ohr flüstert", gab sie zu. „Aber er möchte nicht, dass Ihr etwas so Ungeschicktes tut, wie direkt hineinzuflüstern. Was er will, ist, bei Madame de Pompadour, der Geliebten des Königs, erwähnt zu werden, und zu versuchen, ob ein Treffen mit ihr arrangiert werden könnte."

„Zu welchem Zweck?"

„In erster Linie?" Michelle Haudry zuckte unverbindlich mit den Schultern. „Alles, was mein Schwiegervater wünscht, ist, der Marquise zu dienen. Und wenn sie mit diesem Dienst zufrieden ist, kann er sie vielleicht um einen Gefallen bitten – irgendwann."

„Ein Gefallen hinsichtlich eines Titels für seinen Sohn – Euren Ehemann – vielleicht?" sagte der Herzog gedehnt mit hochgezogenen schwarzen Brauen.

Michelle Haudry nickte, ihre Wangen leicht gerötet. „Wie Euch vielleicht bewusst ist, *M'sieur le duc*, ist ein Steuerpächter, der sich einer adeligen Schwiegertochter rühmen kann, nicht zu verachten, aber ohne den erforderlichen Zugang zum Hofe und zum König gibt es wenig Aussicht auf einen Adelstitel für die Familie Haudry." Sie lächelte dünn. „Ihr habt ganz recht, *M'sieur le duc*. Es ist der Lauf der Welt, dass für diejenigen, die daran gewöhnt sind, zu bekommen, was sie wollen, das Einzige, was sie nicht haben können, zur Besessenheit wird. Und so ist es bei meinem Schwiegervater. Er ist in seinem Beruf etabliert und wohlhabend, also sehnt er sich jetzt danach, die Zukunft seiner Familie zu sichern. Mit Eurer Hilfe kann er das tun, *M'sieur le duc*."

„*M'sieur* Haudry ist klar, dass es keine Garantie dafür gibt, dass es ihm hilft, wenn ich den König oder dessen Maitresse auf ihn aufmerksam mache, oder dass einer von beiden sich für ihn interessieren oder ihm einen Gefallen tun wird."

„Er ist bereit, dieses Risiko einzugehen, *M'sieur le duc*." Michelle Haudrys dunkle Augen leuchteten auf, und sie lächelte schief, als sie hinzufügte: „Aber da er von arrogantem Charme ist, bin ich fest davon überzeugt, dass er sein Ziel bei *Madame la marquise de Pompadour* erreichen wird, wenn sich ihm die Gelegenheit dazu bietet. Verzeiht mir ein Kompliment, denn ich meine es nicht respektlos, wenn ich sage, dass Ihr und er Euch in dieser Hinsicht ähnlich seid."

Antonia lehnte sich an den Herzog und lächelte ihn mit einem Augenzwinkern an. „Ich würde *M'sieur* Haudry gern kennenlernen."

„Ich bezweifle nicht, dass er auch deine Bekanntschaft machen möchte, *ma vie*", erwiderte der Herzog sanft und beugte sich unbewusst zu ihr. Aber er nahm sich schnell wieder zusammen, denn er war nur einen Moment davon entfernt gewesen, sie in der Öffentlichkeit zu küssen. Er lehnte sich zurück und wandte sich an einen Diener, um eine zweite Schale Kaffee zu bestellen.

Michelle Haudry seufzte innerlich, als sie den Moment miterlebte und sich wünschte, ihr Ehemann würde sie so ansehen, wie dieser Herzog seine Herzogin ansah. Aber sie schüttelte solch leichtfertige Gedanken ab, weil sie eine Aufgabe zu erfüllen hatte und ihr Schwiegervater sich auf sie verließ, ebenso wie ihre Schwester. Doch sie war so abgelenkt, dass sie nur das Ende der Frage des Herzogs verstand, und ihr abwesender Gesichtsausdruck zwang ihn, sie zu wiederholen.

„Und für diesen kleinen Gefallen einer Einführung, was bietet *M'sieur* Haudry im Gegenzug an?"

SECHSUNDZWANZIG

Michelle Haudry folgte der Führung des Herzogs und kam gleich zur Sache.

„*M'sieur le duc*, mein Schwiegervater ist sich des empfindlichen Gleichgewichts bewusst, das zwischen Euch und Euren Salvan-Verwandten besteht. Es ist öffentlich bekannt, dass der *lettre de cachet*, mit dem der *comte de Salvan* auf sein Anwesen verbannt wurde, auf Eure Veranlassung zurückgeht. Mit der Verbannung ging der Verlust seiner Hofämter einher. Infolgedessen hat seine Familie finanzielle Schwierigkeiten erlitten ...“

Mit ausgetrockneter Kehle und trockenen Lippen hielt sie inne, um zu schlucken, und wünschte, sie hätte die zweite Tasse Kaffee angenommen. Was zu dieser plötzlichen Trockenheit geführt hatte, war die bemerkenswerte Verwandlung des Herzogs bei ihrer Erwähnung des *lettre de cachet*. Sein Gesicht war hart geworden. Weichheit und Licht verschwanden aus seinen Augen. An ihre Stelle trat eine Unerbittlichkeit auf die kantigen Gesichtszüge, die ihr alles verrieten, was sie wissen musste und was sie ihrem Schwiegervater mitteilen würde, ohne den Herzog direkt fragen zu müssen: Dem *comte de Salvan* würde *M'sieur le duc de Roxton* niemals vergeben; daher bestand keine Möglichkeit, dass er vom König begnadigt würde, und somit bestand keine Hoffnung auf seine Rehabilitierung in der Gesellschaft.

Das zu wissen bedeutete, dass das Angebot, das sie im Namen ihres

Schwiegervaters machen würde – wie sie vor ihrem Besuch besprochen hatten – äußerst großzügig sein musste. *M'sieur* Haudry war bereit, fast alles zu geben, damit der Herzog sich für eine Vorstellung bei der Mätresse des Königs und damit beim König selbst aufraffte. Dennoch war ihr klar, dass ihr Gastgeber dazu in keiner Weise verpflichtet war. Und wenn er sich nicht rührte, dann waren alle Hoffnungen darauf, dass *M'sieur* Haudrys Sohn – ihr Ehemann – jemals geadelt, und damit die Familie in die edlen Höhen der Aristokratie erhoben würde, am Ende. Als Tochter eines Herzogs beunruhigte sie diese Konsequenz weniger als das ungewisse Schicksal ihrer Schwester und die Zukunft, auf die Elisabeth-Louise mit dem *chevalier* Montbelliard hoffen könnte, falls sich der Herzog als unerbittlich erwies. Ihre Schicksale hingen von ihrer Überzeugungskraft ab.

„Madame, all dies ist bekannt, wie Ihr unnötigerweise betont habt", sagte der Herzog rundheraus und unterbrach ihre Gedanken. „Wenn Ihr zur Sache kommen würdet."

„Natürlich, *M'sieur le duc*", erwiderte Michelle Haudry leise, ihr Blick wanderte mutig zu den dunklen Augen des Herzogs. „Die Gesellschaft mag glauben, dass Ihr dem *comte de Salvan* einen *lettre de cachet* habt zustellen lassen, um ihn aus dem Weg zu räumen, damit Ihr mit *Madame la duchesse* durchbrennen konntet, aber mein Schwiegervater ist im Besitz der Fakten. Dass der verrückte Sohn des *comte* die Herzogin angegriffen hat, als sie schwanger war, und …"

„Nein! Nein! Kein Wort mehr! Ich will davon nichts mehr hören!"

Es war Antonia, und sie war von der Chaiselongue aufgesprungen, die Hände fest vor der Brust verschränkt. Der Herzog war sofort auf den Beinen. Ebenso Michelle Haudry, mit bleichem Gesicht und auf den Teppich gerichtetem Blick, unfähig, ihre Verzweiflung darüber zu artikulieren, dass sie das Paar verärgert hatte, insbesondere die Herzogin, deren Entsetzen auf ihrem schönen Gesicht geschrieben stand.

Der Herzog machte einem Diener ein Zeichen mit dem Kopf, dass er den Gast hinausbegleiten sollte.

„Dieses Gespräch ist zu Ende, *Madame*."

„Warte", entgegnete Antonia, und als Michelle Haudry sich wieder umdrehte, blickte sie zum Herzog auf und flüsterte, nachdem sie einmal zittrig Atem geholt hatte: „Es – es tut mir leid. Ich wollte nicht albern sein, aber es ist nicht zu ändern. Ich möchte diese Episode nicht noch einmal durchleben, Renard. Das ertrage ich nicht. Aber wir müssen hören, was Madame Haudry zu sagen hat.“

Der Herzog bedeckte ihre gefalteten Hände mit seinen und berührte leicht seine Stirn mit ihrer.

„Es gibt nichts, wofür du dich entschuldigen musst, *ma belle*. Wir sind der gleichen Meinung. Du sagst doch immer, dass wir in die Zukunft schauen müssen. Was dieses Gespräch angeht, so sind wir niemandem verpflichtet. Und ich werde nicht zulassen, dass man dich aufregt.“ Er küsste zärtlich ihre Schläfe. „Ich habe meine Korrespondenz für heute beendet, also lasst uns in die Galerie gehen und unseren Sohn besuchen, bevor Vallentine uns mit einer Auswahl an Zierleisten und Vorhängen überwältigt.“

„Ich würde nichts lieber tun, Monseigneur, aber ich möchte diesem jungen Paar helfen. Der *chevalier* hat nicht darum gebeten, Salvans Erbe zu sein, und er möchte sicherlich nicht dein Feind sein. Hat er nicht durch seine Warnung vor Tante Philippes Intrigen im Gasthaus bewiesen, dass seine Loyalität dir gilt und nicht den Salvans? Ich verstehe, dass du nichts tun kannst, was deiner Ehre zuwiderläuft, und das sollst du auch nicht tun, und ich möchte dich nicht in eine unmögliche Lage bringen. Aber genau wie unser Sohn verdient das Kind von Elisabeth-Louise einen Vater, ein Zuhause und eine Zukunft, *hein*?“ Sie lächelte ihn strahlend an. „Wenn jemand einen Ausweg aus diesem Dilemma finden kann, dann du.“

Ihr umwerfendes Lächeln voller Hoffnung und Optimismus schwächte seine Entschlossenheit immer wieder. Aber es war ihr unerschütterlicher Glaube an ihn, der ihn immer wieder besiegte. Wie konnte er ihr etwas versagen? Er wollte sie bestimmt nicht enttäuschen. Er hob eine Hand zur Kapitulation.

„Ist es das, was *M'sieur* Haudry anbietet, Madame?“, fragte der Herzog und wandte sich seinem Gast zu. „Eine Zukunft für das junge Paar? Das ist der Wunsch der Herzogin. Wenn Euer Schwiegervater das bewirken kann, können wir dieses Gespräch wieder aufnehmen. Wenn nicht ...“

„Zufällig bietet er genau das an, *M'sieur le duc* und *Madame la duchesse*“, erwiderte Michelle Haudry zurückhaltend und blickte von einem zum anderen.

„Dann setzt Euch bitte, *Madame* Haudry“, sagte Antonia fröhlich und nahm mit im Schoß gefalteten Händen wieder Platz auf der gepolsterten

Chaiselongue, während der Herzog sich neben ihr niederließ. „Und erzählt uns alles über *M'sieur* Haudrys Vorschlag!"

Michelle Haudry tat wie angewiesen, holte tief Luft und sprach das Paar an.

„Mein Schwiegervater möchte Euch versichern, *M'sieur le duc*, dass er sich des empfindlichen Gleichgewichts bewusst ist, das zwischen Euch und Euren Salvan-Verwandten besteht. Er versteht auch, dass sich der *chevalier* Montbelliard aufgrund der Umstände seiner Geburt in einer misslichen Lage befindet. Als Erbe des *comte de Salvan* ist er ohne sein Zutun Euer Feind geworden. Ich glaube nicht, dass Ihr dem jungen Mann Böses wünscht, aber Eure Ehre wird es Euch nicht erlauben, Euer Wort zu brechen, Euch von den Salvans loszusagen. Die eleganteste Lösung wäre, wenn der *chevalier* einfach weggeht und Euch und Eure Familie in Ruhe lässt. Aber wie kann er das tun, wenn er von Euren Tanten und dem Rest der Familie Salvan unterstützt wird? Und um die Sache noch komplizierter zu machen, möchte er meine Schwester heiraten, die Tochter eines Eurer engsten Freunde."

„Ich habe mich gefragt, wann Ihr zum Kern der Sache kommen würdet, Madam", sagte der Herzog gedehnt. „Lasst mich raten. Ihr seid im Begriff, mir zu versichern, dass Euer Schwiegervater Zauberkünstler ist und mit seinen Tricks Montbelliard verschwinden lassen kann? Besser noch, die gesamte Salvan-Sippschaft!"

Michelle Haudry wurde verlegen. „So ähnlich, *M'sieur le duc*."

Antonia beugte sich fasziniert vor. „Oh! Ich würde diesen Trick sehr gerne sehen!"

„Was *Madame* Haudrys Schwiegervater anbietet, ist, dass Montbelliard ganz aus der Gesellschaft verschwindet, *mignonne*", erklärte der Herzog sanft.

Antonia runzelte die Stirn. „Aber – er kann ihn wieder zurückbringen, wo immer er ihn hinschickt, *hein*?"

„Wenn ich so dreist sein darf, *Madame la duchesse* ...?" Als Antonia nickte, fuhr Michelle Haudry fort. „Mein Schwiegervater mag zwar das Verschwinden des *chevaliers* herbeiführen, aber nur *M'sieur le duc* hat die Macht, seine Rückkehr zu gewähren." Sie neigte den Kopf zum Herzog. „Wenn es Euer Wunsch ist, dass er zurückkehrt ..."

Der Herzog lehnte sich zurück und polierte sein Augenglas mit einem wissenden Lächeln, während die Herzogin von ihrem Gast zu ihrem Ehemann blickte, dies verdaute und dann ausrief.

„Aha! Ich sehe jetzt, wie es ist. Ihr seid beide Zauberer! Du und *M'sieur* Haudry!" Mit leuchtenden Augen berührte sie den Arm des Herzogs. „Und so soll es sein." Sie wandte sich an Michelle Haudry. „Und so soll es sein." Sie wandte sich an Michelle Haudry.

„Einfach gesagt, der *chevalier* wird meine Schwester in einer stillen Zeremonie hier in Versailles heiraten und dann zu einem ausgedehnten Aufenthalt auf dem Land aufbrechen."

Der Herzog zog eine Augenbraue hoch. „Wie – äh – ausgedehnt?"

„Auch das hängt von Euch ab, *M'sieur le cuc*. Mein Schwiegervater wird für das Ehepaar ein kleines Anwesen erwerben und für dessen Unterhalt und ihren Lebensunterhalt bis weit in die Zukunft aufkommen. Im Gegenzug verpflichtet sich der *chevalier*, dass weder er noch seine Frau noch seine Erben in der Gesellschaft auftreten oder Paris oder Versailles besuchen werden, bis er Euren Segen dazu hat. Sei dies bevor oder nachdem er den Titel erbt. Und da er Euch sehr schätzt und bestrebt ist, Euch zu gefallen, habe ich keinen Zweifel, dass er einen Eid schwören wird, niemals in die Nähe des *comte de Salvan* zu kommen oder mit ihm zu korrespondieren."

„Hat *M'sieur* Haudry ein bestimmtes Anwesen im Sinn?" fragte der Herzog.

„Ein kleines Schloss mit Blick auf die Rhône, an das sich ein beträchtlicher Weinberg anschließt. Es wurde um die Jahrhundertwende für einen Erzbischof erbaut. Der Erwerb des Grundstücks durch meinen Schwiegervater wird die erhebliche finanzielle Belastung für die Familie des Priesters verringern …"

„Dann sind alle zufrieden!", verkündete Antonia. „Ihr habt die Rhône erwähnt, aber wo genau, denn sie entspringt in den Schweizer Alpen und mündet ins Mittelmeer. Aber da das Schloss von Weinbergen umgeben ist, nehme ich an, dass es irgendwo im Süden liegt, ja?"

„Aber ja, *Madame la duchesse*, das tut es", erwiderte Michelle Haudry, beeindruckt von Antonias Geographiekenntnissen. „Die nächste Stadt ist Arles …"

„Oh! Was für ein Glück haben Eure Schwester und der *chevalier*!", erklärte Antonia. „In Arles gibt es so viel zu entdecken, denn es war einst ein wichtiger Hafen für die Römer. Aber das wusstest du wahrscheinlich", sagte sie zum Herzog, bevor sie sich an ihren Gast wandte. „Es gibt hochinteressante Ruinen, wobei ein Großteil des Amphitheaters noch steht, und ebenso der Zirkus. Und es gibt die Überreste eines Aquädukts, und – und Getreidemühlen! Konstantin ließ dort auch Bäder bauen.“

„Ich wünschte, Vallentine hätte die Hälfte deiner Begeisterung für die Überreste der Antike aufgebracht, als er und ich auf der Grand Tour waren“, witzelte der Herzog mit einem unbewussten Schmunzeln angesichts ihrer ungezügelten Begeisterung. „Besser noch, dass du bei mir gewesen wärest. Wann hast du Arles besucht, *ma fée?*“

„*Mon père* und ich sind nur ein paar Tage dort geblieben. Wir waren auf dem Weg nach Genua und nahmen die Küstenstraße.“ Sie seufzte vor Enttäuschung. „Leider hatten wir nicht die Zeit, alles zu sehen, was wir uns erhofft hatten.“ Sie beugte sich zu ihm hinein und fragte atemlos: „Vielleicht könnten wir Arles eines Tages besuchen.“

„Das würde mir sehr gefallen.“

„*Bon!* Dann ist das beschlossen!“

Sie tauschten ein liebevolles Lächeln aus, und für ein paar Momente waren sie die einzigen beiden Menschen im Raum. Es war Antonia, die die Zeit weiterlaufen ließ, als sie sich an Michelle Haudry wandte und fragte:

„Würde Eure Schwester als Ehefrau eines Landedelmannes zufrieden sein? Ist ihr bewusst, dass Arles weit weg vom Hof und Paris und ihrer Familie ist, dass sie genauso gut in St. Petersburg leben könnte?“

„*Madame la duchesse*, ich schäme mich zuzugeben, dass ich weniger Mitgefühl für die missliche Lage meiner Schwester hatte als mein Schwiegervater. Elisabeth-Louise hat, wie man so schön sagt, ihr Bett gemacht. Wenn ihr nun befohlen würde, in St. Petersburg zu leben, dann müsste sie es eben tun. Als Frau des *chevaliers* muss sie tun, was in seinem besten Interesse und im Interesse ihres Kindes ist.“ Sie lächelte und unwissentlich schlich sich ein Hauch von Zärtlichkeit in ihre Stimme, als sie zugab: „Aber mein Schwiegervater ist ein Gentleman von großer Sensibilität. Er wollte nicht, dass das Paar übermäßig leidet, und so wählte er das Anwesen am Stadtrand von Arles, weil Montbelliards Schwester mit einem dortigen Beamten verheiratet ist – ich glaube, er hat etwas mit dem Transport von Fracht den Fluss hinauf und hinunter zu tun. Egal. Wichtig ist, dass sie Familie in der Nähe haben werden.“ Sie wandte sich an den Herzog. „Und Arles ist weit genug entfernt, dass ich bezweifle, dass irgendein Mitglied der Salvan-Familie sich jemals wieder in ihr Leben einmischen wird. Also, wie Ihr richtig bemerkt habt, *Madame la duchesse*, könnten sie genauso gut in St. Petersburg leben.“

„*M'sieur* Haudry ist in der Tat ein Zauberer, und alles arrangiert sich von selbst“, antwortete Antonia glücklich und schaute zum Herzog. „Bist du mit diesen Vorschlägen zufrieden, Monseigneur?“

„Ja, *mignonne*“, antwortete er, steckte sein Augenglas ein und wandte sich an ihren Gast. „Madame, Ihr könnt *M'sieur* Haudry meine Glückwünsche überbringen zu seinem Einfallsreichtum bei der Suche nach einer Lösung für eine Situation, die dabei war, schnell zu einem Problem zu werden. Ihr könnt ihm auch sagen, dass ich, wenn ich das nächste Mal in Gesellschaft von *Madame la marquise de Pompadour* sein werde – was in ein paar Tagen der Fall sein wird – sicher seinen guten Namen in ihr Ohr flüstern werde.“

„Ich danke Euch, *M'sieur le duc*. Ich kann es kaum erwarten, meinem Schwiegervater die gute Nachricht mitzuteilen.“

„Damit er aufhören kann, Löcher in Euren Teppich zu laufen, ja?“, stellte Antonia mit einem Lächeln fest, während sie sich erhob und der Herzog und *Madame* Haudry dasselbe taten. Aber anstatt das Gespräch zu beenden, sagte sie mit einem Scharfsinn für die Gefühle eines anderen, der den Herzog immer wieder überraschte: „Ich verstehe, warum *M'sieur le duc*, Euer Vater, Wert auf Eure Meinung legt. Aber es ist Euer Schwiegervater, der Euren Verstand höher schätzt als jeder andere in Eurer Familie oder seiner. Ihr schätzt einander gegenseitig.“

Michelle Haudry errötete bei dem Verständnis der Herzogin, aber sie schaffte es, mit einer ruhigen Stimme zu antworten. „Das stimmt, *Madame la duchesse*. Und wenn ich ihm helfen kann, seinen Ehrgeiz für seine Familie zu erfüllen, vor allem für meinen Mann und unsere Kinder, dann bin ich nicht unglücklich.“

„Vielleicht gibt es andere Möglichkeiten, wie Ihr dem Ehrgeiz Eures Schwiegervaters helfen könnt“, sagte der Herzog nachdenklich. „Eine, die es Euch ermöglicht, Euren Verstand und Euren weisen Rat gut zu nutzen. Aber wir werden an einem anderen Tag darüber sprechen, und zwar in Anwesenheit von *M'sieur* Haudry. Jetzt ist es an der Zeit, dass Ihr ihm die gute Nachricht überbringt, und wir werden anderweitig erwartet.“

Michelle Haudry knickste und gab mit einem kleinen Lächeln zu: „Da Ihr mir Euer Vertrauen geschenkt habt, möchte ich Euch gegenüber völlig offen sein, *M'sieur le duc* und *Madame la duchesse*. Ich war derjenige, die meinen Schwiegervater überredet hat, mir zu erlauben, diese Vereinbarung in seinem Namen auszuhandeln. Weil Ihr den Bitten der Tochter eines Eurer engsten Freunde geneigter sein könntet als denen eines Steuerpächters. Aber meine Motive waren nicht völlig selbstlos."

„Lasst mich raten", näselte Roxton. „Ihr wolltet selbst sehen, ob die Gerüchte der Wahrheit entsprechen."

Antonia war verwirrt.

Michelle Haudry nicht.

Der Herzog erklärte es beiden.

SIEBENUNDZWANZIG

„**I**HR HABT DARUM GEBETEN, die Botin Eures Schwiegervaters zu sein, nicht nur, um Eurer Schwester zu helfen und diese Vereinbarung auszuhandeln", erklärte der Herzog, „sondern, damit Ihr Eurem Vater über meine Ehe berichten könnt."

„Ja, *M'sieur le duc*", gestand Michelle Haudry und fügte eilig hinzu: „Aber seine Freude und seine besten Wünsche für *Euer* Glück waren völlig aufrichtig!"

„Daran zweifle ich nicht", antwortete der Herzog. „Euer Vater ist ein lieber und vertrauenswürdiger Freund." Er lächelte schief. „Es mag Euch überraschen zu erfahren, dass er Euch auch zu mir geschickt hat, damit ich ihm dann über *Euch* berichten kann."

„*Über mich?*" Michelle Haudry war so schockiert, dass sie ungewöhnlich brüsk reagierte. „Warum sollte er das tun?"

„Als er erfuhr, dass ich eine Adlige brauchte, die ich an den Hof bringen kann, der ich uneingeschränkt vertrauen kann, empfahl er Euch. Er lobte Euch, nicht wie ein vernarrter Papa, sondern als ein Mann, der meine hohen Ansprüche kennt, insbesondere, dass Ihr durch und durch vertrauenswürdig und unempfänglich für Schmeicheleien wäret. Ist das eine gerechte Einschätzung, Madame Haudry?"

„Ja, *M'sieur le duc,* und das bin ich."

„*Merveilleux*! Ihr müsst jedoch lernen, Eure – äh – Überraschung zu unterdrücken; In Versailles geht es schließlich um Künstlichkeit. Aber daran kann man arbeiten. In jeder anderen Hinsicht glaube ich – und ich bin sicher, dass die Herzogin mir zustimmt – dass Ihr ideal seid."

„Ich danke Euch, *M'sieur le duc*", antwortete Michelle Haudry und knickste erneut. „Ich freue mich auf unser nächstes Treffen in *M'sieur* Haudrys Anwesenheit, damit Ihr uns beide darüber informieren könnt, was Ihr wünscht, dass ich für Euch tue."

Der Herzog neigte den Kopf. „Und das war die perfekte Antwort! *Touché!*"

Antonia legte nachdenklich den Kopf schräg. „Da *M'sieur le duc* so freundlich war, aufrichtig zu Euch zu sein, werdet Ihr uns vielleicht sagen, was Euer Vater besonders über unsere Ehe wissen möchte."

„Wenn ich das beantworten darf...?"

„Oh! Ich hätte daran denken sollen, dich zu fragen, Monseigneur! Natürlich weißt *du* es, nicht wahr?"

„Alphonse möchte seiner Schadenfreude freien Lauf lassen. Wie der größte Teil der Gesellschaft hätte er nie erwartet, dass ich aus Liebe heiraten würde."

„Das liegt daran, dass *M'sieur le duc du Touraine mich* nicht kennt", verkündete Antonia mit einem strahlenden Lächeln. „Und wenn er mich kennenlernt, wird er die Wahrheit selbst sehen."

„Das wird er in der Tat, *ma fée.* Aber ich glaube, dass *Madame* Haudry jetzt, nachdem sie Zeit in unserer Gesellschaft verbracht hat, zu der gleichen Schlussfolgerung gekommen ist wie andere, die uns kennen: Unsere Ehe ist nicht nur eine Verbindung der Herzen, sondern auch der Köpfe, unabhängig vom – äh – Altersunterschied."

Antonia holte tief Luft und unterdrückte ihren Ärger.

„Bitte, Monseigneur, sprich nie wieder über diesen großen Unsinn. Ich bin mir sehr sicher, dass *Madame* Haudry es nicht einmal bemerkt hat!"

„*Mignonne,* wenn ich mich nicht irre, denke ich, dass du feststellen wirst, dass Madame Haudry *alles* bemerkt. Und der Grund, warum sie begierig darauf war, uns selbst zu sehen, war genau wegen dieses großen Unsinns."

„Wirklich?", rief Antonia aus und wandte ihre Blicke ihrem Gast zu. „Aber ich dachte, Ihr würdet schnell begreifen! Sicherlich versteht Ihr, dass das Herz ein höchst entschlossenes Organ ist und kein Hindernis duldet, wenn es Liebe gefunden hat. *Wahre Liebe kennt kein Alter ...*"

„*... und keinen Tod*", vollendete Michelle Haudry den Spruch mit einem traurigen Lächeln. „Ja, *Madame la duchesse*, das verstehe ich jetzt. Aber vor zehn Jahren tat ich das nicht. Bitte, denkt nicht, dass ich unglücklich bin. Mein Ehemann ist ein guter Mann, und ich bin in jeder Hinsicht eine treue Ehefrau, auch wenn mein Herz einem anderen gehört. So Gott will, werde ich als nächstes einen Sohn haben, und wenn der Ehrgeiz meines Schwiegervaters nach einem Titel verwirklicht wird, ist das mehr als genug, um unsere Familie zufrieden zu stellen."

Kaum war ihr Gast aus der Bibliothek geführt worden, wandte sich Antonia an den Herzog, um von ihm in die Arme gezogen zu werden. Sie hob ihr Gesicht zu ihm. „Sie wird eine ausgezeichnete Spionin für dich abgeben, Monseigneur! Sie versteht sich auf Fremdsprachen, ist vernünftig, klug und muss eine Tätigkeit für ihren Verstand haben. Und du sagtest selbst – sie bemerkt *alles. C'est fait!*"

Der Herzog lachte in sich hinein. „Mir Berichte auf Englisch über die Machenschaften an Louis' Hof zu schicken, ist kaum eine geeignete Nahrung für einen scharfen Verstand, *mignonne*, aber es wird ihre Lange-weile vertreiben und ihr etwas zu tun geben."

„Und sie wird es auch tun, weil es *M'sieur* Haudrys Ehrgeiz in Bezug auf seine Familie helfen wird." Sie runzelte die Stirn. „Renard, wie alt war sie, als sie mit *M'sieur* Haudrys Sohn verheiratet wurde?"

„Touraine hat sie einige Monate vor ihrem vierzehnten Geburtstag verheiratet. Ich glaube, ihr Mann war ein Jahr älter ..."

„Reine Kinder."

„Ja. Aber solche Ehen sind unter dem Adel hier in Frankreich an der Tagesordnung."

Antonia ergriff seine Hand und hielt seinen Blick fest. „Ein vierzehn-jähriges Mädchen, das sein Leben in einem Kloster gelebt hat, weit weg von der Welt, unterscheidet sich erheblich von einem achtzehnjährigen Mädchen, das mit einem Vater aufgewachsen ist, der sie sehen, lesen und lernen ließ, was ihr gefiel."

Er drückte seine Lippen auf ihren Handrücken. „Das weiß ich, *ma vie*. Und jeden Tag bin ich ihm dankbar, dass er dich als den Sohn großge-zogen hat, den er nie hatte. Ich bereue es in keiner Weise, dich geheiratet zu haben, und werde es auch nie tun. Du hast einmal gesagt, dass du glaubst, dass wir dazu bestimmt sind, zusammen zu sein, und ich stimme dir zu. Ich würde nichts ändern wollen." Er lächelte schief. „Ah, es gibt eine Sache, die ich ändern würde …"

„Du hättest mich früher heiraten sollen!", verkündete Antonia glücklich, kuschelte sich in seine Umarmung, den Kopf an seiner Brust.

„Dich früher heiraten", murmelte er, das Kinn sich sanft auf die Oberseite ihrer Zöpfe gestützt, „und dann mit dir in die Schweizer Alpen fliehen …"

Antonia zog sich ein wenig zurück, damit sie seinen Gesichtsausdruck sehen konnte. „Die Schweizer Alpen? *Pourquoi?*"

„Es ist der einzige Ort, an den ich denken kann, an dem wir die Chance gehabt hätten, einen ganzen Tag ohne Unterbrechung miteinander zu verbringen", bemerkte er, ließ sie los und schaute über ihr helles Haar zur offenen Tür. „Sag nichts", näselte er, als Lord Vallentine und Martin Ellicott unangekündigt in den Raum traten. „Du hast eine wichtige Entscheidung getroffen?"

Vallentine streckte beide Hände hoch, an denen bunte Tapetenstücke und Stoffmuster baumelten; Martin Ellicott tat dasselbe.

„Was bevorzugst du?", fragte er eifrig und streckte eine Hand nach vorne, „Das Blau mit Weiß …"

„Ägyptisches Blau und Eierschalenweiß", unterbrach Martin Ellicott hilfreich und gab den Farben ihre richtige Bezeichnung.

Seine Lordschaft hob die andere Hand, „… oder das Rosa mit dem Gelben?"

„Pink und Neapelgelb", ergänzte Ellicott.

Vallentine deutete mit dem Kopf auf Martin, ein Signal für ihn, mit seiner Wahl nach vorne zu kommen. „Oder was Ellicott hat: Das Rosa mit dem Rot …"

„Persische Erde und Drachenblut."

„… oder das Purpur mit dem Rot und Gelb."

„Krapprot, Drachenblut, mit einem Hauch von Auripigment", sagte Martin Ellicott.

Beide Männer schauten eifrig auf den Herzog und die Herzogin und hielten immer noch ihre Vorschläge hoch.

„Ich mag den Namen Drachenblut; es passt zu dir, Lucian", antwortete Antonia. „Aber ist das dort wirklich ein Blau oder ist es ein Grün? Wie hast du die Farbe genannt, Martin?"

„Nein! Fang nicht damit an, was blau und was grün ist, und alles dazwischen!" Vallentine schnaubte und ließ seine Arme schwer fallen. „Und Ihr sagt kein Wort mehr, Ellicott! Verdammt! Wir haben diesen ganzen Morgen daran gesessen, und Estée wird meine Entscheidungen wissen wollen, und ich muss eine schwere Entscheidung treffen – *jetzt*." Er hob sein kantiges Kinn zum Herzog. „Na? Was ziehst du vor, Roxton, he?"

„Sicher weißt du, was ich wählen würde?", neckte der Herzog ihn.

„Oh nein! Nicht auch du noch!", rief Vallentine hitzig aus. „So leicht kommst du mir nicht davon. Dieser ganze Unsinn mit dem Einrichten hat mir schon fürchterliche Kopfschmerzen eingebracht. Ich kann überhaupt nicht mehr denken. Mein Kopf kann das nicht mehr ertragen."

Antonia war voller Mitgefühl und berührte den seidenen Ärmel seiner Lordschaft. „Du warst viel zu lange im Haus, *mon beau-frère*. Du brauchst Winterluft. Wenn Julian unruhig wird, bringe ich ihn nach draußen und bald ist er wieder ruhig."

„Führe mich nicht in Versuchung! Was ich nicht für ein bisschen Schwertkampf in der Wintersonne geben würde!" Die Schultern seiner Lordschaft sackten herab. „Aber das darf ich nicht. Erst wenn ich diese elende Angelegenheit erledigt habe."

„Du magst mich verfluchen, weil ich das sage", sagte der Herzog, „aber hast du darüber nachgedacht, was deine Frau für ihre Zimmer wählen wird und ob deine Entscheidungen zu ihren passen werden?"

Vallentine war wie vom Donner gerührt. Daran hatte er tatsächlich nicht gedacht. Er warf Martin Ellicott einen finsteren Blick zu, der sagte: *„Warum habt Ihr nicht daran gedacht?"*

Der Herzog wiederum wechselte ein wissendes Lächeln mit seinem ehemaligen Kammerdiener, und dann sagte er seinem besten Freund, was dieser hören wollte.

„Wintersonne und Bewegung werden uns beiden gut tun. Oh, und sie wird das Krapprot, Drachenblut, mit dem Hauch von – äh – Auripiment wählen ...? Estée hat immer lieber ein bisschen mehr und nicht weniger."

Seine Lordschaft atmete erleichtert auf. „Danke Gott dafür!" Er fügte schüchtern zu seinem Begleiter gewandt hinzu: „Ihr hattet recht, Ellicott. Und ich danke Euch für Eure Unterstützung." Dann schnappte er sich den Tapetenstreifen und das Stoffmuster aus der rechten Hand des Mannes, bevor er zu seiner Linken nickte. „Seid jetzt so freundlich, diese Auswahl auf den Schreibtisch von Roxton zu legen, um sie sicher aufzubewahren und meiner Frau zu zeigen."

Und ohne ein weiteres Wort, und während Antonia und Martin zusahen, warf Vallentine die abgelehnten Tapetenstreifen und Stoffe in die Luft und ging hinter dem Herzog aus der Bibliothek hinaus, begierig darauf, sein Schwert holen zu lassen und ins Freie zu kommen.

Was nach „Und sie lebten glücklich und in Freuden" passiert, wird im vierten Buch weitererzählt – *„Ihre Gnaden"*.

Erkunden Sie die Orte, Dinge und Geschichte im Zusammenhang mit Ihr Herzog
auf Pinterest. www.pinterest.com/lucindabrant

Die Geschichte geht weiter in …

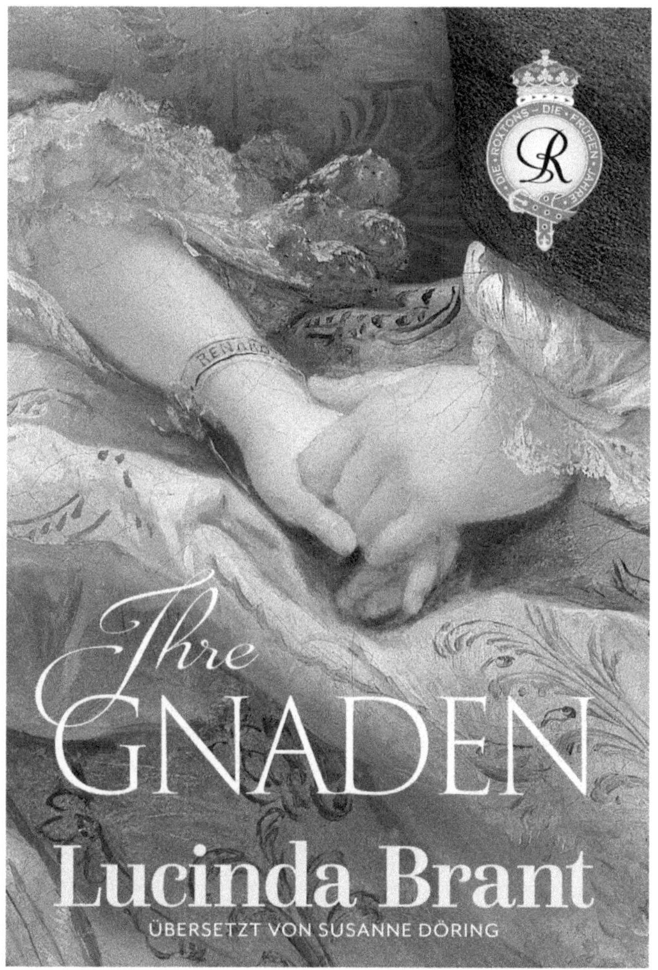

Ihre
GNADEN
Lucinda Brant
ÜBERSETZT VON SUSANNE DÖRING